Für Dorothea – meine liebste Ermittlerin

lau verlag

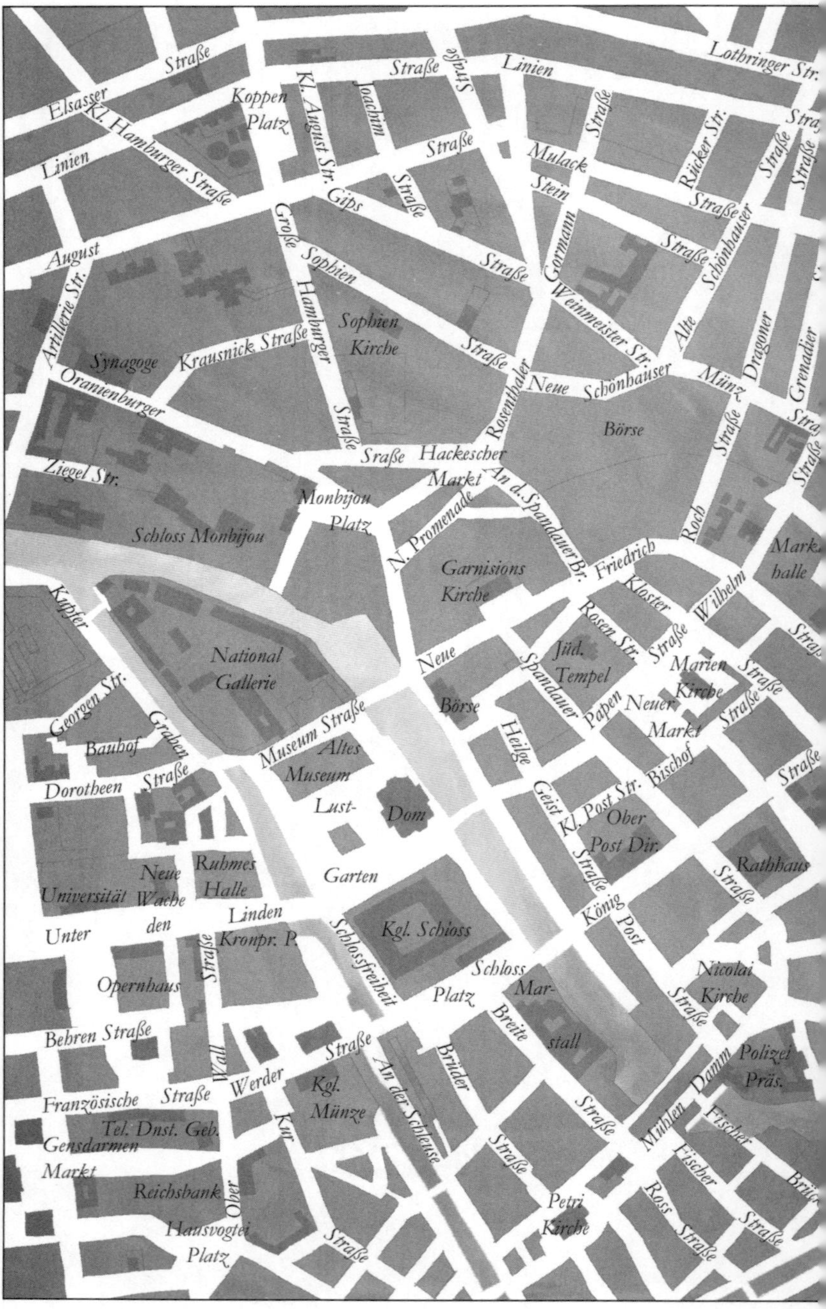
Elsasser Straße
Linien
Kl. Hamburger Straße
Koppen Platz
Kl. August Str.
Joachim Straße
Linien Straße
Lothringer Str.
Straße
Mulack Straße
Rücker Str.
Stein Straße
August Str.
Gips Straße
Große Hamburger Straße
Sophien Straße
Gormann Straße
Weinmeister Str.
Alte Schönhauser Straße
Artillerie Str.
August
Synagoge
Krausnick Straße
Sophien Kirche
Oranienburger Sraße
Rosenthaler Straße
Neue Schönhauser
Münz Straße
Dragoner
Grenadier
Börse
Hackescher Markt
An d. Spandauer Br.
Ziegel Str.
Monbijou Platz
N. Promenade
Schloss Monbijou
Garnisions Kirche
Friedrich
Roch
Markthalle
Wilhelm
Kupfer
Kloster Straße
Rosen Str.
National Gallerie
Neue
Jüd. Tempel
Spandauer
Marien Kirche
Georgen Str.
Graben
Börse
Papen
Neuer Markt
Museum Straße
Altes Museum
Heilige Geist
Bischof
Bauhof
Dorotheen Straße
Lust-Garten
Dom
Kl. Post Str.
Ober Post Dir.
Rathhaus Straße
Neue Wache
Ruhmes Halle
Universität
Unter den Linden
Kronpr. P.
Schlossfreiheit
Kgl. Schloss
König
Post
Opernhaus
Schloss Platz
Mar-stall
Nicolai Kirche
Behren Straße
Wall Straße
Werder
Breite Straße
Brüder Straße
Polizei Präs.
Französische Straße
Kgl. Münze
An der Schleuse
Damm
Mühlen
Fischer
Tel. Dnst. Geb.
Kur
Gensdarmen Markt
Reichsbank
Ober
Hausvogtei Platz
Petri Kirche
Ross Straße
Straße
Brüc

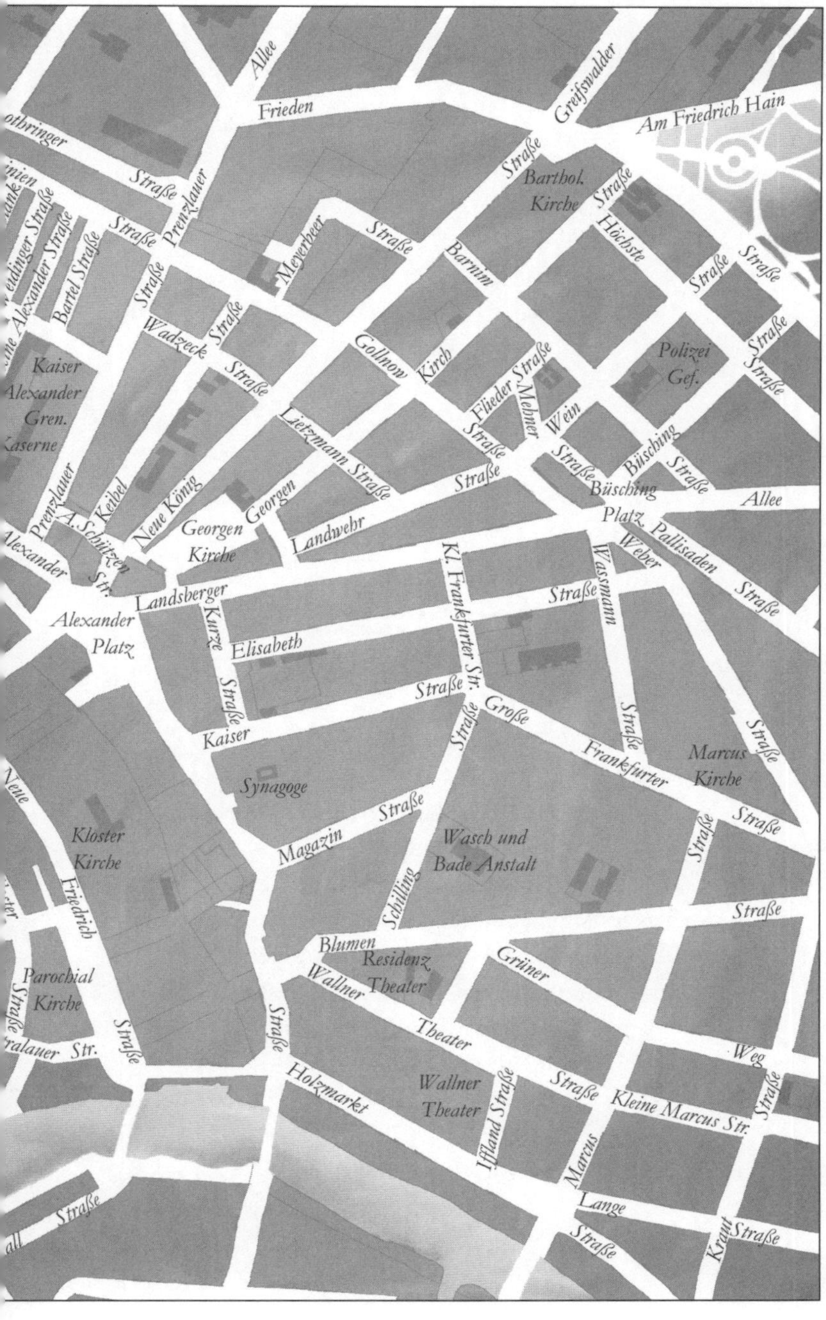
Allee
Frieden
Greifswalder
Am Friedrich Hain
Straße
Barthol. Kirche
Prenzlauer
Meyerbeer
Barnim
Höchste
Wadzeck
Gollnow
Kirch
Flieder Straße
Mehner
Wein
Polizei Gef.
Kaiser Alexander Gren. Kaserne
Lietzmann Straße
Büsching
Büsching Platz
Allee
Neue König
Georgen
Georgen Kirche
Landwehr
Keibel
A. Schützen Str.
Weber
Pallisaden
Wassmann
Kl. Frankfurter Str.
Landsberger
Alexander Platz
Kurze
Elisabeth
Kaiser
Große Frankfurter
Marcus Kirche
Synagoge
Magazin
Wasch und Bade Anstalt
Kloster Kirche
Friedrich
Neue
Schilling
Blumen
Residenz Theater
Wallner
Grüner
Parochial Kirche
Theater
Weg
Holzmarkt
Wallner Theater
Iffland Straße
Kleine Marcus Str.
Marcus
Lange
Kraut

MIX
Papier aus verantwortungsvollen Quellen
FSC® C083411

1. Auflage 2013

Umschlaggestaltung und Illustrationen: Steffen Faust, Berlin
Layout und Satz: Patrick Lau, Reinbek
Druck und Bindung: CPI – Clausen & Bosse, Leck
Printed in Germany 2013
ISBN 978-3-941400-46-7

www.lau-verlag.de

Ernst-Georg Richter

Das Kongo-Komplott

Historischer Kriminalroman

LAU-VERLAG
REINBEK

Die Eroberung der Erde, die meist ihre Entwendung aus den Händen derer bedeutet, die eine andere Hautfarbe oder etwas plattere Nasen haben als wir selbst, ist keine schöne Angelegenheit, wenn man sie genauer betrachtet.

Joseph Conrad, *Herz der Finsternis*

Kapitel I

Kummerow schnappte nach Luft. Eben erst war er aus dem Zug der Preußischen Ostbahn ausgestiegen, der ihn von Posen zum Schlesischen Bahnhof in Berlin gebracht hatte. Doch schon jetzt bekamen seine Lungen zu spüren, dass es sich in der deutschen Reichshauptstadt nicht so leicht durchatmen ließ wie jenseits der Oder. Kein Wunder, denn in den Gründerjahren war die größte Stadt Preußens zum wichtigen Industriestandort herangewachsen – oft genug wurden ihre Einwohner auch am Tage von einem schmutziggrauen Tuch aus Qualm eingehüllt, das sie von Luft und Licht trennte. Seit dem Krieg von 1870/71 mit dem allgemein bejubelten Sieg über den Erbfeind Frankreich und der Reichsgründung waren dreizehn Jahre vergangen. Auch Kummerow war dabeigewesen; nach seinem Abschied war er in den Polizeidienst in Posen eingetreten. Von da an hatte er sich bis zum Kommissar hochgedient, dann wurde ihm die Provinz zu eng. So hatte er um seine Versetzung nach Berlin ersucht, die ihm nach einiger Wartezeit auch genehmigt worden war.

Nun war er mit 36 Jahren zum ersten Mal dort, und seine erste Sorge in der neuen Wahlheimat galt der Beschaffung einer Droschke. Das war kein leichtes Unterfangen, denn ein paar hundert Passagiere, die gerade zusammen mit ihm angekommen waren, hatten genau das Gleiche im Sinn. Mit ihnen drängte er hinaus vor den Bahnhof und eilte direkt auf eine freie Droschke am Halteplatz zu. Er nannte dem Kutscher die Adresse »Hotel Deutsches Haus, Klosterstraße« – alte Regimentskameraden aus Posen hatten es ihm als erste

Anlaufstelle empfohlen. Doch die Droschke setzte sich nicht in Bewegung.

»Die Marke, der Herr.«

»Wie bitte?«

»Ihre Kontrollmarke. Ohne die darf ich Sie nicht fahr'n.«

»Ich habe aber keine. Wo bekommt man die?«

»Da müssen Sie zum Kontrolleur am Bahnhofsausgang.«

Kummerow stieg wieder aus und mühte sich gegen den Strom der Reisenden zurück zum Bahnhofsportal, wo er erst jetzt einen der uniformierten Kontrolleure erblickte.

»Eine Droschkenmarke, bitte.«

»Erste Klasse, zweite oder Gepäckdroschke?«

Kummerow ließ sich einmal zweite geben, wandte sich um und seufzte: Gleich würde er am Ende der Warteschlange stehen. Es würde mindestens eine halbe Stunde dauern, bis er eine neue Droschke ergattern konnte.

Auf einmal hörte er aufgeregtes Rufen, Schreie und Hufgetrappel. Die Wartenden vor ihm riefen »Obacht!« und »Holla!«, sie schreckten zurück und versuchten offenbar, ein paar durchgegangenen Pferden auszuweichen. Andere Passanten liefen so schnell es ging in Richtung Bahnhof, um nicht niedergeritten zu werden. Kummerow konnte nicht mehr erkennen, sondern nur übermütiges Johlen und Hussa-Rufe aus dem Stimmengewirr heraushören. Die Mitte des Platzes am Schlesischen Bahnhof hatte sich inzwischen geleert, so dass die Urheber des Aufruhrs zu sehen waren.

Ein kleiner Trupp Garde-Ulanen preschte heran. Die offensichtlich angetrunkenen Kavalleristen benahmen sich wie bei einer Attacke. Was die Ulanen weitab von ihrer Kaserne in der Invalidenstraße zu suchen hatten, wussten nur sie allein. Fest stand nur, dass sie ihrem Übermut ausgerechnet im Osten der Innenstadt Luft machen wollten.

Ganz leer war die Mitte des Bahnhofsvorplatzes nicht. Eine junge Kinderfrau umklammerte gelähmt vor Angst die Griffstange eines Kinderwagens und traute sich keinen Schritt weiter. So neu und gut verarbeitet dieser Kinderwagen auch aussah, bot er seinem kleinen Passagier keinen Schutz gegen die herannahende Gefahr. In diesem Moment hatte einer der übermütigen Ulanen nämlich beschlossen, seine Kameraden, mit einem verwegenen Kunststück zu beeindrucken. Er ließ seinen Rappen direkt auf den Kinderwagen zugaloppieren – das Mädchen tat, was wohl jedes andere an seiner Stelle getan hätte: Es fiel in Ohnmacht. Dem Ulanen aber war das egal: Er riss kurz am Zügel, und sein Pferd sprang mit einem gewaltigen Satz über den Kinderwagen hinweg. Seine Kameraden johlten – das Wochenende fing ja ganz hervorragend an!

Solchermaßen angefeuert, wendete der tollkühne Springreiter und schickte sich an, sein Kunststück zu wiederholen. Von seinem Erfolg bestärkt, wollte er nun allerdings noch einen draufsetzen. Theatralisch zog er ein großes Taschentuch aus seiner Ulanka hervor und band es sich vor die Augen. Niemand traute sich, ihm näher zu kommen, um ihn aufzuhalten – seine Kameraden ritten mit der Hand am Säbel gleich auf jeden zu, der der immer noch ohnmächtigen Kinderfrau mit ihrem Schutzbefohlenen zu Hilfe kommen wollte. Den Rappen hatte der Ulan schon in Richtung des Kinderwagens aufgestellt – nun gab er ihm die Sporen und ritt wieder los. Noch dreißig Schritte, noch zwanzig, noch zehn – gleich musste das Pferd abspringen, sonst würde es den Wagen über den Haufen rennen.

Wer jedoch absprang, war sein Reiter – vielmehr wurde er in hohem Bogen abgeworfen. Die Menge jubelte wie auf Kommando einem Reisenden in schlichtem dunklem Mantel und Hut zu, der mit einer geschickten Körpertäuschung an den Ulanen vorbeigekommen war, sich vor dem Kinderwagen aufgestellt und seinen Koffer gerade noch rechtzeitig mit Schwung am Arm nach oben gerissen hatte. Der Rappe scheute und bäumte sich auf, und der verhinderte Kunstreiter fiel mit einem Schrei auf den Rücken. Er blieb auf dem staubigen Bahnhofsplatz liegen und stöhnte; seine Tschapka hatte er bei dem Sturz verloren. Seinen Kameraden war die Szene auf einmal unheimlich geworden, zumal immer mehr Zuschauer nach der Polizei riefen. So rissen sie ihre Pferde herum und machten sich in Richtung Breslauer Straße aus dem Staub.

Kummerow hielt sich die Schulter, die vom abrupten Hochreißen seines Koffers und auch von einigem anerkennenden Schulterklopfen schmerzte. Er sah rasch in den Kinderwagen – sein kleiner Insasse hatte offensichtlich keinen Schaden genommen. Um die Kinderfrau hatten sich inzwischen einige Helfer versammelt, doch sie schien bereits wieder zu sich zu kommen. Als Kummerow hörte, dass auch sie wohl unverletzt geblieben war, zog er sich diskret zurück und bekam nun endlich die ersehnte Droschke. Diesmal gab er pflichtschuldig die Marke ab, und prompt setzte sich das Gefährt in Bewegung. Er sah ein letztes Mal zum Bahnhofsvorplatz zurück – zwei inzwischen aufgetauchte Schutzmänner führten gerade den sich jämmerlich dahinschleppenden Ulanen ab, um ihn seinem Regiment zu überstellen.

Kummerow lehnte sich in den Sitz zurück und rieb sich weiter die Schulter. Nach der Einmündung in die Holzmarktstraße sah er zum ersten Mal das dunkle Band der Spree, auf der im schwindenden Novemberlicht noch einige Lastkähne zu erkennen waren. Die Droschke unterquerte einen Bahnbogen der noch nicht lange fertiggestellten Stadtbahn, passierte die Parochial- und die Klosterkirche und hielt schließlich in der Klosterstraße 89.

»So, der Herr, einmal sechzig für Sie und der Koffer zu fünfundzwanzig macht fünfundachtzig Pfennig. Für Sie achtzig und keinen Pfennig mehr – ich hab geseh'n, wie Sie dem Mädel geholfen haben.«

Kummerow zahlte ein wenig verblüfft den ermäßigten Fahrpreis, und mit ungewöhnlich freundlichem Gruß fuhr der Kutscher weiter. So betrat der Polizeibeamte das Hotel »Deutsches Haus«. Er hatte nicht schriftlich reserviert und war froh, ohne Weiteres ein einfaches Zimmer zu bekommen.

»Wie lange gedenken Sie zu bleiben, Herr ... Kommissar?«, wollte der Empfangsdiener wissen, während er Kummerows Meldebogen fertigmachte.

»Bis ich eine feste Bleibe gefunden habe, sicherlich also ein paar Tage.«

In seinem Zimmer angekommen, zog der neue Gast die Stiefel aus und ließ sich aufs Bett fallen, das einen halbwegs stabilen Eindruck machte. Daneben hatte das Zimmer nicht mehr als eine Kommode mit Waschschüssel und einen Stuhl an Mobiliar zu bieten. Dafür äugte das preußische Dreigestirn von Kaiser, Bismarck und Moltke aus seinem Rahmen über der Kommode. Durch das geöffnete Hinterhoffenster drang das Gekeife zweier zänkischer Nachbarinnen aus dem Nebenhaus. Er seufzte und dachte bei sich: »Das also ist Berlin.«

* * *

Eine halbe preußische Meile entfernt wurde an diesem 15. November des Jahres 1884 ein Stück Weltpolitik begonnen. Nach Unstimmigkeiten über diverse Fragen Afrika betreffend hatte Reichskanzler Fürst Bismarck die von der Presse so genannte »Kongo-Konferenz« einberufen, um die wesentlichen

Probleme hinsichtlich der Interessenssphären, Handelswege und Zollbedingungen im Kongobecken zu lösen. In seinem Palais an der Wilhelmstraße begrüßte der Fürst die Delegierten aus den europäischen Ländern, den Vereinigten Staaten von Amerika und dem Osmanischen Reich – Abgesandte aus Afrika waren allerdings nicht unter den Geladenen. In seiner Ansprache brachte er die Hoffnung zum Ausdruck, dass die Konferenz bestehende Streitigkeiten zum Wohle aller beilegen möge. Dann vertagte sich die Konferenz auf die kommende Woche, in der mit der eigentlichen Arbeit begonnen werden sollte. Die ersten Delegierten verabschiedeten sich bereits am frühen Nachmittag, um sich in ihren jeweiligen Hotels von der Anreise zu erholen. Andere blieben noch länger um das raumgreifende Erfrischungsbüffet versammelt, das zu einem Dreh- und Angelpunkt der Konferenz werden sollte, und bewunderten dazu die fast fünf Meter hohe Afrikakarte des Geografen Richard Kiepert. Es war bereits dunkel, als einer der letzten Kongressteilnehmer das vormalige Palais Radziwill allein in Richtung Wilhelmplatz verließ. Als er bereits einige Meter vom Portal entfernt war, krachte ein Schuss durch die abendliche Wilhelmstraße. Der Getroffene fiel zu Boden und schrie um Hilfe, dann verlor er das Bewusstsein.

Kapitel II

Am Tag nach seiner Ankunft, einem kalten Novembersonntag, an dem der Himmel schon sehr nach Schnee aussah, machte sich Albert Kummerow zur Erkundung seiner neuen Umgebung auf. Es war immerhin gute dreizehn Jahre her, dass er mitunter als Aufklärer in der Uniform seines Königs in Frankreich unterwegs gewesen war, doch wo immer er sich seitdem zum ersten Mal befand oder schlichtweg neu vorkam, lernte er als Erstes so genau wie möglich das Terrain kennen. Jetzt war Frieden, und in diesem Spätherbst sah es auch nicht nach baldigen kriegerischen Auseinandersetzungen mit anderen europäischen Mächten aus. Immerhin war die deutsche Reichshauptstadt allmählich unter die wahren Großstädte der Welt aufgestiegen – nur einer der Gründe, warum Kummerow nach über zehn Jahren erfolgreicher Polizeiarbeit seinen Dienst in Posen quittiert und um Versetzung nach Berlin gebeten hatte. Nun machte er mit Hilfe seines Baedekers die Runde durch die Innenstadtviertel, nicht zuletzt, um eine ihm angenehme Wohngegend zu finden. Die Frage war nur: wo anfangen?

Sauber, ordentlich, bescheiden, dies waren die Grundbedingungen, die Kummerow auf seiner Wohnungssuche durch den Kopf gingen. Vorerst tat es ja auch ein möbliertes Zimmer, dann würde man weitersehen. Die vornehmeren Gegenden nahe dem Tiergarten, wo Geheimräte und Ministerialbeamte wohnten, kamen für ihn ebenso wenig in Frage wie die Arbeiterviertel im Norden und Osten der Stadt, wo Polizeikommissare – allen voran diejenigen der politischen

Abteilung – nur dienstlich verkehrten. So spazierte er an diesem Abend nach einer eingehenden Erkundung der Straßen zwischen dem Alexanderplatz und dem Friedrichshain zurück zum Hotel Deutsches Haus. Mit drei Mark die Nacht war es nicht zu kostspielig und lag dazu in der Nähe des Polizeipräsidiums am Molkenmarkt, wo er am Montag seinen Dienst antreten sollte.

Von der Königstraße ging er nicht direkt zurück zu seiner Logieradresse, denn er wollte im letzten Dämmerlicht noch einen Blick auf die Spree werfen. Er lief die Klosterstraße hinunter und hatte nur noch ein, zwei Ecken bis zum Fluss vor sich, als er voraus lautes Gezeter und deftige Verwünschungen hörte. Kummerow war nicht im Dienst, aber auch nicht der Mensch, solche Töne geflissentlich zu überhören. So rief er wie selbstverständlich »Halt, stehenbleiben, Polizei!« und lief auf den Lärm zu. An der Stralauer Straße bog er um die Ecke und fand sich im nächsten Moment am Boden wieder. Drei kräftige Burschen in gestreiften Hemden, womöglich Fleischergesellen, liefen lachend und grölend zur Waisenbrücke – sie hatten ihn auf ihrer Flucht einfach über den Haufen gerannt. Schon wieder hatte seine Schulter etwas abbekommen, doch der Schmerz war auszuhalten. Als sich Kummerow wieder hochgerappelt hatte, erkannte er gleich, dass eine Verfolgung zwecklos war. Was ihn verblüffte, war etwas ganz anderes. Er rieb sich die Augen, denn er glaubte, in eins seiner alten Märchenbücher zu schauen. Als kleiner Junge war er immer am meisten von den geheimnisvollen und oft hinterlistigen Zwergen beeindruckt gewesen. Hier, am Rand der Berliner Altstadt, schien nun eben solch ein Zwerg auf der Querstange einer halbhohen Straßenlaterne zu sitzen.

»Verfluchtes Lumpenpack! Der Schinder soll sie holen! Sie dort! So helfen Sie mir doch!«

Kummerow wurde seiner Verwunderung Herr und sah ein paar Meter weiter mehrere alte Holzkisten, die den Burschen zur Ausführung ihres Streiches gedient haben mussten. Er schob sie an die Laterne, kniff die Augen im grellen Licht zusammen, stieg hinauf, packte den immer noch zeternden kleinen Mann und hob ihn herunter.

»So seien Sie doch vorsichtig! Sie zerreißen mir ja den Mantel!«

Behutsam setzte Kummerow den Wütenden wieder auf festen Boden. Wie schon am Vortag fühlte er ein deutliches Stechen in der Schulter.

»Mein Hut! Dort, mein Hut!«

Fünf Schritte weiter lag der Zylinder des Mannes, der halb so hoch wie sein Besitzer selbst sein musste. Kummerow klopfte ihn vorsichtig ab und reichte ihn dem Fremden, der ihn schnell an sich riss.

»Das werden die mir büßen! Ins Zuchthaus werd' ich sie sperren lassen! Ich habe beste Beziehungen bei Hofe!«

Inzwischen hatten sich Kummerows Augen nach dem Blick in die Laterne wieder an das Halbdunkel gewöhnt. Vor ihm stand ein älterer Herr, der gerade einmal viereinhalb Fuß messen mochte, und dessen großer, weitgehend kahler Schädel nicht zum Rest seines Körpers passte. Die weiße Bartkrause und der funkelnde Blick durch rundliche Brillengläser gaben ihm etwas Komisches und Tragisches zugleich. Kummerow spürte die ohnmächtige Wut des Mannes gegenüber einer Welt, in die er hineingeboren schien, damit sie sich über ihn lustig machen konnte. Obwohl er sich noch kaum in der Stadt auskannte, wollte er sich darum freundlich zeigen.

»Wohnen Sie in der Nähe, mein Herr? Ich bin zwar erst seit Kurzem hier und kann ein Viertel Berlins noch nicht vom anderen unterscheiden, aber ich kann anbieten, Sie nach Hause zu begleiten.«

»Tut nicht Not. Ist auch zu weit. Rufen Sie mir eine Droschke. Am Molkenmarkt müssten welche sein.«

Als die beiden ungleichen Männer dort angelangt waren, schien es Kummerow angezeigt, sich vorzustellen.

»Gestatten, Kriminalkommissar Kummerow. Wir passieren gerade meine zukünftige Dienststelle.«

Der Angesprochene blickte zu ihm hinauf und hob die Brauen.

»So? Sie sind Polizeibeamter? Na, da habe ich ja Glück gehabt!«

Am Halteplatz war keine Droschke zu sehen, aber langsames Hufgetrappel von der Spandauer Straße her ließ vermuten, dass sich das eigenartige Zusammentreffen seinem Ende zuneigte. Kummerow winkte dem Kutscher, als er in Sichtweite kam, und öffnete seiner neuen Bekanntschaft eine Minute darauf den Schlag. Wegen seiner Verwunderung über das Geschehene war ihm nicht aufgefallen, dass er noch kein Wort des Dankes erhalten hatte. Aus dem Fenster der bereits geschlossenen Wagentür steckte jedoch der kleine Mann, dessen Zorn langsam zu verrauchen schien, Kopf und Arm und reichte ihm eine Karte.

»Suchen Sie mich auf!« Und zum Kutscher gewandt befahl er: »Zum Tiergarten hin!«

Mittlerweile war es so dunkel geworden, dass Kummerow wieder zu einer Laterne treten musste, um die Karte entziffern zu können. Er las:

Prof. A. Menzel
Sigismundstr. 3
Berlin-Thiergarten

Der Name sagte ihm nichts. Kummerow fragte sich, ob er der Einbestellung Folge leisten sollte – wie eine freundliche Einladung hatte sie jedenfalls nicht geklungen. Wieder beim »Deutschen Haus« angekommen, merkte er, wie hungrig er war. Er ließ sich einen Teller mit kaltem Fleisch und eingelegtem Gemüse auf sein Zimmer bringen und spülte sein Abendessen mit einem Bier der nahe gelegenen Bötzow-Brauerei hinunter. Als er sich in sein hartes Hotelbett gelegt und die Augen geschlossen hatte, gingen ihm die Eindrücke seines ersten Wochenendes im Kopf herum. Er schlief ein, aber sie verfolgten ihn noch im Traum. Zusammen mit unzähligen anderen Soldaten wurde er aus einem Eisenbahnwaggon auf einen riesigen Platz ausgespuckt. Ein Dienstmädchen in Ulanenuniform schob einen Kinderwagen genau auf ihn zu und salutierte. Als er hineinsah, lag da aber kein Kleinkind, sondern der eigenartige kleine Mann mit dem großen Kopf. Er wollte ihm eine Rassel geben, aber der Kleine blitzte ihn wütend an und schrie. Dann riss das Mädchen den Kinderwagen weg und schob ihn auf ein riesiges rotes Märchenbuch zu. Dort kletterte der Kleine aus dem Wagen und krabbelte in das Buch hinein, wo er zwischen den Seiten 70 und 71 verschwand.

Kapitel III

Am Montagmorgen machte sich Kummerow zeitig zu seinem neuen Arbeitsplatz auf. Weit hatte er es nicht: Das Polizeipräsidium lag kaum zehn Minuten von seinem Hotel in der Klosterstraße entfernt. Von außen machte die Häuserfront am Molkenmarkt einen düsteren Eindruck, was auch daran lag, dass sich hier die trostlosen Verliese der Stadtvogtei befanden. Wie vor seiner Abreise schriftlich angewiesen, meldete er sich um neun Uhr im Zentralbüro, wo dessen Vorsteher Polizeirat Caspar ihn schon erwartete.

»Kummerow, nicht wahr? Willkommen, willkommen. Hoffe, Sie haben ohne Probleme zu uns gefunden. Schon Quartier bezogen?«

»Bedaure, noch wohne ich im ›Deutschen Haus‹ in der Klosterstraße.«

»So? Ordentlich, der Laden? Habe da in der Gegend nur was vom ›König von Portugal‹ gehört. Lasse Ihnen später ein paar Adressen geben, wo Sie sich nach einer Wohnung umtun können.«

Kummerow nickte dankend, und der Büroleiter führte ihn auf den Flur.

»Machen jetzt eine kurze Runde zusammen, stelle Sie dann Ihren Kollegen in der IV. Abteilung vor.«

Caspar ging durch den dunklen Flur der ersten Etage voran, während er von der Geschichte des Hauses und dessen Eigenheiten erzählte.

»Kann Ihnen sagen, wären alle nicht böse drum, wenn sich das Präsidium endlich vergrößern würde. Ist ja schon im Gespräch – hoffentlich erleben wir's noch. Werden gleich sehen, was ich meine.«

Er zeigte auf das nächste Türschild, auf dem drei Namen verzeichnet waren.

»Ihr neues Reich, Kummerow. Gehört Ihnen aber nur zu einem Viertel!«

Er öffnete die Tür und schob Kummerow mit einem verbindlichen Lächeln vor sich in eine enge Amtsstube. Die Kriminalbeamten saßen bereits an ihren Schreibtischen und sahen neugierig auf.

»Meine Herren, darf Ihnen Ihren neuen Kollegen vorstellen! Kriminalkommissar Kummerow, gerade aus der Provinz Posen bei uns eingetroffen. Kommissare Braun, Schultz und Trommer.«

Die Beamten murmelten eine Begrüßung.

»Hier ist Ihr Platz, Kummerow. Wenn Sie häuslich eingerichtet sind, bitte um Punkt halb zehn wieder ins Zentralbüro. Ihre Vorgesetzten möchten Sie dann kennenlernen.«

Caspar nickte und verließ rasch den Raum. Die drei Kriminalisten schienen aufzuatmen und kamen nun nacheinander auf den neuen Kollegen zu, um sich vorzustellen. Da war zuerst der gemütliche Trommer, der durch sein kompaktes Äußeres an ein Mensch gewordenes Stullenpaket erinnerte. Er war einen ganzen Kopf kleiner als Kummerow, glich diesen Höhennachteil aber durch ständiges Wippen auf den Füßen zumindest teilweise wieder aus. Er mochte Anfang fünfzig sein, doch seine spärlichen Haare waren allesamt noch dunkel. Als einziger der drei Beamten trug er einen Vollbart. Nach ihm kam Braun, der mit seiner Brille und seinem leicht zerstreut wirkenden Blick auch an eine der Hochschulen der Stadt gepasst hätte. Sein Haar war sandfarben und schon recht schütter, obwohl er das fünfte Lebensjahrzehnt erst seit kurzem begonnen haben konnte. Schultz wirkte ein paar Jahre älter als Braun – das Auffälligste an ihm war sein offenes, freundliches Gesicht.

»So«, lachte Trommer, »dann kommen Sie also aus der Gegend kurz vor Warschau. Oder war es Krakau? Na, machen Sie sich nichts draus, wir machen schon 'nen Berliner aus Ihnen. Hier können Sie ihren Papierkram ablegen, und hier im Regal ist auch noch Platz.«

»Sie können den Herrn, äh …«, fing Braun an.

»Kummerow.«

»Verzeihung, Herrn Kummerow, doch nicht gleich so mit Ihrem Berlinertum drangsalieren. In meiner Heimatstadt Spandau sind wir da jedenfalls nicht so forsch«, versicherte er dem Neuankömmling.

Seine Kollegen verdrehten bei der Erwähnung der Kleinstadt westlich Berlins die Augen, und Kummerow hätte schwören können, dass Trommer leise Würgegeräusche nachahmte.

»Na, nun legen Sie erst mal ab und setzen sich hin«, schlug Schultz vor. »Wir sind ja hier gar nicht so.«

»Nur, wenn uns einer dumm kommt«, grinste Trommer. »Aber Sie machen das schon.«

Dann gingen sie gewissenhaft daran, Kummerow mit jeder Menge Empfehlungen für seine noch zu findende Wohnung, die angenehmsten Restaurants und vor allem seine Freizeitgestaltung einzudecken. Während Braun ihm noch die wichtigsten Ausflugsziele nahezubringen versuchte, meinte Trommer:

»Mensch, gleich halber zehn – ab in die Zentrale! Zimmer 27, Sie kennen's ja wohl schon. Der Alte wartet nicht gern.«

Kummerow beeilte sich zurück zum Zentralbüro, an dessen Tür Caspar schon nach ihm Ausschau hielt.

»Kommen Sie, kommen Sie. Termin bei Ihren Vorgesetzten.«

Er ging ins Zimmer nebenan voran, das wesentlich großzügiger geschnitten und eingerichtet war. Unter den strengen Hohenzollernaugen des Kaiserporträts an der Wand berieten sich drei ältere Beamte und ein Kavallerist in Uniform und sahen vom Schreibtisch auf, wo ein großer Stadtplan ausgebreitet lag.

»Meine Herren, darf Ihnen unseren neuen Kriminalkommissar Kummerow vorstellen. Ist vor Kurzem aus der Provinz Posen angekommen und wird uns in der IV. Abteilung unterstützen. Kummerow, Regierungsrat Graf von Pückler, Leiter der Abteilung. Ihm unterstellt sind Polizeirat von Gräve und Inspektor Schuchardt für die Kriminalpolizei.« Kummerow verbeugte sich, die Beamten erwiderten seinen Gruß. »Und dies«, fuhr Caspar fort, indem er mit militärischer Akkuratesse auf den Uniformierten wies, »ist Rittmeister von Tarlenheim vom Gardekürassier-Regiment.«

Höflich, aber ein wenig reserviert verbeugte sich Kummerow auch gegen den Gardesoldaten. Dieser war einen halben Kopf größer als er selbst; unter Preußens Soldatenkönig hätte er es zum »langen Kerl« bringen können. Kummerow fiel auf, dass sie beide ungefähr die gleiche hellbraune Haarfarbe hatten. Allerdings war der Schnurrbart des Kürassiers ein wenig buschiger als sein eigener, und während er selbst braune Augen hatte, erinnerte von Tarlenheims Augenfarbe an blasse Kornblumen. Nach dem abenteuerlichen Zwischenfall am Tag seiner Anreise also der nächste Kavallerist. Was hatte der mit der Berliner Polizei zu schaffen?

»Mein junger Freund«, fing Graf Pückler an und reichte ihm die Hand, »ich darf Sie als neuestes Mitglied der Berliner Kriminalpolizei willkommen heißen. Dass Ihr guter Ruf Ihnen in unterrichteten Kreisen vorauseilt, haben Sie vielleicht schon geahnt. Sie sind aber hier, wie gesagt, neu und damit nicht überall bekannt. Das ist ein Vorteil bei dem Fall, mit dem wir Sie betrauen wollen. Es handelt sich um Folgendes. Vorgestern hat im Palais des Reichskanzlers eine Konferenz begonnen, die sich um die Zukunft des afrikanischen Kontinents dreht. Wie Sie wissen, ist Preußen – ich meine natürlich das Deutsche Reich – bisher kaum als Kolonialmacht hervorgetreten. Es schickt sich nunmehr aber an, dieses Versäumnis nachzuholen. So können Sie sich vorstellen, welch großes Interesse an den damit verbundenen Fragen besteht. Nach dem Ende des ersten Konferenztages, dem der Reichskanzler persönlich vorstand, kam es zu einem Zwischenfall, bei dem es keine unmittelbaren Zeugen gab, und den wir auch der Presse gegenüber geheim halten konnten. Ein Angehöriger der belgischen Delegation wurde kurz nach dem Verlassen des Palais Radziwill von einer Gewehrkugel in die Schulter getroffen. Er befindet sich in der Obhut von Professor von Bergmann in der Chirurgischen Universitätsklinik, wo er bewacht wird. Ich habe mir übrigens sagen lassen, dass Ihnen dieser Arzt erinnerlich ist.«

Als er den Namen des bekannten Mediziners hörte, zog Kummerow unwillkürlich die Brauen hoch. Er hatte ihn in der Tat schon einmal kennengelernt, aber das schien ihm eine halbe Ewigkeit her – gut vierzehn Jahre, um genau zu sein. Doch jedes Mal, kurz bevor es regnete, erinnerte ihn das Ziehen in seiner Schulter an die Begegnung im August 1870.

»Kummerow, es steht folgendermaßen: Das Deutsche Reich kann es sich nicht leisten, dass diese Konferenz in irgendeiner Weise gefährdet wird. Was die ›Times‹ oder ›Le Figaro‹ daraus machen würden, wenn sie fragwürdige Neuigkeiten von ihr erhielten, will ich gar nicht erst ausmalen. Wie stünden wir vor der Welt da? Und so ist die Berliner Polizei von höchster Stelle angewiesen worden, den Vorfall ebenso schnell wie diskret zu behandeln. Polizeipräsident von Madai erwartet Aufklärung, und er wünscht sie so rasch wie möglich – direkte Weisung vom Fürsten Bismarck. Zu diesem Zweck ist verfügt worden, dass die Polizei mit nachrichtendienstlich geschulten Angehörigen des Militärs kooperieren soll. Daher die Anwesenheit des Rittmeisters. Er ist mit der Sache bereits vertraut und kann Sie über alles Weitere ins Bild setzen.«

Der Angesprochene nickte bedeutsam, und der Graf fuhr fort.

»Meine Herren, setzen Sie alles in Bewegung, um dieses feige Attentat aufzuklären. Für Ihr Vorgehen lasse ich Ihnen im Namen des Polizeipräsidenten freie Hand. Bei Detailfragen wenden Sie sich an Inspektor Schuchardt, bei allem Weiterreichenden auch an Polizeirat von Gräve und an mich. Regelmäßiger Rapport dementsprechend. Ich wünsche Ihnen viel Erfolg.«

Kummerow sah den Kürassier an, der vor den leitenden Beamten salutierte und sich zum Gehen wandte. Er machte eine kurze Verbeugung und folgte ihm aus dem Raum.

Seine neuen Vorgesetzten wandten sich wieder dem Kartentisch zu.

»Was halten Sie von Tarlenheim, Gräve?«

»Ausgezeichneter Mann, Herr Regierungsrat. Wenn ihm nicht wieder eins seiner Abenteuer dazwischen kommt.«

»Abenteuer?«

»Amouröser Natur, Herr Regierungsrat. Er hat was für junge Schauspielerinnen übrig. Und er ist notorisch klamm.«

»Hm. Verstehe. Und Kummerow?«

»Schwer zu sagen, Herr Regierungsrat. Ruhig. Unauffällig.«

»Das muss kein Nachteil sein. Was meinen Sie, Schuchardt?«

»Dem kann ich mich anschließen. Da müssen wir noch abwarten. Wie alt ist er übrigens?«

»Sechsunddreißig – genauso alt wie der Rittmeister«, antwortete von Gräve . »Ist es denn ratsam, dass ein neuer Kollege gleich in solch einem Fall ermittelt?«

»Anweisung vom Präsidenten«, versetzte Graf von Pückler. »Er meint, es ist besser, wenn's ein Außenstehender macht, der in Berlin noch ein unbeschriebenes Blatt ist. In der Provinz Posen hat er jedenfalls alle Fälle gelöst, die man ihm übertragen hat. Ist auf eigenen Wunsch nach Berlin versetzt worden. Tadellose Führung. Manchmal etwas zu gründlich, heißt es in seiner Akte. Und ein großer Helfer vor dem Herrn.«

»Wie meinen Sie, Helfer?«

»Irgendwie hat er wohl ein Händchen dafür, als rettender Engel zur Stelle zu sein. Na, wir werden ja sehen.«

Kapitel IV

»Herr Kummerow, wie wäre es mit einem zweiten Frühstück?«

Der so freundlich Angesprochene und sein neuer Ko-Ermittler standen auf dem dunklen Flur des Präsidiums und sahen beide auf die Uhr.

»Sollten wir nicht besser in die Wilhelmstraße fahren, Herr Rittmeister? Es wäre doch gut, wenn wir uns zuerst den Ort des Geschehens einmal näher besähen.«

Der Rittmeister sah ein wenig enttäuscht drein und räusperte sich verlegen.

»Natürlich, da haben Sie Recht. Eine Inspektion des Tatorts ist natürlich das Allererste.« Er überlegte kurz, dann hellte sich seine Miene auf. »Wenn wir damit fertig sind, haben auch schon ein paar brauchbare Lokale geöffnet.«

Dieser Logik war Kummerow durchaus zugänglich, und so traten sie auf den Molkenmarkt hinaus. Von Tarlenheim hatte bereits die Entscheidung über ihr Transportmittel gefällt.

»Omnibus und Pferdebahn scheiden aus, mein Lieber – meine Vorgesetzten sehen es nicht gern, wenn Offiziere dort mitfahren. Meinen Thersites hab' ich in der Kaserne gelassen, und Sie sind ja auch zu Fuß. Lassen Sie uns eine Droschke nehmen.«

Kummerow hob nur kurz die Brauen, aber dergleichen war er von manchen Zweigen des Militärs bereits gewöhnt. Er hoffte insgeheim, dass der Rittmeister anders sei als die dünkelhaften Mitglieder der vornehmen Garderegimenter. Diesmal wartete am Halteplatz schon ein Gefährt. Der Kürassier ließ ihm mit einer einladenden Geste den Vortritt und wies den Kutscher an:

»Zum Wilhelmplatz! Fahren Sie am Schloss vorbei, die Linden hinunter und dann von Norden in die Wilhelmstraße hinein.«

Der Kutscher legte zur Antwort zwei Finger an seine Hutkrempe, und Kummerow bekam seine erste Rundfahrt durch die Berliner Innenstadt. Über den Mühlendamm ging es rechts hinein in die Breite Straße mit ihren vielen ansehnlichen Geschäften.

»Hertzog da drüben hat feine Sachen – und die werden von feinen Damen getragen«, lächelte von Tarlenheim.

Auch Kummerow hatte schon davon gehört, welchen Schlag Gardeoffiziere bei der Berliner Damenwelt hatten, und dachte sich seinen Teil. Vorbei am Marstall fuhren sie aufs königliche Schloss zu; zum ersten Mal sah Kummerow es aus der Nähe. Dunkel und klotzig lag es da und schien nicht recht zu wissen, ob es das Zeug hatte, zu einer der großen Residenzen Europas zu werden. Kurz vor dem Lustgarten ging es links zum Boulevard Unter den Linden, und er konnte gerade noch Schinkels bescheidenen Dom erkennen.

»Mögen Sie die Oper, Kummerow? Ich halte es ja eher mit den Italienern als mit unlängst verstorbenen deutschen Singspielkomponisten.«

»Da geht es mir ähnlich«, gab Kummerow zurück und behielt für sich, dass er noch nie ein Opernhaus von innen gesehen hatte. Er musste auch nicht näher ins Detail gehen, denn sie waren schon auf der Höhe des kaiserlichen Palais.

»Sehen Sie das linke Eckfenster? Das ist das Arbeitszimmer des Kaisers. Jeden Mittag um 12 Uhr grüßt er von dort die aufgezogene Wache, wenn er in Berlin ist.«

Kummerow reckte sich ein wenig aus dem Sitz nach oben,

und für einen Moment schien es ihm, als sähe er flüchtig den charakteristischen weißen Backenbart. Ihm fiel auf, dass auf dieser Seite des Boulevards deutlich mehr Offiziere flanierten, und er wies von Tarlenheim darauf hin.

»Die feinere Seite, mein Lieber.«

Sie näherten sich der Friedrichstraße.

»Das Café Bauer!«

»Ja, in voller Lebensgröße. Bemerkenswerter Laden – elektrisches Licht und Zeitungen aus aller Herren Länder. Habe selbst dort schon manchen Nachmittag totgeschlagen.«

Geradeaus war schon das Brandenburger Tor zu sehen, und nur zwei Minuten später bog die Droschke links in die Wilhelmstraße ein. Hinter den herrschaftlichen Fassaden dieser Straße wurde die deutsche Politik bestimmt. Schon von Weitem sah Kummerow vor dem Reichskanzlerpalais eine mehrköpfige Wache, die nach dem jüngsten Anschlag verstärkt worden sein musste. Von Tarlenheim bestätigte seine Vermutung.

»Kutscher, halten Sie drüben am Friedrich-Karl-Palais!«

Er stieg zuerst aus und ließ Kummerow die Droschke bezahlen; der dachte rechtzeitig daran, die Fahrt quittieren zu lassen. Er sah sich um. Vor ihnen lag der Wilhelmplatz mit seinen Denkmälern preußischer Feldherren. Zieten, Keith, der alte Dessauer – Kummerow erinnerte sich mit Widerwillen daran, wie er ihre Schlachten in der Volksschule hatte auswendig lernen müssen. Links hinter dem Zietenplatz konnte er das Hotel Kaiserhof erkennen.

»Lassen Sie uns eine Runde um den Platz drehen.«

Sie gingen um den längst abgeblühten Wilhelmplatz, während der Gardekürassier die Lage erklärte.

»Am Samstag begann also im Reichskanzlerpalais die Kongo-Konferenz, bei der es um die Interessen und die Einflusssphären der Großmächte auf dem afrikanischen Kontinent geht. Fürst Bismarck hielt die Begrüßungsrede und gab einen Ausblick; danach vertagte sich die Konferenz bis zur laufenden Woche. Einige Delegierte blieben noch länger dort. Der junge belgische Delegierte Vandenberg verließ als Letzter gegen sechs Uhr das Palais, als die Abenddämmerung schon fortgeschritten war. Er lief die Wilhelmstraße nach Süden zur Voßstraße hinunter, als vom Wilhelmplatz ein Schuss auf ihn abgegeben wurde. Dieser traf ihn in die linke Schulter, und er lag unter erheblichen Schmerzen, aber nur mäßigem Blutverlust dort, bis die Wachen vom Reichskanzlerpalais sein Rufen hörten und ihm zu Hilfe kamen. In diesem Umschlag habe ich die Überbleibsel der Patrone – ich nehme an, ihr Typ wird Ihnen bekannt vorkommen.«

Kummerow sah sich den angebrannten Rest von allen Seiten an.

»Kaliber 11, Papierpatrone. Sieht ganz nach Chassepot-Gewehr aus.«

»So ist es. Ich habe schon gehört, dass auch Sie in Frankreich damit Bekanntschaft gemacht haben. Sedan?«

»Nein, Weißenburg und Wörth.«

»Dann wissen Sie ja aus erster Hand, wie uns die Franzosen eingeheizt haben. Die Chassepots haben eine höllische Reichweite, und auch unserem Korps haben die Francs-Tireurs mächtig zugesetzt.«

Welchen Schaden die berüchtigten französischen Freikorpsangehörigen damals anrichten konnten, hatte Kummerow am eigenen Leibe erfahren, doch Genaueres wollte er von Tarlenheim im Moment nicht gern berichten. Inzwischen hatten sie den Platz weiter umrundet und standen vor dem Denkmal des Grafen von Schwerin. Kummerow blickte über die Wilhelmstraße zum Reichskanzlerpalais.

»Etwa von hier müsste der Attentäter geschossen haben«, meinte von Tarlenheim. »Ich schätze, er hat hier hinter dem Denkmalsockel Deckung genommen. Zu dieser Zeit war auf der Straße kaum noch Betrieb, und obendrein war es bereits dunkel genug, um sich zu verbergen. Unmittelbar nach dem Anschlag wurde die Straße vorübergehend gesperrt und nach Spuren abgesucht. Mehr als die Patronenhülse wurde aber nicht gefunden, und eine wirklich intensive Suche lag außerhalb des Möglichen. Es sollte vor allem kein Aufsehen erregt werden.«

Kummerow dachte nach.

»Lassen Sie uns noch einmal um den Platz gehen, aber Schritt für Schritt. Jetzt ist ja besseres Licht.«

Diesmal gingen die beiden gegen den Uhrzeigersinn um den Platz, wobei Kummerow sich vor allem für die welke Bepflanzung interessierte. Er war noch keine zwanzig Meter weit gekommen, als er etwas unter einem flachen Busch liegen sah.

»Schauen Sie, Herr Rittmeister.«

Von Tarlenheim, der an anderer Stelle gesucht hatte, trat schnell dazu und sah Kummerow, der in die Knie gegangen war, über die Schulter.

»Was haben Sie?«

Kummerow hielt einen handgroßen Stofffetzen hoch. Er war zu einer Hälfte rot und zur anderen orangefarben, mit einem schwarzen Wellenmuster als Trennlinie.

»Das könnte von irgendwem stammen, also vielleicht auch vom Täter. Sagt Ihnen das Muster etwas?«

»Mir unbekannt. Da muss ich passen. Sehen Sie mal. Ich habe das hier gefunden.«

Er hielt einen Zigarrenstumpen hoch, an dem die Bauchbinde noch intakt war.

Der Kommissar ließ sich den Umschlag mit der Patronenhülse geben und tat den Fetzen und den Zigarrenrest dazu.

»Wir wollen sehen, was sich machen lässt.«

Noch eine halbe Stunde lang inspizierten beide den Platz, aber ohne weiteren Erfolg. Dann sprach der Rittmeister die erlösenden Worte.

»Gehen wir frühstücken, Kummerow. Wir haben's uns verdient.«

Kapitel V

Das Phänomen der Berliner Frühstücksstuben, die sich in den letzten Jahrzehnten neben den feineren Restaurants etabliert hatten, war Kummerow als Zugereistem noch neu. Wäre es nach ihm gegangen, hätten die beiden Ermittler das nächstbeste Lokal aufgesucht, aber da kannte er Rittmeister Joachim von Tarlenheim schlecht. »Zu Niquet!« war der Schlachtruf, den dieser dem Kutscher entgegenschleuderte, und so ging es über die Jägerstraße zurück nach Osten. Kummerow konnte mit ansehen, wie sich die ohnehin schon passable Laune seines Begleiters beständig besserte, je näher sie dem ausgesuchten Etablissement kamen. Darüber vergaß der jedoch nicht, die wichtigsten Sehenswürdigkeiten miteinzubeziehen. »Ehrenrunde!«, befahl er, als die Droschke den Gendarmenmarkt erreichte. Deutscher Dom, Französischer Dom – Kummerow fragte sich, warum man hier gleich zwei Gotteshäuser in unmittelbarer Nachbarschaft gebaut hatte. Von Tarlenheim zeigte auf das zentrale Gebäude des Platzes.

»Interessieren Sie sich fürs Theater, Kummerow? Wir könnten uns dort mal etwas zusammen ansehen, wenn Sie mögen. Manchmal ist das Königliche Schauspiel ein bisschen angestaubt, aber alles in allem ganz solide.«

In diesem Moment winkte ihm quer über den Platz eine hübsche junge Dame zu, die auf dem Weg ins Schauspielhaus zu sein schien. Von Tarlenheim winkte zurück.

»Fräulein Stollberg. Spielt gerade die Elisabeth in ›Maria Stuart‹. Sehr talentiert!«

Fünf Minuten später stiegen sie an der Ecke der Jäger- zur

Oberwallstraße aus. Zehn Schritte weiter und drei Stufen abwärts ins Souterrain, und sie befanden sich in der stadtbekannten Wirtschaft von Ludwig Friedrich Niquet. Der legendäre Wirt stand zwar schon lange nicht mehr selbst hinter dem Tresen, aber die berühmten Fleisch- und Wurstwaren lockten die Gäste noch immer in Scharen an. Anschreiben war hier verpönt – nach wie vor galt Niquets Bonmot »Gerade gestern hab' ich 'nen Vertrag mit den Bankiers von der Preußischen Seehandlung abgeschlossen. Ich darf kein Geld mehr verpumpen, und die dürfen keine Würste mehr verkaufen.« Kummerow und von Tarlenheim fanden einen kleinen Tisch am Fenster, und der Rittmeister orderte der Jahreszeit entsprechend eine große Schlachteplatte und zwei Seidel Münchner, wobei er sich vernehmen ließ, dies sei doch etwas anderes als die »Dividendenjauche«, die man früher in Berlin ausgeschenkt habe. Es war noch nicht allzu verqualmt um diese Tageszeit, und so bekam Kummerow einen guten Eindruck von der getäfelten Wirtschaft mit dem massiven Tresen. An den anderen Tischen saßen zumeist ältere Herren, die sich mit sichtlichem Behagen die Spezialitäten des Hauses schmecken ließen. Als die Platte dann vor ihnen stand, grinsten sich beide Männer an, denn angesichts der Ehrfurcht einflößenden Mengen von Blutwurst, Leberwurst und Kesselfleisch würden sie ihr Gespräch eine Weile zurückstellen müssen. Nach ein paar Minuten fand von Tarlenheim es zwischen zwei Bissen endlich angezeigt, mit der Erörterung des Falls zu beginnen.

»Viel haben wir ja nicht, Kummerow – was machen wir aus einem Fetzen Stoff und einer Halbgerauchten?«

»Schwer zu sagen – ich wünschte, wir könnten voraussetzen, dass sie vom Täter stammen.«

Kummerow holte den Umschlag heraus und legte den Inhalt neben die Teller auf den Tisch.

»Schön, dann greifen wir mal diesen Strohhalm – was sagt uns das Muster?«

Beide besahen sich den Wollstoff. Mit seiner Färbung schien er nicht zu einem Kleidungsstück zu gehören; eher noch mochte er von einer gefärbten Decke stammen. Beim nur einen halben Daumen großen Zigarrenrest hofften beide, dass er leichter zu bestimmen sein würde, haftete ihm doch gewissermaßen seine Visitenkarte an. Auf der himmelblauen Bauchbinde prangte ein goldener Stern; am oberen Rand stand die Aufschrift »La Fleur du Congo« zu lesen. Zwar waren beide Männer langjährige Zigarrenraucher, mussten aber zugeben, diese Marke noch nie gesehen zu haben.

»Das sollte aber herauszubekommen sein. Da müssen wir nur in einem Tabakgeschäft nachfragen, wo die Marke herstammt«, stellte von Tarlenheim fest. »Ich schlage vor, ich übernehme die Befragung der Delegationsmitglieder, soweit das ohne diplomatische Verwicklungen möglich sein wird, und Sie kümmern sich um Stoff und Zigarre.«

Kummerow blinzelte. Er war sich nicht sicher, ob ihm diese Verfügung so gefiel. Der Offizier war offensichtlich das Befehlen gewöhnt. Allerdings hatte er selbst auch keine bessere Idee zur Aufgabenverteilung vorzuweisen. Von Tarlenheim gab gleich ein zweites Mal die Marschroute vor.

»Noch wichtiger ist es natürlich, das Opfer selbst zu befragen. Meiner Ansicht nach eigentlich die wichtigste Aufgabe zum jetzigen Zeitpunkt. Wenn Sie es heute noch einrichten könnten, wäre ich Ihnen sehr verbunden – habe noch dringende dienstliche Angelegenheiten zu regeln.«

Der Kommissar fragte sich, ob er seinem Gegenüber die wiederholte Vereinnahmung übelnehmen sollte, entschied sich im Zweifelsfall aber für den Angeklagten und stimmte zu.

»Ausgezeichnet, Ihnen sehr zu Dank verpflichtet! Sie wissen, wo Sie den Mann finden?«

Kummerow bestätigte, sich an das Gespräch mit den Vorgesetzten erinnern zu können – sie hatten die Chirurgische Klinik in der Ziegelstraße erwähnt. Von Tarlenheim wechselte unvermittelt das Thema.

»Sagen Sie, wenn Sie damals bei Weißenburg und Wörth mit dabei waren, dann ja wohl mit der 3. Armee. Welches war Ihr Regiment?

»Das Erste Westpreußische. Grenadier-Regiment Nummer 6, ›Graf Kleist von Nollendorf‹.«

»Stationiert in Posen, nehme ich an?«

»Ganz recht.«

»Ihre Vorgesetzten deuteten mir gegenüber an, dass bei den Umständen Ihrer Verwundung großer Schaden abgewendet wurde. Gerieten Sie womöglich in einen Hinterhalt?«

Bei der Erinnerung verdunkelte sich Kummerows Miene.

»Nehmen Sie mir's nicht übel, Herr Rittmeister, aber ich spreche ungern darüber.«

»Verstehe. Kein Grund zur Entschuldigung – wenn sich einer zu entschuldigen hat, dann ich. Nur wer dabei war, weiß, wie schlimm es gewesen ist. Seit wann sind Sie denn nun hier, und was haben Sie schon von der Stadt gesehen?«

Kummerow war der erneute Themenwechsel willkommen; er erzählte von seiner turbulenten Ankunft am Schlesischen Bahnhof und von seinen ersten Rundgängen. Schließlich erwähnte er auch seine eigenartige Rettungstat vom Vorabend. Auf gut Glück hielt er von Tarlenheim die Karte des kleinen Mannes hin.

»Kennen Sie zufällig diesen Herrn?«

Der Offizier las, dann lachte er laut auf.

»Mensch, Kummerow, da haben Sie ja die kleine Exzellenz gerettet!«

»Wie bitte? Wen?«

»Die kleine Exzellenz. Adolph Menzel, den wohl größten Maler, den wir hier in Preußen haben – auch, wenn er keine fünf Fuß misst. Hat er Sie zu sich bestellt?«

Kummerow war seine Wissenslücke peinlich, aber von Tarlenheim war liebenswürdig darüber hinweggegangen.

»Ja, ich soll ihn aufsuchen.«

»Dann lassen Sie ihn nicht warten – dieses Privilegs werden nämlich die wenigsten teilhaftig, habe ich mir sagen lassen. Am besten, Sie fahren morgen zwischen zehn und elf Uhr vormittags dorthin, dann soll er gewöhnlich mit der Arbeit anfangen.«

Er schüttelte den Kopf und lachte wieder.

»Erst den dritten Tag hier und schon Retter in der Not! Kummerow, ich habe den Eindruck, Berlin hat nur auf Sie gewartet!«

Sie widmeten sich dem Rest ihres Frühstücks und ahnten nicht, dass sie seit ihrem Ortstermin am Wilhelmplatz beobachtet wurden. Ihr Verfolger war vorsichtig genug gewesen, ihnen nicht bis in Niquets Gaststube nachzukommen. Er wünschte ihnen stattdessen von draußen im Stillen »Guten Appetit« und schrieb ein paar Zeilen in ein Notizbuch. Dann warf er einen letzten Blick auf die Frühstücksstube und machte sich auf in die Französische Straße, um in Löwensteins Indisch-Chinesischem Teehaus die Fernsprecheinrichtung zu nutzen.

Kapitel VI

»Ach, zu dumm, jetzt habe ich gar kein Geld bei mir! Wären Sie so freundlich, mein Lieber …«

Kummerow nickte und übernahm für beide die Zeche. Sie verabschiedeten sich vor der Tür der Frühstücksstube, von wo aus der Rittmeister einen Verdauungsspaziergang zu seiner Kaserne in der Nähe des Belle-Alliance-Platzes plante. Kummerow schlug die entgegengesetzte Richtung ein.

Es war bereits Mittag, und als er von der Oberwallstraße auf die Linden zukam, konnte er schon die Militärmusik an der Königswache hören: Die Kapelle legte sich vor einer ganzen Menge von Zuhörern beim »Hohenfriedberger« ins Zeug. Kummerow blieb aber nicht dort stehen; sein Bedarf an Marschmusik war seit seiner Armeezeit gedeckt. Stattdessen ging er weiter zum Kupfergraben und überquerte bald die Spree an der Ebertsbrücke. Auf der anderen Seite des Flusses ragten die Gebäude der Poli- und Frauenkliniken auf. Von der Artilleriestraße bog er in die Ziegelstraße ein und stand eine Minute später vor dem Portal der Chirurgischen Klinik. Er meldete sich beim Pförtner und wurde kurz darauf ins Büro des Institutsdirektors Ernst von Bergmann geführt, der gerade Mittagspause machte.

»Kummerow, Kummerow? Wir kennen uns doch!«, begrüßte ihn der Arzt in baltischem Tonfall. Seine einladende Art und das freundliche Gesicht mit dem dichten Vollbart schienen wie geschaffen dafür, seinen Patienten Vertrauen einzuflößen. »Schulterschuss, August '70, hab' ich Recht? Wie geht's uns denn?«

»Danke, Herr Professor, manchmal zieht es noch ordentlich, aber sonst kann ich nicht klagen. Dass Sie sich daran noch erinnern?«

»Na, Sie sind gut, junger Mann! Wenn ich denke, was das für eine Aufregung war! Die Schlacht geschlagen, und dann reißt es uns beinahe den Kronprinzen! Ohne Sie«, und er senkte die Stimme, »wäre unser Thronfolger ein allzu forscher Mittzwanziger, dem es noch an so manchem fehlt. Da ist es schon besser, unser Fritz verbringt eine ebenso lange Zeit auf dem Thron wie sein Vater.«

Kummerow konnte diese Hoffnung durchaus nachvollziehen. Der Enkel des jetzigen Kaisers, ebenfalls ein Wilhelm, war bisher nicht sonderlich positiv aufgefallen.

»So, und Sie sind jetzt also bei der Berliner Polizei.«

Der Kommissar bejahte und kam nun auf den Grund seines Besuchs zu sprechen.

»Herr Professor, Sie haben hier zurzeit einen Patienten, den Sie unter strikter Geheimhaltung behandeln.«

»In der Tat, Kummerow, in der Tat – Anweisung von höchster Regierungsstelle. Ärzte, Pfleger und Schwestern mussten sich zu absoluter Verschwiegenheit verpflichten. Hatten wir vorher auch noch nicht. Ein belgischer Diplomat, der kaum Deutsch spricht – da mussten wir erst mal unsere Französischkenntnisse aufpolieren. Und wissen Sie, was das Tollste ist? Er hat genau die gleiche Schussverletzung wie Sie vor vierzehn Jahren!«

Kummerow zog die Brauen hoch. Die Angelegenheit schien ganz sein Fall zu werden.

»Ist er denn ansprechbar? Kann ich ihm ein paar Fragen stellen?«

»Ich denke schon, allerdings hat er noch ziemliche Schmerzen. Das wird schon wieder werden, aber in diesem

Jahr können wir ihn wohl nicht mehr nach Hause schicken. Kommen Sie, ich bringe Sie zu ihm.«

»Wenn ich Sie bitten dürfte, mir etwas zu dolmetschen – von Frankreich habe ich damals nur zwei Schlachtfelder gesehen, und die Sprache habe ich nie richtig gelernt.«

»Gewiss.«

Der Mediziner führte ihn ans Ende eines Ganges zu einer Tür, vor der ein Pfleger in weißem Krankenhauskittel auf einem Stuhl saß.

»Das ist einer von Ihnen, Kummerow«, meinte von Bergmann. »Anweisung aus dem Polizeipräsidium.«

Der Beamte in Weiß nickte und öffnete ihnen die Tür. Im einzigen Bett am Fenster lag ein dunkelhaariger, schnauzbärtiger Mann, der höchstens Anfang dreißig sein konnte. Als sie die Tür schlossen, öffnete er die Augen und blickte zu ihnen auf.

»Bonjour, Monsieur Vandenberg«, grüßte von Bergmann in seinem besten Gymnasialfranzösisch. »Comment allez-vous aujourd'hui?«

Der Diplomat wackelte »comme ci, comme ça« mit der Hand und lächelte schwach.

»Voilà Monsieur Kummerow, Police de Berlin. Il a quelques questions.«

Der Patient sah den Kommissar mit einer Mischung aus Neugier und Reserviertheit an.

»Bitte fragen Sie ihn, an was er sich erinnern kann.«

Von Bergmann gab sich Mühe zu übersetzen, und der junge Diplomat fing an.

»Ach, Monsieur, wenn ich gewusst hätte, was für ein gefährliches Pflaster Ihr Berlin ist! Nach ein paar Jahren in Afrika dachte ich, dass es nun ruhiger zugehen würde, aber dort ist mir selbst im tiefsten Busch nie etwas passiert, und hier werde ich nach kurzer Zeit angeschossen! Ich kam also als Letzter aus dem Palais, es hatte noch längere Vorbesprechungen gegeben, ich musste noch ein paar Dokumente durchsehen, und draußen war es schon dunkel. Ich ging allein durchs Portal und nach rechts in Richtung Wilhelmplatz. Ich war noch nicht an der Straßenecke angekommen, da gab es einen Knall. Ich spürte ein Brennen wie Feuer in der Schulter und fiel um. Ich rief um Hilfe, und nach kurzer Zeit kamen Wachen vom Palais Ihres Reichskanzlers gelaufen. Danach muss ich wohl das Bewusstsein verloren haben. Als ich wieder aufwachte, lag ich in diesem Bett.«

Kummerow nickte.

»Haben Sie irgendeine Vermutung, wer der oder die Täter sein könnten?

»Mon Dieu, nein, ich bin ja erst seit einer Woche hier und kenne kaum jemanden hier in der Stadt.«

»Keine Bekanntschaften, oder vielleicht Feinde?«

»Nein, Monsieur, nicht, dass ich wüsste, nein.«

»Dann wünsche ich Ihnen fürs Erste gute Besserung, Monsieur. Möglich, dass ich Sie noch einmal besuchen komme.«

Er verabschiedete sich und verließ mit von Bergmann das Krankenzimmer. Vor der Tür sprach Kummerow noch den Wachpolizisten an:

»Irgendwelche besonderen Vorkommnisse?«

»Nein, Herr Kommissar. Es wurden nur Blumen abgegeben, und eine Kiste Zigarren war auch dabei.«

»Ist gut. Halten Sie weiter die Augen offen.«

»Jawohl, Herr Kommissar.«

Von Bergmann begleitete Kummerow zurück zum Haupteingang. Die Stirn des Kommissars lag in Falten.

»An irgendwen erinnert er mich. Irgendeine Abbildung …«

»Tatsächlich? Da bin ich überfragt … na, da kommen Sie

schon wieder drauf. Jedenfalls wissen Sie ja noch selbst, dass die Schulter nur langsam heilen und in Zukunft noch Probleme machen wird. Wir tun jedenfalls, was wir können. Schauen Sie wieder vorbei, mein Lieber – Sie brauchen auch keinen dienstlichen Grund dafür.«

Kummerow dankte seinem Arzt von damals, verließ die Klinik und ging langsam der Spree entgegen.

Kapitel VII

Nach der Rückkehr aus der Universitätsklinik verbrachte Kummerow den Rest der Dienstzeit im Präsidium, wo er sich mit den Abteilungen vertraut machte und hier und da auch vorstellte. Dazu wollte er vom Stofffetzen und dem Zigarrenstumpen eine genaue Zeichnung anfertigen, damit beide Ermittler immer ein genaues Bild von ihnen hätten. Trommer sah ihm über die Schulter.

»Recht begabt, Herr Kollege – Sie waren auf der Kunstakademie?«

»Bewahre – ich gebe mir nur Mühe, zwei Beweisstücke zu kopieren.«

»Verstehe, Ihr erster Fall. Wird Zeit, dass wir endlich mal eine Abteilung kriegen, die so was übernimmt ... komisch, das Muster da hab' ich in letzter Zeit schon mal gesehen. Wenn ich bloß wüsste, wo ...«

Trommer rieb sich das Kinn und trat ans Fenster. Braun kam in diesem Moment mit einer Zeitung in der Hand zur Tür herein.

»Schauen Sie mal, Kummerow. Hier, im ›Tageblatt‹. Wär' das nicht was für Sie?«

Er hielt seinem neuen Kollegen den Anzeigenteil vor die Nase, wo zu lesen stand:

Zwei fein möbl. Zimmer sind an einen anständigen Herrn oder Dame sofort billig zu vermiethen. Georgenkirchstr. 2, Pt.

»Das ist keine halbe Stunde von hier – fragen Sie doch mal nach.«

Kummerow dankte und besah sich die Adresse auf dem großen Stadtplan, der eine Wand des Büros dominierte. Es musste gleich ums Eck vom Friedrichshain sein. Ein wenig Grün in der Nähe würde ihm gut tun. Er gab Bescheid, dass er am nächsten Tag wohl überwiegend außer Haus ermitteln würde, machte kurz vor sechs Uhr Dienstschluss und marschierte zügig zur Königstraße. Er passierte die Kolonnaden, überquerte den Alexanderplatz und ging weiter stadtauswärts. Einmal rechts und gleich wieder links, dann bog er in die Georgenkirchstraße ein. Die Hausnummern an der Ecke verrieten ihm, dass er noch ein ganzes Stück zum Friedrichshain hin laufen musste, bevor er die Nummer zwei erreichen würde. An seinem Ziel angekommen, trat er in den Hausflur und konnte auf dem Türschild der Parterrewohnung »Ww. Liebrecht« lesen. Auf sein Läuten hin hörte er bald Schritte, und kurz darauf öffnete ihm eine zierliche Dame in schwarzem Kleid, die in den mittleren Vierzigern sein mochte.

»Sie wünschen, mein Herr?«

»Gestatten, Kummerow. Ich komme wegen der Zimmerannonce im ›Tageblatt‹.«

»Da haben Sie Glück. Vor einer halben Stunde war schon ein Herr hier, aber der hätte dann doch lieber weiter oben gewohnt. Ihnen macht doch die Parterrelage nichts aus? Und sicher wollen Sie keine Haustiere mitbringen? Dann zeige ich Ihnen gerne die Zimmer.«

Kummerow bestätigte beides, und die Witwe führte ihn an der Küche und an zwei geschlossenen Türen vorbei und öffnete eine weitere. Sie traten in ein recht gemütlich eingerichtetes Zimmer mit hellen Tapeten, in dem ein geblümtes Sofa, ein Armsessel, ein Couchtisch, zwei halbhohe Bücherschränke sowie einige Blumenkübel standen. An den Wänden hingen zwei Stiche von Chodowiecki. Trotz der niedrigen

Lage machte das Zimmer den Eindruck, als könne tagsüber ausreichend Licht von der Straße hineinfallen.

»Die Bücherschränke stehen natürlich zur Verfügung, und sollten die Pflanzen stören, können sie entfernt werden. Und hier schließt sich das Schlafzimmer an.«

Die Witwe öffnete die letzte Tür, die zu einem gefangenen Zimmer führte, das gut halb so groß wie das benachbarte sein mochte. Dort befanden sich ein hölzernes Bett, daneben ein Kleiderschrank, zwei Stühle, ein Nachttisch und ein Waschtisch mit Waschschüssel. Kummerow blickte aus dem Fenster in einen kleinen Hof.

»Solch ein Zimmer wird allgemein als ruhiges Schlafzimmer geschätzt«, bestärkte ihn Frau Liebrecht.

»Sehr schöne Zimmer«, lobte er. »Und sie wären ab sofort zu haben?«

»Gewiss. Die möblierte Miete beläuft sich auf fünfzehn Mark die Woche. Darin enthalten ist ein Frühstück mit Ei.«

»Ich nehme sie. Dann würde ich gern schon gleich nachher mein Gepäck von meinem Hotel herüberbringen. Das ist Ihnen doch recht?«

»Natürlich, es ist alles bezugsfertig. Dann willkommen im Hause Liebrecht, Herr …«

»Kummerow. Albert August Kummerow, Kriminalkommissar. Wenn Sie hier meine Papiere sehen wollen.«

Zurück in der Wohnstube, fiel sein Blick auf eine Fotografie, die einen stattlichen Mann mit auffälligem Künstlerbart zeigte.

»Ihr verblichener Gemahl?«

Die Witwe nickte und schnaubte sich geräuschvoll die Nase.

»Mein Ewald. Über elf Jahre ist er jetzt verschollen. Er war mit Paul Güßfeldt auf Forschungsreise nach Afrika unterwegs.«

»Der Güßfeldt, der auch in Südamerika war?«

»Ja, jetzt ist er Generalsekretär der Gesellschaft für Erdkunde. Sie waren Schulfreunde, noch vom Französischen Gymnasium her. Ende 1872 wollten sie zur Kongomündung reisen, aber im Januar darauf erlitten sie Schiffbruch vor Sierra Leone. Sie sagen, Ewald wäre dabei ertrunken, aber keiner hat ihn je gefunden. Letztes Jahr haben sie ihn nun für tot erklärt.«

»Mein aufrichtiges Beileid.«

»Ich danke Ihnen. Wenn er doch nur wiederkommen wollte.«

Kapitel VIII

Am nächsten Morgen klopfte es um acht Uhr an der Schlafzimmertür.

»Guten Morgen, Herr Kummerow«, klang es durch die Tür. »Die Waschschüssel, Rasierwasser und Frühstück habe ich Ihnen hingestellt, ich gehe dann gleich außer Haus.«

Er dankte und stand rasch auf. Zwanzig Minuten später hatte er es sich auf der Küchenbank bequem gemacht und studierte abwechselnd den Stadtplan, den Baedeker und sein Notizbuch. Um neun verließ er das Haus und schlenderte bis zur Spreeinsel mit ihren Museen. An der Haltestelle auf der anderen Seite wartete schon die zweispännige Bahn Nummer 1.

Trotz des ungemütlichen Wetters genoss Kummerow die Fahrt. Die Bahn fuhr zunächst an der Rückseite der Garde-du-Corps-Kaserne vorbei und kreuzte bald darauf die Friedrichstraße, von der er schon manches gehört hatte. Die Fassade des mächtigen Central-Hotels imponierte ihm, doch bezweifelte er, dass allein dessen Restaurant im Rahmen seiner Möglichkeiten liegen würde. Vor dem düsteren Bau der Kriegsakademie an der Ecke zur Wilhelmstraße sah er etliche Uniformierte auf ihrem Weg zum Vortrag. Er fragte sich, ob Rittmeister von Tarlenheim hier auch schon zu tun gehabt hatte – er wusste noch nicht recht, woran er mit dem Gardeoffizier war. Korrekt und höflich war er ja, aber ob dahinter nicht doch der althergebrachte Standesdünkel lauerte, konnte Kummerow immer noch nicht abschließend sagen. Ums Karree ging es durchs Brandenburger Tor, das ihm noch so gut wie am Vortag gefiel.

Hier begann der Tiergarten, der erst vor kurzem aus königlich preußischem Besitz an die Stadt Berlin gefallen war. Kummerow bedauerte, heute keine Zeit für den großen, herbstlichen Park zu haben – zum ersten Mal seit seiner Ankunft in Berlin hatte er das Gefühl, tief durchatmen zu können.

Er stieg an der Kreuzung der Chaussee nach Charlottenburg zur Siegesallee aus; im Norden konnte er die Siegessäule auf dem Königsplatz erkennen. Er drehte ihr allerdings den Rücken zu und lief in südlicher Richtung, bis er an der Tiergartenstraße aus dem Park heraustrat. Von dort ging er weiter zur Matthäikirche und bog dahinter in die Sigismundstraße ein. Vor einem Mietshaus mit stattlichem Portal blieb er stehen. Er konnte ahnen, dass in dieser Nachbarschaft einflussreichere Herrschaften als in seinem neuen Wohnviertel lebten.

Der Rittmeister hatte ihm erzählt, dass man Menzels Atelier im vierten Stock nur über den Hinterhof erreichen konnte. Auf der Treppe stieß Kummerow auf eine bunt gemischte Warteschlange – ein älterer Dienstmann, zwei jüngere, offensichtlich arbeitslose Maurer, eine Waschfrau, zwei wie Bettlerinnen aussehende Frauen und noch einige mehr standen und warteten. Kummerow wollte sich gerade höflich anstellen, als eine halbe Treppe tiefer die Tür aufging und der ihnen allen bekannte kleine Mann mit der weißen Schifferkrause rasch die Stufen emporstieg. Er eilte an den Wartenden vorbei und rief ihnen zu: »Tut mir leid, meine Herrschaften, heute habe ich keinen Bedarf.« Kummerow sprach den Maler an, bevor der in sein Atelier verschwinden konnte.

»Verzeihen Sie …«

»Nein, nein, heute geht es wirklich nicht! Sie entschuldigen mich.«

Bevor Kummerow es sich versah, hatte der Maler die Ateliertür hinter sich zugeschlagen. Der mutmaßliche Bittsteller zögerte kurz, klopfte dann aber mit Nachdruck an. Nach einer halben Minute streckte der wiederholt Belästigte unwirsch seinen kantigen Kopf aus der Tür.

»Was ist denn noch?!«

»Herr Professor, wir sind uns neulich abends an der Stralauer Straße begegnet. Ich sollte Sie aufsuchen.«

Der kleine Mann sah zu ihm auf und rückte seine Brille zurecht, dann schien er sich endlich zu besinnen.

»Ja, natürlich! Dann ist es ja etwas anderes. Bitte, kommen Sie.«

Kummerow folgte ihm in einen großen, rot tapezierten Atelierraum, der seiner eigentlichen Bestimmung zum Trotz eine gewisse Düsternis ausstrahlte. Düster und auch ein wenig kahl – nur ein, zwei Staffeleien standen im Raum, dazu ein großes Vertiko, ein Sessel und ein paar Stühle. Eine Handvoll Kunstdrucke, Skizzen und Masken an der Wand machten den kargen Schmuck von Menzels Arbeitsstätte aus.

»Hier, bitte, Herr ... Wie war noch gleich Ihr Name?«

»Kummerow. Albert Kummerow.«

»Richtig, Herr Kummerow. Sehen Sie sich nur ruhig um. Dies ist mein Reich, und ich bin sein König – wenn auch nur ein kleiner.«

Er lachte kurz und zog zwei schwere samtene Vorhänge am Ende des Raumes auf. Es wurde ein wenig heller. Kummerow trat dennoch näher an den hohen weißen Kachelofen heran, denn im Heizen schien Menzel kein Meister zu sein.

»Mein lieber Kommissar, ich bin Ihnen wegen des Vorfalls neulich abends zu Dank verpflichtet. Es ist nicht das erste Mal, dass mir solche Burschen übel mitgespielt haben.«

Er machte eine Handbewegung in Richtung eines der Stühle; Kummerow folgte der Einladung.

»Sie müssen wissen, dass ich abgesehen von einigen Kollegen und den armen Teufeln von Gelegenheitsmodellen, die Sie vorhin auf der Treppe gesehen haben, nur äußerst selten Besucher empfange. Ich kann auf die Bekanntschaft der meisten Berliner verzichten, denn am Ende nehmen sie mich doch nie ganz für voll. Aber ganz Berlin kennt mich, und daran lässt sich nichts ändern. Ihnen aber schien ich ein Unbekannter zu sein, und darum – von Ihrer Rettungstat ganz zu schweigen – wollte ich Sie kennenlernen. Sie kommen also von außerhalb?«

»Aus der Provinz Posen. Ein kleiner Ort westlich der Stadt.«

»Ich selbst bin Schlesier, geboren in Breslau. Da sind wir also Zugereiste aus Preußens Osten und Süden. Doch was führt Sie her?«

»Nach meiner Militärzeit bin ich in den Polizeidienst gewechselt und war dann bald vierzehn Jahre lang in Posen. Seit ein paar Tagen bin ich also Kommissar bei der Berliner Kriminalpolizei und versuche, mich einzuleben.«

Der Professor sah ihn scharf über den Rand seiner Brille an.

»Eine anspruchsvolle Aufgabe in der neuen Weltstadt, die man hier so gerne sein will. Und der Ton ist auch rauer als östlich der Oder.«

»Ich werde mich daran gewöhnen.«

»Gewiss. Mein lieber Kummerow, ich will Ihnen jetzt keine Ratschläge auf den Weg geben. Nur dieses Angebot von einem, der hier und da ein paar Beziehungen hat: Wenn Sie Hilfe benötigen oder Ihnen die eine oder andere Tür verschlossen ist, dann wenden Sie sich an mich.«

»Ich danke Ihnen, Herr Professor.«

»Schon recht. Und nun gehen Sie. Ich habe noch ein paar Studien zu erledigen.«

Die kleine Exzellenz nahm ihn freundlich, aber bestimmt am Arm und begleitete ihn zur Tür.

»Denken Sie daran, mein Lieber – Sie können sich an mich wenden.«

Nach dieser kurzen Audienz verließ Kummerow das Haus des Meisters und bewegte sich zügig in Richtung Potsdamer Platz. Er merkte nicht, dass er von gegenüber beobachtet wurde. Erst als der Kommissar die Matthäikirchstraße erreicht hatte, bewegte sich die Gestalt aus dem Hauseingang heraus und betrat bald ein anderes der vornehmen Häuser südlich des Tiergartens, um bei ihren Auftraggebern Meldung über Kummerows Bewegungen zu machen.

* * *

Der Kommissar nahm für seinen Rückweg eine Pferdebahn an der Potsdamer Brücke und fuhr bis zum Spittelmarkt. Obwohl ein kalter Nieselregen niederging, lief er den Rest des Weges bis zum Präsidium zu Fuß. Als er um dreiviertel zwölf in seinem Büro eintraf, wurde er schon von seinem Kollegen Trommer erwartet.

»Da sind Sie ja endlich – ich war schon fast auf dem Weg zum Mittag. Kommen Sie, begleiten Sie mich zum Ratskeller. Ich muss Ihnen was zeigen.«

Der bisher immer so gemütliche Trommer machte auf Kummerow heute einen aufgeregten Eindruck, so eilig nahm er ihn am Arm und zog ihn aus dem Präsidium hinaus über den Molkenmarkt und die Spandauer Straße hinauf. Schon von Weitem war das Berliner Rathaus zu erkennen, das backsteinerne Inbild des bürgerlichen Selbstbewusstseins der Stadt. Trommer bog aber nicht wie sonst zur Mittagszeit zum Ratskellereingang um die Ecke ab, sondern zeigte in Richtung

Königstraße. Wie eine Insel im stetigen Strom eiliger Passanten stand dort eine Litfaßsäule. Ein Herr mit Zwicker blieb kurz vor ihr stehen, las sich eine Bekanntmachung durch und ging weiter. Die Kriminalbeamten kamen näher, und Trommer wies auf ein buntes Plakat. »Aus dem tiefsten Kongo« war dort zu lesen, darunter prangte das Bild eines kräftigen schwarzen Kriegers. Ganz unten stand die Ankündigung »Die neue Völkerschau im Zoologischen Garten«.

»Eine Völkerschau, Kummerow. Fällt Ihnen was auf?«

Der Angesprochene hatte schon längst das Bild des Afrikaners fixiert. Dieser hielt einen Speer in der Hand und war in eine Decke gehüllt, deren Muster und Farbe dem roten Stofffetzen vom Wilhelmplatz glich.

»Was sagen Sie nun? Waren Sie schon mal im Zoologischen?«

* * *

Während Kummerow noch überlegte, wie er am schnellsten mit von Tarlenheim Verbindung aufnehmen könnte, steuerte Trommer nun den linken Eckeingang an der Frontseite des Rathauses an. Es war noch vor zwölf, aber im großen Saal im Souterrain brummte es bereits wie in einem Bienenstock. Der warme Mittagstisch des Ratskellers war preiswert und gut genug, um Mengen von Beamten und Angestellten aus den umliegenden Büros anzuziehen. Die Kommissare fanden einen Eckplatz an einem großen Tisch, wo sich Trommer bald über einen Teller Sülze mit Bratkartoffeln hermachte. Kummerow rührte in seiner Kartoffelsuppe herum und grübelte noch immer.

»Was denn, schmeckt's Ihnen nicht? Wenn's Ihnen zu viel wird …«

»Wie erreiche ich wohl am schnellsten den Rittmeister bei den Gardekürassieren?«

»Na, wie wär's denn mit einem Stadtbrief an seine Kaserne? Gleich gegenüber ist doch die Hauptpost. Um die Zeit geht das von da noch schneller raus als von uns im Präsidium.«

Kummerow wartete ungeduldig, bis sein Kollege aufgegessen hatte – dann war er derjenige, der den anderen mit sich zog.

»Ist das denn so eilig?«

»So schnell es eben geht.«

Kapitel IX

Kummerow kam am nächsten Morgen um kurz vor zehn am immer noch recht neu aussehenden Stadtbahnhof am Zoo an. Zwar gab es inzwischen auch hier ein Kassenhäuschen, aber Kummerow lief bis zur Ecke Kurfürstendamm und von dort zum Haupteingang. Der Rittmeister wartete bereits und legte lächelnd zwei Finger an die Mütze, als Kummerow näherkam.

»Kinder und Militär die Hälfte – da bin ich sicherheitshalber in Uniform gekommen.«

»Danke, dass Sie es einrichten konnten. Ich glaube, wir haben da etwas.«

Von Tarlenheim nickte und zeigte auf das Plakat neben dem Eingang, das Kummerow am Vortag an der Königstraße gesehen hatte. Er trat ans Kassenhäuschen.

»Zur Direktion, bitte. Wir sind dienstlich hier.«

Sie wurden hindurchgewunken und fanden am östlichen Ende des Gartens das Verwaltungsgebäude. Ein Sekretär ließ sie wissen, dass Direktor Dr. Bodinus gerade seinen Rundgang machte.

»Im Moment müsste der Herr Direktor im Antilopenhaus sein.«

Auch wenn es kaum das Wetter für einen geruhsamen Spaziergang war, ließen sich die beiden Ermittler auf ihrem Weg dorthin Zeit genug, um die Tiergehege zu bewundern und einander über die neuesten Entwicklungen zu unterrichten. Von Tarlenheim war es am Tag zuvor tatsächlich gelungen, einige Delegierte der Konferenz zum Attentat zu befragen.

»Alles Exzellenzen, die sich einigermaßen erstaunt oder bestürzt zeigten – gesehen hat aber keiner etwas, da die allermeisten von ihnen schon früher gegangen waren. Ich konnte auch mit den belgischen Gesandten sprechen, die in Sorge um ihren Landsmann waren. Graf van der Strathen-Ponthoz und Baron Lambermont waren beide voll des Lobes über Vandenberg als technischen Delegierten und konnten sich nicht erklären, wer solch einen Anschlag auf ihn verüben sollte. Sie hoben besonders seine Sachkenntnis hervor – er war bis vor Kurzem noch selbst in Afrika. Er soll dort die Einrichtung neuer Handelsstationen begleitet haben. Natürlich bat man mich auch hier, alles mit größter Diskretion zu behandeln.«

Kummerow nickte.

»Diskretion, die ist den Herren das Wichtigste. Das wird die Ermittlungen umso schwieriger machen.«

Schweigend gingen sie an den Gehegen vorbei. Das allgemeine Lob über die Zoo-Neubauten schien noch untertrieben – Direktor Heinrich Bodinus hatte seit seinem Amtsantritt 1869 westlich des Tiergartens ein kleines Paradies aufgebaut. Kummerow und von Tarlenheim sahen den Zoologen, als er gerade mit zwei Tierpflegern aus dem Antilopenhaus heraustrat. Das anmutige Gebäude im maurischen Stil mit den minarettartigen Türmchen war eins der beliebtesten Häuser des Zoos.

»Herr Dr. Bodinus?«

»Der bin ich. Womit kann ich den Herren dienen?«

Beide stellten sich dem älteren, aber immer noch schwarzhaarigen Mann mit dem eindrucksvollen Schnurrbart vor und erklärten den Grund ihres Besuchs. Bodinus runzelte die Stirn.

»Und Sie meinen, ein oder mehrere Afrikaner könnten damit zu tun haben? Bitte kommen Sie, die Völkerschau liegt dort hinten.«

Er führte sie zu dem Sondergelände, wo vor sechs Jahren die erste der neuartigen Völkerschauen stattgefunden hatte. Der Hamburger Tierhändler Carl Hagenbeck war auf die Idee gekommen, neben exotischen Tieren auch exotische Menschen auszustellen, und die wachsenden Besucherzahlen gaben ihm und all jenen Recht, die die wochenlangen Aufenthalte seiner Völkergruppen buchten. Damals hatten tausende Berliner die Angehörigen einer Eskimosippe bewundert, die Jagddemonstrationen gaben und aus dem reichlichen Berliner Schnee einen echten Iglu gebaut hatten. Auf sie folgten Nubier, Lappen und Feuerländer, und im Sommer des vergangenen Jahres hatten über 100.000 Besucher die waghalsigen Reitvorführungen einer Kalmückenkarawane bestaunt. Dass es mitunter auch Probleme bei der Unterbringung der fremden Völker gab, konnten Kummerow und von Tarlenheim erkennen, als sie das umzäunte Gelände erreichten. Entsprechend ihrer Herkunft hätten die Afrikaner aus dem Kongo ihren Aufenthalt in Berlin im Sommer verbringen sollen, doch durch verzögerte Vertragsverhandlungen und Probleme bei der Einreise waren sie erst Anfang November in Berlin angekommen. Der Rittmeister sah sofort, dass sich diese Besucher der Reichshauptstadt nicht wohl in ihrer Haut fühlten und trotz ihrer dicken Decken und einer Handvoll Feuerstellen vor den einfachen Hütten froren wie die Schneider. So raunte er seinem Kollegen zu:

»Kummerow, ich dachte immer, Neger wären schwarz. Aber die hier sehen ziemlich grau aus.«

Der Angesprochene musste ihm Recht geben, doch dem Zoodirektor war nicht anzumerken, dass hier etwas im Argen lag.

»Zwar ein bisschen kühl für ihren Geschmack, aber wenn nachmittags und am Wochenende mehr Zuschauer da sind, kommen sie schon wieder in Bewegung.«

»Sie bleiben also während ihres gesamten Aufenthalts in Berlin hier im Zoologischen Garten? Oder dürfen sie sich anderswo in der Stadt bewegen?«

»Nein, ausnahmslos hier. Und sie wohnen auch alle hier. Sie durften ja nur als Gruppe ins Reich einreisen und könnten sich ohne Papiere nicht einzeln absentieren. Wo wollten sie denn auch hin?«

»Diese Decken – alle von ihnen mitgebracht?«

»So ist es. Sie wussten bereits vorher, dass es hier deutlich kälter als in ihrer Heimat sein würde. Wenn die zu wenig sind, können sie von uns noch welche kriegen. Kommen Sie, wir sehen sie uns einmal näher an. Hagenbeck hat ihnen einen Dolmetscher mitgegeben.«

Von zwei Dutzend neugierigen Augenpaaren verfolgt, traten die drei Männer in die Umzäunung. Im Hintergrund standen zwei Hütten mit einigen Gerätschaften, davor verteilten sich ein paar Schemel und eine Kochstelle. Ein junger Mann, der hellhäutiger als die anderen Afrikaner und europäisch gekleidet war, kam auf sie zu und verbeugte sich kurz.

»Guten Tag. Mein Name ist Bebey. Ich kann für Sie übersetzen.«

Kummerow ließ sich seinen Namen buchstabieren und notierte ihn.

»Bitte fragen Sie alle, ob einer von ihnen das Gelände verlassen hat, seit sie hier sind.«

Bebey übersetzte, und den ablehnenden Handbewegungen neben dem vielstimmigen Murmeln nach zu urteilen, konnte sich Kummerow denken, dass keiner die Frage bejaht hatte.

Kummerow hielt den bunten Stofffetzen vom Tatort hoch.

»Hat sich einer vor kurzem die Decke oder den Umhang zerrissen?«

Auf Bebeys Frage sahen sich die Kongolesen ratlos an. Kummerow und von Tarlenheim kamen näher und blieben bei jedem stehen, konnten aber keine Löcher oder Risse entdecken, zu denen der Stofffetzen gepasst hätte. Bodinus schien erleichtert, als ihm der Rittmeister zunickte.

»Danke, Bebey. Das langt fürs Erste. Kommen Sie, meine Herren, ich begleite Sie noch ein Stück.«

Von Tarlenheim kannte sich im »Zoologischen« aus und konnte kaum verhehlen, dass er sich über diesen Besuch wie ein kleiner Junge freute. Häufig blieb er an einem Gehege stehen und bewunderte die Tiere, während der Zoodirektor ihnen etwas über die Geschichte der Anlage und auch über die Völkerschauen berichtete. Kummerow, obwohl zum ersten Male hier und recht beeindruckt, wies noch einmal auf den Grund ihres Kommens hin.

»Herr Direktor, ich muss immer noch annehmen, dass dieses Stück Stoff von irgendjemandem stammt, der mit der Völkerschau zu tun hat. Das Gewebe ist in dieser Färbung und mit diesem Muster in Deutschland vollkommen unüblich. Wir werden voraussichtlich noch einmal wiederkommen.«

»Tun Sie das, meine Herren. Und wo Sie so an Afrika interessiert sind, kann ich Ihnen Folgendes anbieten: Ich könnte Ihnen eine Einladung zum jährlichen Thanksgiving Dinner der amerikanischen Gesandtschaft besorgen. Dort ist dieses Jahr nämlich ein einmaliger Fachmann der Ehrengast. Denken Sie nur: Henry Morton Stanley wird dort sein! Wenn Sie etwas über Afrika wissen wollen, ist er Ihr Mann. Ich lasse noch heute anfragen – das wäre am Donnerstag, den 27.«

Die Ermittler sahen sich kurz an, und von Tarlenheim pfiff leise durch die Zähne. Ein Gast wie Stanley war eine

Sensation. Noch ganze acht Tage bis dahin, aber beide hatten vorerst nichts Besseres in der Hand.

»Haben Sie vielen Dank, Herr Direktor, das würde uns weiterhelfen. Wir werden dann ja noch weitere Gelegenheit zur Unterhaltung haben.«

»Natürlich, meine Herren. Doch bevor Sie gehen, werfen Sie mit mir noch einen Blick auf eins unserer schönsten Häuser.«

Von Tarlenheim lächelte, denn er ahnte schon, welches Zoogebäude Bodinus im Sinn hatte. In der Tat blieb Kummerow hinter der nächsten Biegung der Mund offen stehen. Vor ihm lag ein tempelartiger exotischer Prunkbau mit bunten Ziegelmosaiken und reich verzierten Dächern, der eines indischen Maharadschas würdig gewesen wäre. Bei der Meisterleistung der berühmten Architekten Ende und Böckmann waren keine Kosten gescheut worden, und bei der Eröffnung im Jahr 1873 waren sich alle Besucher einig gewesen, dass jede einzelne der über 300.000 Mark Baukosten gut angelegt worden war. Die Berliner nannten das neue Dickhäuterhaus bald nur noch »Elefantenpagode«.

Kummerow ging staunend um den Bau herum, wofür er ein Weilchen brauchte. Nun konnte er die farbenfrohen Reliefs mit den geschmückten Elefanten, Fabelwesen und Pflanzen erkennen, die sich um die spitzhaubenartigen Dächer zogen. Nachdem er als letzter eingetreten war, musste er sich zunächst an die Dunkelheit im Besucherraum gewöhnen. Doch schon bald entdeckte er, wie kunstvoll auch das Innere ausgeschmückt war. Mächtige Säulen wurden dort von Elefantenköpfen gekrönt und erinnerten an überdimensionale Schachfiguren. Die Tiergehege wurden vom hereinfallenden Tageslicht erhellt. Hier lebten an den beiden Enden des Raumes je ein indischer und ein afrikanischer Elefant, dazwischen Nashörner, Flusspferde und Tapire. An diesem Vormittag waren nur wenige Besucher im Haus; die mächtigen Geschöpfe waren mit Fressen beschäftigt. Bodinus war der Stolz über seinen Prachtbau anzumerken.

»Ein wundervolles Gebäude, nicht wahr? Denken Sie nur, hier ist sogar ein Empfang für die Teilnehmer der Kongo-Konferenz geplant!«

Ein Schnauben und ein Trompetenstoß unterbrachen seine Ausführungen. Der asiatische Elefantenbulle rumorte in seinem Käfig und wackelte unruhig mit seinem Schädel. Seine dunklen Augen funkelten, und zwischen ihnen und den Ohren waren dunkle, feuchte Flecken zu erkennen.

»Ruhig, Rostom, ruhig! Kriegen Sie keinen Schreck, meine Herren. Er ist gerade in seiner ›Musth‹ – da führt er sich immer auf wie zehn nackte Wilde.«

»Wie – Sie mästen Elefanten?«

»Nein, nein, nicht ›Mast‹, sondern ›Musth‹ mit ›u‹ und hinten mit ›h‹. Klingt genauso, kommt aber aus dem Persischen. Das ist eine Zeit, in der Elefantenbullen unruhig und aggressiv werden. Vor einem Jahr im Winter hat Rostom zum ersten Mal verrückt gespielt. Dabei ist leider einer unserer Tierpfleger ums Leben gekommen.«

Sie dankten Bodinus für seine Hilfe und verabschiedeten sich. Am Eingang ließ sich Kummerow einen Führer durch die Anlagen geben. Vor dem Stadtbahneingang trennten sich ihre Wege, da der Rittmeister noch einen Blick auf das benachbarte Hippodrom werfen wollte.

»Wie geht es also weiter?«, fragte von Tarlenheim.

»Wir sollten unbedingt mit Stanley sprechen. Wer einen Livingstone im tiefsten Afrika aufspüren kann, wird uns vielleicht auch weiterhelfen können.«

Kurz nachdem sich die Ermittler voneinander verabschiedet hatten, verließ ein Mann mit einem Brief in der Hand den Zoo. Er sah sich um, ob er verfolgt wurde, und lief dann eilig zum Briefkasten am Stadtbahnhof.

Kapitel X

Sie mochte neun, höchstens zehn Jahre alt sein. Ihr einfaches dunkles Wollkleid und ein grober grauer Mantel hielten das dünne Mädchen an diesem Novembertag warm. Noch waren die Temperaturen auszuhalten, so dass sie ohne eine Mütze oder ein Kopftuch auskam. Ihr sandblondes Haar war zu zwei Zöpfen geflochten. Die kleine Ida stand an der Ecke der Zigarrenfabrik A. Feuss gleich neben dem schmalen Zugang zur Krögelgasse, trat vom einen Fuß auf den anderen und beobachtete den Mittagsverkehr auf dem Molkenmarkt. Der Unterricht in der Gemeindeschule Nr. 70 in der Klosterstraße war schon kurz vor Mittag aus gewesen, und nun hatte sie noch etwas Zeit zum Spielen, bis sie ihre Hausaufgaben erledigen musste. Hier war immer etwas los. Droschken und Bierkutschen rumpelten hin und her, und wichtig aussehende Herren eilten ins Gericht und ins Polizeipräsidium. Einem aus der Stralauer Straße kommenden Mann fiel ein kleines Heftchen aus der Tasche, als er an ihr vorbei ging. Sie hob es auf und lief ihm nach.

»Das haben Sie verloren, mein Herr.«

Kummerow wandte sich um und sah verwundert zu ihr herab.

»Na so was. Dankeschön! Da hätte ich ja glatt meinen Führer durch den Zoologischen Garten verloren.«

Die kleine Finderin staunte.

»Kommen Sie da gerade her? Vom Zoologischen?«

Er musste lächeln.

»Ja, heute Vormittag hatte ich dort zu tun. Ich bin mit der Stadtbahn hin- und auch wieder zurückgefahren.«

Die Augen des Mädchens glänzten.

»Da würde ich so gern mal hin, aber Mutter sagt, da müssen wir noch sparen. Und mit der Stadtbahn bin ich auch noch nie gefahren. Was für Tiere gibt es denn im Zoo?«

Kummerow erzählte ihr von den Antilopen und von den Dickhäutern in der Elefantenpagode.

»Wirklich? Richtige Elefanten und Nashörner! Uns erzählt Herr Kudemann immer von Afrika und von den Tieren, die er dort gejagt hat.«

»Wer ist denn Herr Kudemann?«

»Das ist der frühere Schutzmann bei uns am Krögel.« Sie zeigte die Gasse hinunter. »Als er jung war, ist er schon überall gewesen, am Äquator, bei den Hottentotten und sogar in Flor Fina!«

Kummerow kam der Name bekannt vor, aber er konnte in diesem Augenblick nicht sagen, woher.

»So?«, schmunzelte er, »sogar in Flor Fina?«

»Herr Kudemann sagt, das ist das kleinste Land in Afrika. Genau in der Mitte zwischen dem Äquator und Walfischbai«, fuhr sie eifrig fort.

»Hast du denn auch schon Geografie in der Schule?«, fragte Kummerow freundlich.

»Natürlich, ich bin doch schon in der dritten Klasse.«

»Na, das ist recht. Wie heißt du denn?«

»Ida. Ida Küster.«

»Ich bin der Kommissar Kummerow. Ich arbeite gleich da vorn.«

Sie staunte.

»Ein richtiger Kommissar! Fangen Sie denn wirklich Verbrecher?«

»Ich versuch's zumindest. Deswegen muss ich jetzt auch wieder in den Dienst.«

Ida machte große Augen. Dann versicherte sie: »Wenn ich Sie wiederseh', dann wink' ich Ihnen!«

* * *

»Er war also bei der Völkerschau?«

»Ja, er ist gestern dort gewesen.«

»Und hat den Dolmetscher gesprochen?«

»Sie haben nur kurz miteinander geredet, aber es schien, als ob es bloß um die Neger und ihr Zeug ging.«

Die Unterhaltung in einer repräsentativen Etage nicht weit vom Tiergarten machte den Eindruck einer geschäftlichen Besprechung. In den Augen der dort versammelten Personen war sie auch nichts anderes als eine Zusammenkunft zur Wahrung gemeinsamer Interessen.

»Ihre Mitarbeiter konnten Bebey nicht dort fassen?«

»Leider nicht, Sir. Sie mussten auf der Hut sein, um nicht selbst von den Wachen festgesetzt zu werden.«

»Zu dumm.«

Der mit »Sir« angesprochene dachte eine Weile nach. Nachdem er zum dritten Mal an seiner Zigarre gezogen hatte, antwortete er:

»Es war ein Fehler, ihn überhaupt mit der Polizei sprechen zu lassen. Diesmal kann er ihnen noch nicht viel verraten haben, aber wenn er redet, kann er lästig werden. Denken Sie daran, was auf dem Spiel steht.«

»Was schlagen Sie vor?«

»Das Beste für uns alle. Bebey muss weg.«

Kapitel XI

Am darauf folgenden Donnerstag hatten sich Kummerow und von Tarlenheim verabredet, um ihr weiteres Vorgehen zu besprechen. Die Temperaturen waren wieder gesunken, und so wollten sie es tunlichst vermeiden, im Freien aufeinander zu warten. Von Tarlenheim hatte das Café Bauer Unter den Linden als Treffpunkt vorgeschlagen. Kummerow wollte sich nach seinem Dienst ein wenig die Beine vertreten, und so bog er von der Breiten Straße auf den Schlossplatz ein und lief auf die Südseite der Linden zu. Er war schon an der Staatsoper vorbei und fast auf der Höhe des kaiserlichen Palais, als ein halbes Dutzend Leutnants des 4. Garderegiments zu Fuß in offensichtlicher Ausgangslaune auf ihn zukam. Lachend liefen sie in einer Reihe nebeneinander und machten keine Anstalten, entgegenkommenden Passanten in Zivil Platz zu machen. Obwohl Kummerow schon nah an der Fahrbahn ging, blieb es nicht aus, dass ihn einer der übermütigen Jungoffiziere anrempelte. Der Kommissar blieb stehen, drehte sich um und sah den Gardeleutnant fragend an. Auch der hatte sich inzwischen mit steifen Schultern umgedreht und fasste Kummerow ins Auge.

»Herr Leutnant, Sie haben mich angerempelt.«

Zunächst herrschte eisiges Schweigen. Der Leutnant kniff die Augen zusammen und steckte sein Kinn weit vor, was seinen kurzgeschorenen Kopf auf dem dünnen Hals besonders unvorteilhaft wirken ließ. Seine Kameraden hatten sich ebenfalls umgedreht und verfolgten die Konfrontation mit höhnischen Mienen, gespannt wie ein Wolfsrudel, das nur darauf wartete, dass sein Leittier die Jagd eröffnete.

»Was bilden Sie sich ein, mein Herr! Haben Sie nicht Anstand genug, vor der Gardeuniform Seiner Majestät des Kaisers Platz zu machen?!«

Kummerow spürte, wie ihm der Kamm schwoll, zwang sich aber, ruhig zu bleiben.

»Mit Verlaub, Herr Leutnant, Sie waren es, der absichtlich in mich hineingelaufen ist.«

Nun versuchte sich der Gardeleutnant, der ihm mit der Mütze bis knapp übers Kinn reichte, drohend vor ihm aufzubauen.

»Mein Herr, ich verbitte mir diese Unverschämtheit!«

»Ich sage es nur ungern, Herr Leutnant, aber Sie sind derjenige, der unverschämt ist.«

Der Offizier war Widerworte offensichtlich nicht gewohnt; ihm blieb für einen Moment der Mund offen stehen.

»Wenn Sie satisfaktionsfähig wären, würde ich Sie dafür fordern, Sie – Sie Zivilist!«

Kummerow sah dem Leutnant ein paar Sekunden lang in die Augen. Auf einmal waren die letzten vierzehn Jahre wie weggewischt, und er stand wieder vor einem jener selbstgerechten Offiziere, denen es während des Frankreichfeldzugs ein Hochgenuss gewesen war, ihre Launen an den niederen Chargen auszulassen. Allerdings gab es noch etwas anderes, das ihn an 1870 erinnerte. Er fasste in seine Brusttasche und zog eine flache Schachtel hervor. Ihren Inhalt, ein königsblau emailliertes Malteserkreuz, heftete er sich so an den Mantel, dass der Leutnant und alle seine Kameraden es erkennen konnten. Während letztere staunend zurückwichen, war ihr Wortführer wie erstarrt. Kummerow hätte sich andernfalls über sie amüsieren können, aber im Moment war sein Zorn noch zu groß. So bemerkte er auch nicht, dass sich ein weiterer Offizier genähert und die Szene aufmerksam verfolgt hatte.

Bewusst den Kommandoton vermeidend, mit dem er gerade eben noch selbst angefahren worden war, sagte Kummerow ruhig:

»Meine Herren, ich erwarte Ihre Ehrbezeugung.«

Die Offiziere standen allesamt stramm und salutierten, denn egal welchen Rang sie bekleideten, wussten alle, dass sie es einem Träger des Ordens »Pour le Mérite« schuldig waren – am allerkorrektesten salutierte derjenige, der Kummerow vor wenigen Augenblicken noch zum Duell hatte fordern wollen. Er war es auch, der hervorpresste:

»Ich bitte Sie in aller Form um Verzeihung, Herr ...«

»Hauptmann. Hauptmann a. D. Kummerow.«

»Zu Befehl, Herr Hauptmann!«

Erst jetzt trat von Tarlenheim dazu, der erstaunt lächelnd im Hintergund gewartet hatte. Er salutierte ebenfalls vor Kummerow und raunte ihm zu:

»Na, immer für eine Überraschung gut, mein Lieber.«

Und zu den Leutnants gewandt, fügte er laut hinzu:

»Meine Herren, freut mich ungemein, dass Sie sich so gut mit meinem alten Kriegskameraden unterhalten haben. Ich darf jedoch annehmen, Sie haben nun genug von den Linden gesehen und sind vom Heimweh nach Ihrer Kaserne im schönen Spandau geplagt. Guten Tag, meine Herren!«

Gegen einen verkappten Träger des zweithöchsten preußischen Ordens und einen ranghöheren Gardeoffizier waren die so Abgefertigten machtlos. Sie grüßten erneut, machten »Kehrt Marsch« und begaben sich schleunigst auf den Weg zur Stadtbahn. Von Tarlenheim sah ihnen leise lachend nach, bis sie die Linden überquert hatten und in der Universitätsstraße verschwunden waren.

»Kummerow, Sie sind mir einer. Ziehen so mir nichts, dir nichts das alte Blaukreuz aus der Tasche und lassen ein paar

Flegel von der Infanterie strammstehen. Und das noch vor allerhöchstem Publikum.«

Er bedeutete dem Kommissar diskret, sich mit ihm umzudrehen. Hinter dem linken Eckfenster des kaiserlichen Palais konnten sie im Lampenschein einen alten Herrn mit langem weißem Backenbart erkennen. Die Konfrontation war ohne Zweifel mitverfolgt worden. Von Tarlenheim salutierte, und Kummerow machte eine tiefe Verbeugung. Der alte Herr in der dunklen Uniform nickte und zog sich zurück.

* * *

Der Rittmeister im aktiven Dienst und der Hauptmann im Ruhestand gingen schweigend die Linden hinunter, bis sie an der Ecke Friedrichstraße zum Café Bauer kamen. Sie sahen durch die Fenster hinein. Im Licht der allgemein bestaunten elektrischen Lampen des Cafés war gut zu erkennen, dass nur noch wenige Plätze frei sein konnten. Von Tarlenheim überlegte.

»An so einem Nachmittag nicht das Richtige. Wir gehen besser ins Café National. Ich glaube, da erzählt es sich besser, mein Lieber.«

Sie brauchten die Friedrichstraße nur bis zur Ecke Jägerstraße hinaufzugehen, um das vorgeschlagene Café zu erreichen. Hier war der Andrang weit geringer, und so fanden sie auch gleich einen ruhigen Tisch im hinteren Teil des Saals. Von Tarlenheim bestellte zweimal Kaffee und doppelten Cognac, dessen Bedarf er mit »außergewöhnlichen dienstlichen Erfordernissen« begründete. Er wartete, bis die Tassen und Gläser vor ihnen standen, bevor er Kummerow fragte:

»Nun lassen Sie mal hören, Kummerow – was war denn das vorhin auf den Linden?«

»Ich musste ein paar Gardeleutnants ein wenig Benimm beibringen.«

»Und wie jeder gewöhnliche Zivilist ziehen Sie dazu ganz nonchalant einen Pour le Mérite aus der Tasche! Sie müssen mir schon die Frage gestatten, wo Sie den herhaben.«

Kummerow dachte einen Moment nach. Ausflüchte waren jetzt vergeblich; wollte er das Vertrauen des Rittmeisters nicht verspielen, musste er ihm die ganze Geschichte erzählen.

»Sie erinnern sich, dass wir letztens über 1870 gesprochen haben.«

»So ist es.«

»Und Ihnen wird ebenfalls erinnerlich sein, dass ich nur bei zwei Schlachten mit dabei war.«

»Ganz recht. Weißenburg und Wörth.«

»Das war Anfang August. Weißenburg war wegen der Eroberung der Stadt schon eine ganz verflixte Sache gewesen, aber wir sind dort am Ende noch einigermaßen heil herausgekommen. Bei Wörth hätte es aber anders aussehen können. Es war nur zwei Tage nach Weißenburg. Die Franzosen unter Mac-Mahon hatten eine starke Stellung im Gebiet zwischen Wörth und Fröschweiler, und wenn wir die nehmen wollten, mussten wir vom Flüsschen Sauer bergauf. Morgens hatte es schon die ersten Gefechte im Regen gegeben, und später ging es dann richtig los. Mein Regiment war vorneweg, mit dem 5. Armeekorps standen wir im Zentrum und gingen am späten Mittag zum Sturm über. Wir gerieten unter schweren Beschuss und erlitten empfindliche Verluste, aber nach zwei Stunden hatten wir Fröschweiler genommen. Die Franzosen gingen in großer Unordnung zurück. Es war eine grässliche Sache. Um halb fünf war alles vorbei – auf einmal war es der schönste Sommernachmittag, wären da nicht die Schreie der Verwundeten und das Stöhnen der Sterbenden gewesen. Kurz darauf kam das Kommando der 3. Armee von Elsasshausen über Fröschweiler geritten. Da war der gesamte Stab mit General von Blumenthal an der Spitze. Und nicht nur er – unser Oberbefehlshaber war auch dabei.«

»Moment – der Befehlshaber der 3. Armee? Sie meinen den Kronprinzen!«

»Ja, unser Thronfolger persönlich. Friedrich Wilhelm von Preußen besichtigte als siegreicher Feldherr das Schlachtfeld. Ich stand mit ein paar Kameraden ganz in ihrer Nähe, alles schwenkte die Mütze. Immerhin ritt da ja ›unser Fritz‹ an uns vorbei! Wir hatten vorher das Gebiet links der Sauer durchkämmt, da war kein französischer Widerstand mehr vorhanden. Als der Kronprinz das Flüsschen überqueren wollte, musste eine Pontonierkompanie in aller Eile eine Notbrücke errichten, wodurch das Ganze zum Halten kam. Er war abgestiegen und unterhielt sich mit den Mannschaften. Alles schien ruhig, aber dann sah ich auf der anderen Seite für einen Moment etwas im Unterholz aufblitzen. Ein später Sonnenstrahl war auf einen Gewehrlauf gefallen. Wie wir noch feststellen sollten, war es ein Chassepot-Gewehr – ein versprengter Tirailleur hatte sich dort versteckt gehalten und wollte nun seine unverhoffte Chance nutzen. Stellen Sie sich vor, da zielte jemand auf den Kronprinzen! Der Heckenschütze war knapp hundert Meter von ihm entfernt, ich wohl um die zehn. Ich konnte die Schusslinie nur erahnen und trat ohne viel nachzudenken dazwischen. Die Kugel erwischte mich in der Schulter und holte mich von den Beinen. Die Kameraden waren gleich bei mir, und ein paar Husaren auf der anderen Seite haben den Mann nach kurzer Verfolgung gestellt. Dann kam auch schon der ganze Generalstab zu mir, und der Kronprinz erkundigte sich nach meinem Befinden, dankte mir und drückte mir die Hand. Noch am Abend hat ein Mediziner aus Berlin, der gerade beim Generalstab war, die Kugel entfernt. Der Name von Bergmann wird Ihnen womöglich ein Begriff sein.«

»Der Chef der Chirurgie in der Ziegelstraße – Graf von Pückler hat ihn bei unserem Kennenlernen erwähnt.«

»Ganz recht. Nun, er und auch sein berühmter Kollege Virchow waren gerade auf Frontbesuch, wo sie die Lazarette überprüften und Krankenzüge organisierten. Das war mein Glück.«

»Und der Pour le Mérite?«

»Den bekam ich später vom Kronprinzen persönlich verliehen und eine Beförderung gleich dazu. Auf Anraten des Stabes sollte die Sache aber geheim bleiben, um keine ähnlichen Vorkommnisse heraufzubeschwören oder Unruhe in das Ganze zu bringen. Ich habe es bis zum Kriegsende für mich behalten und auch hinterher nur mit wenigen darüber gesprochen.«

»Dann machen Sie nur davon Gebrauch, wenn es gar nicht anders geht.«

Kummerow nickte.

»Und der Krieg war für mich vorbei.«

Der Gardekürassier sah den ehemaligen Grenadier mit einer Mischung aus Erstaunen, Hochachtung und auch ein wenig Belustigung an.

»Kummerow – will sagen, Herr Hauptmann a. D.: Zu schade, dass Sie für die Armee verloren sind.«

Sie besprachen sich noch eine Weile über das weitere Vorgehen und verabschiedeten sich dann vor der Tür. Nachdem sie ihrer Wege gegangen waren, löste sich ein Schatten aus einem gegenüber liegenden Hauseingang und bewegte sich in Richtung Französische Straße. Es war noch nicht zu spät, um sich bei Löwenstein mit einem Tee aufzuwärmen und ein Ferngespräch zu führen.

Kapitel XII

Gegen Ende seiner ersten Arbeitswoche im Berliner Polizeipräsidium kam es Kummerow so vor, als sei er schon einen Monat lang am Molkenmarkt im Dienst gewesen. Inzwischen wusste er, wie er seine Kollegen im beengten gemeinsamen Büro zu nehmen hatte. Von seinen Vorgesetzten hatte er seit der Besprechung am Montag nicht mehr viel gesehen; es war vereinbart worden, dass er einmal wöchentlich Bericht erstatten sollte, falls zwischendurch keine aktuellen Ergebnisse zu melden wären. So saß er am späten Freitagvormittag an seinem Schreibtisch und ging in Gedanken den Fall noch einmal durch. Nicht lange, und Schultz kam herein. Angesichts des nahenden Wochenendes war er bester Laune, die er auf seinen neuen Kollegen zu übertragen gedachte.

»Na, Kummerow, die erste Woche so gut wie rum? War doch gar nicht so schlimm, oder? Nur noch der Dienst am Sonnabend, dann haben Sie's geschafft. Schon Pläne für den Sonntag?«

Es folgte eine ausgedehnte Darlegung der Vor- und Nachteile verschiedenster Wochenendbeschäftigungen. Während Schultz noch die wichtigsten Sehenswürdigkeiten und Vergnügungsstätten erörterte, trat ein Mitarbeiter des Zentralbüros ins Zimmer und hielt Kummerow einen Brief hin.

»Hier, das ging gerade in Ihr Fach.«

Der Empfänger bedankte sich, besah sich den Umschlag und riss ihn auf. Auf einem Bogen mit Briefkopf des Zoologischen Gartens stand in ausgesuchter Schönschrift:

20. November 1884

Verehrter Herr Kommissar,
bitte finden Sie sich am Sonnabend zwei Stunden nach Schließung des Gartens beim Dickhäuterhaus ein. Ich habe Ihnen etwas mitzuteilen.

Es gab keine Unterschrift. Kummerow war verwundert. Wer sollte ihn so verschwörerisch und nach der Öffnungszeit in den Zoologischen Garten bestellen – und wann schloss der in diesem Monat? Er blätterte in seinem Baedeker und wurde auf Seite 11 fündig, wo im Stundenzettel zu lesen stand: »Täglich: *Aquarium (S. 17) von 9 U. Vorm. bis zum Eintr. der Dämmerung. – *Zoologischer Garten (S. 69) ebenso.« Er wandte sich an Schultz.

»Wissen Sie, ich habe schon so viel vom großartigen Zoologischen Garten gehört. Den würde ich mir gern mal ansehen.«

Sein Kollege war begeistert.

»Mensch, natürlich, da müssen Sie hin! Da ist sonntags ordentlich was los.«

»In meinem Baedeker steht, dass bis zur Abenddämmerung geöffnet ist. Wie lange kann ich dann wohl dort bleiben?«

Schultz überlegte.

»Dieser Tage? Na, so um viere sollten Sie durch sein.«

Kummerow überlegte einen Moment, dann griff er selbst zum Briefblock und schrieb:

21. November 1884

Verehrter Herr Rittmeister,
wir müssen noch einmal in den Zoologischen Garten, und zwar am morgigen Sonnabend gegen sechs Uhr abends. Treffe Sie wie gehabt am Haupteingang. Alles Weitere vor Ort.

In der Hoffnung, dass Sie es einrichten können, verbleibe ich Ihr ergebener

A. Kummerow

Er adressierte den Brief und brachte ihn rasch ins Zentralbüro, damit er noch mit der Mittagspost hinausging. Als er zurückkam, hatte Schultz einen letzten Rat für ihn:

»Und gehen Sie ab dem späten Mittag mal in die Große Restauration – da sind am Wochenende immer erstaunlich viele todschicke Damen zu bewundern.«

Kummerow nickte und blätterte weiter in seinem Baedeker.

* * *

Das Thermometer war zum Sonnabend unter den Nullpunkt gefallen, und Kummerow beeilte sich direkt nach dem Dienst zum Stadtbahnhof Börse. Nach gut zwanzig Minuten Fahrt stieg er wieder am Bahnhof Zoologischer Garten aus und lief um das Areal herum zum Haupteingang am Kurfürstendamm. Wie einige Tage zuvor wartete von Tarlenheim auch jetzt bereits auf ihn. Diesmal trug er allerdings Zivil.

»'n Abend, Kummerow. Hatte mir meine Wochenendgestaltung etwas anders vorgestellt. Schade um die Karten fürs Schauspielhaus. ›Die Waise von Lowood‹, nach einer gewissen Currer Bell. Soll gar nicht mal schlecht sein – besonders Fräulein Barkany in der Titelrolle.«

»Tut mir außerordentlich leid, Herr Rittmeister, aber ich dachte mir, hier sollten Sie am besten dabei sein.«

Er zeigte von Tarlenheim den Brief. Der überflog ihn und nickte.

»Ob der von Bodinus stammt? Na, schau'n wir mal, wie wir hineinkommen.«

Kummerow trat zum Kassenhäuschen, wo kein dienstbarer Geist mehr auf Besucher wartete. Auch durch das fest verschlossene Haupttor war niemand mehr zu sehen.

»Hm. Ich hatte gehofft, wir würden hier eingelassen, wenn wir schon herbestellt werden.«

Von Tarlenheim sah durchs Tor und rüttelte kurz daran.

»Versuchen wir's am Stadtbahn-Eingang.«

Beide liefen den Weg zurück, den Kummerow gerade gekommen war. Es war schon fast vollständig dunkel, als sie den kleineren Eingang ebenfalls verschlossen vorfanden. Kummerow sah den Rittmeister fragend an.

»Und nun?«

»Nehmen wir eben den dritten Eingang. Kommen Sie mit.«

Von Tarlenheim ging voran in Richtung Hippodrom. Die Zoomauer knickte am Rand der Rennbahn nach rechts in den Tiergarten ab. Weit und breit war kein Spaziergänger mehr zu sehen. Sie liefen ein paar Minuten lang durch den dunklen, herbstkalten Park.

»Wann haben Sie das letzte Mal Äpfel geklaut, Kummerow?«

Der Angesprochene musste zugeben, dass das etwa 25 Jahre her sein mochte.

»Aber wie eine Räuberleiter funktioniert, das wissen Sie noch, oder?«

Von Tarlenheim suchte sich eine diskrete, von Büschen zugewachsene Stelle und stellte sich mit dem Rücken zur wohl zweieinhalb Meter hohen Mauer. Dann faltete er die Hände ineinander.

»Auf geht's, Herr Kommissar!«

Kummerow musste lächeln, als er sich mit dem linken Fuß abstieß, während der Rittmeister von unten nachhalf. Einen

Moment später saß er auf der Mauerkrone. Nicht weit entfernt war ein unwilliges Schnauben zu hören.

»Und wie kommen Sie jetzt nach oben? Von hier kann ich Sie leider nicht hinaufziehen.«

»Abwarten, mein Lieber. Hier, fangen Sie erst mal meinen Mantel.«

Der Gardekürassier inspizierte die Mauer und wählte dann einen Streifen mit nur wenigen Büschen und Unterholz für seinen Anlauf. Er ging zehn, zwölf Schritte zurück, lief an und schnellte mit zwei kräftigen Sprungschritten an der Mauer hoch. Oben angekommen, blieb er nicht wie Kummerow sitzen, sondern federte mit einer eleganten Hockwende direkt auf die andere Seite. Wenige Sekunden später hörte Kummerow ein deutliches Fluchen.

»Sind Sie verletzt?«, flüsterte er.

»Nein, ich bin weich gefallen«, zischte es zurück. »Zu weich! Schauen Sie erst nach unten, bevor Sie springen!«

Kummerow tat, wie ihm geheißen, ließ sich an der Mauer herunter und kam wohlbehalten ein paar Schritte neben einem ausladenden Misthaufen zurück zur Erde. Von Tarlenheim stand daneben und befreite sich notdürftig von den hier zusammengekehrten Hinterlassenschaften des benachbarten Wisentgeheges. Er schien nicht geneigt, die Einzelheiten seiner Ankunft diesseits der Zoomauer näher auszuführen.

»Kein Wort, Kummerow!«

Dieser riss sich zusammen und reichte ihm schweigend sein Taschentuch. Eine Minute später machten sich beide daran, ihren Weg durch den dunklen Tierpark zu suchen. Trotz der kalten Witterung lag ein deutlicher Duft von Großwild in der Luft, das nicht in diesen Breiten heimisch war. Hier und da erscholl ein Brüllen durch den Abend. Als sie von Weitem einen späten Tierpfleger neben dem Antilopenhaus sahen, versteckten sie sich hinter einem Baum, bis die Luft wieder rein war. Sie gingen vorsichtig weiter. Ein paar Minuten später ragte die Elefantenpagode wie ein verwunschener Palast vor ihnen auf.

Rund um das Dickhäuterhaus war niemand zu sehen. Doch seine Pforte war nicht verschlossen, und so traten die Ermittler ein. Es war so warm und stickig wie in einem Gewächshaus. Der Innenraum lag noch dunkler als bei ihrem ersten Besuch vor ihnen, wodurch die Ausdünstungen der Pagodenbewohner umso intensiver schienen. Ein dumpfes Grollen empfing sie, als die Tiere zu dieser ungewohnten Stunde ihre Witterung aufnahmen – besonders der Geruch des Rittmeisters musste sie zweifellos irritieren. Außer ihnen war kein Mensch dort. Leise schritten die beiden Männer die Käfige ab, und dennoch hatte Kummerow den Eindruck, als hallten ihre Schritte wie Paukenschläge durch den Raum. Die Nashörner und der Tapir drehten sich aufgeregt um ihre eigene Achse, als suchten sie einen Fluchtweg. Als die Eindringlinge zum asiatischen Elefantenbullen Rostom kamen, fing er wie beim letzten Mal an, zu schnauben und den Kopf zu schütteln. Sein Käfig an der Schmalseite des Gebäudes war durch sein eingebautes Oberlicht nicht ganz so düster wie der Besucherraum, und als sie in Rostoms Käfig hineinspähten, konnten Kummerow und von Tarlenheim neben Heuballen und Elefantenkot noch etwas anderes erkennen. Der Rittmeister reckte sich so weit wie möglich nach vorn und kniff die Augen zusammen, um etwas mehr sehen zu können. Dann zuckte er erschrocken zurück und griff den Kommissar am Arm.

»Kummerow, das ist doch …«

* * *

Auf dem Boden des Elefantenkäfigs lag wie zum Bügeln ausgebreitet ein schrecklich ramponierter Anzug. Um ihn herum erstreckte sich ein dunkler Rand. Aus Jackett und Hose ragte hier und da etwas Spitzes, als steckten dort helle, abgebrochene Zweige. Zwei Flecken am Ende der Hosenbeine stellten sich als vollkommen zerdrückte Schuhe heraus. Oberhalb des Kragens schimmerte ein weiterer großer Fleck, als habe der Elefant dort beim Fressen versehentlich eine Melone zerdrückt. Nun fiel den Ermittlern auch der Geruch von Blut auf, den sie noch von den Schlachtfeldern kannten. Für beide gab es keinen Zweifel mehr: Dort lag ein Mensch – oder das, was von ihm übrig war.

Der Kommissar und der Rittmeister sahen sich nur kurz an, und dann liefen sie auch schon los. Sie eilten aus der Elefantenpagode heraus zur Zoomauer, kletterten diesmal ohne Malheur hinüber und rannten zum Kurfürstendamm. An der Hausnummer 7 läuteten sie bei der Dienstwohnung von Dr. Bodinus Sturm. Nur das Dienstmädchen war zu Hause.

»Der Herr Direktor ist schon ausgegangen. Sein Verein ›Cypria‹ gibt ihm doch heute Abend die Feier zu seinem vergangenen Siebzigsten.«

Kummerow wollte schon fragen, wo diese Feier stattfand, um Bodinus sofort über den Todesfall in Kenntnis zu setzen, aber von Tarlenheim kam ihm zuvor.

»Bitte bestellen Sie Herrn Direktor, dass wir morgen am späten Vormittag noch einmal vorsprechen werden.«

Er nahm Kummerow am Arm und begleitete ihn zurück zur Stadtbahn.

»Ich nehme da vorn eine Droschke. Treffen wir uns morgen um halb zwölf wieder bei Bodinus, und schicken Sie gleich früh zur Öffnung jemand zum Dickhäuterhaus und lassen Sie's absperren. Dass da bloß nicht als erstes Besucher reinmarschieren!«

Sie verabschiedeten sich am Droschkenhalteplatz.

»Wir sollten vielleicht auch noch mal zu den Afrikanern«, meinte von Tarlenheim. »Wer weiß, am Ende können die doch noch was erzählen.«

Dem Kutscher befahl er: »Zu den Gardekürassieren, Lindenstraße, gleich am Belle-Alliance-Platz!«

Der Kutscher legte zwei Finger an den Zylinder, schnalzte mit der Zunge und fuhr los.

Kapitel XIII

Es war schon nach neun Uhr abends, als Kummerow noch einmal im Präsidium ankam. Er ging direkt ins Zentralbüro und hinterließ beim Wachhabenden Instruktionen für den nächsten Tag. Am Sonntagmorgen würden die Besucher des Zoologischen Gartens jedenfalls auf die Elefantenpagode verzichten müssen. Auf seinem Weg nach Hause waren die Straßen trotz des Wochenendes kaum belebt; die vorwinterliche Witterung hatte die meisten Passanten aus dem Herzen Berlins vertrieben. Doch Kummerow schien die Kälte nicht zu spüren. Wer war der Tote im Elefantenkäfig, und wie war er dort hineingekommen? Er konnte sich keinen Reim darauf machen. So schnell wie möglich lief er über den Alexanderplatz und schloss zehn Minuten später die Haustür der Georgenkirchstraße 2 auf. Als er den Schlüssel in der Wohnungstür drehte, bemerkte er gleich den Lärm einer lauten Auseinandersetzung, der aus der Liebrecht'schen guten Stube drang.

»Du blinde Schabracke! Übertrumpfst mein einziges Ass, wo wir doch zusammenspielen!«

»Ich musste doch ans Spiel, du Träne! Hätt'st ja auch mal ein bisschen mitzählen können!«

»So, die Damen, nun mal ran an den Sarg und mitgeweint! Gewonnen und Schneider!«

Kummerow klopfte, öffnete vorsichtig die Tür und steckte den Kopf zur Wohnstube herein. Dort saßen drei Frauen in den besten Jahren am Tisch; eine davon war seine Zimmerwirtin.

»Guten Abend, Herr Kummerow. Darf ich vorstellen, Frau Schulwik und Frau Casper.« Die Vorgestellten nickten ihm freundlich zu. »Sonnabends ist immer unser Skatabend. Wir haben Sie doch nicht gestört?«

»Nein, nein, ich komme gerade erst zur Tür herein. Bitte, lassen Sie sich nicht abhalten. Gute Nacht, meine Damen.«

Es war schon gleich zehn, und er ging direkt zu Bett. Noch beim Einschlafen glaubte er, von fern Verwünschungen und Gelächter zu hören.

* * *

Nachdem er leidlich ausgeschlafen hatte, machte sich Kummerow nach einem schnellen Frühstück wieder auf zur Stadtbahn. Den Weg zum Zoologischen Garten kannte er inzwischen auswendig, und so bog er um Viertel nach elf in den Kurfürstendamm ein. Schon von weitem war eine Traube von Schaulustigen zu sehen, und als Kummerow näherkam, konnte er erkennen, dass der Menschenauflauf das Haus Nr. 7 zum Ziel hatte. Vom Lützowufer sah er von Tarlenheim kommen, auch heute wieder in Zivil. Am Rande des kleinen Volksauflaufs begrüßten sie sich kurz und bahnten sich darauf einen Weg zur Haustür. Auf ihr Klingeln öffnete ihnen wieder das Dienstmädchen, dessen Augen verweint waren.

»Sie haben es schon gehört?«

»Nein, was denn?«

»Der Herr Direktor ist heute Morgen gestorben.«

Beide waren wie vom Donner gerührt. Die Leiche in der Elefantenpagode – war das Bodinus gewesen? Von Tarlenheim fand zuerst die Sprache wieder.

»Wie …«

»Er kam kurz nach Mitternacht von seiner Feier zurück

und war bester Laune. Als er morgens nicht zum Frühstück kam, habe ich nach ihm gesehen und ihn im Ankleidezimmer gefunden. Bitte gehen Sie hinein, der Doktor ist bei ihm.«

Sie betraten die Trauerwohnung und fanden den Verstorbenen in seinem Schlafzimmer zur letzten Ruhe gebettet vor. Dr. Wiß aus der Landgrafenstraße, der gerade den Totenschein ausstellte, kam auf sie zu, und sie machten sich bekannt.

»Was für ein Sonntag, meine Herren! Erst musste ich gleich vom Frühstückstisch in den Zoologischen, um jemanden zu beschauen, der von einem Elefanten totgetrampelt wurde, und jetzt ist auch noch Direktor Bodinus gestorben. So einen feinen Menschen finden Sie nicht oft, wissen Sie.«

»Sie waren schon im Dickhäuterhaus?«

»Ja, Ihre Kollegen waren ebenfalls dort und haben den Vorfall aufgenommen. Die Wärter hatten es nicht leicht, den Elefanten abzudrängen, damit die Leiche geborgen werden konnte. Wenn man von einer Leiche noch sprechen kann. Armer Teufel.«

»Ist sie denn noch dort?«

»Sie wird zur Stunde in die Anatomie an der Luisenstraße überführt. Ab morgen können Sie von Leichenkommissarius Mühsam dann mehr erfahren. Den erreichen Sie ja bei Ihnen im Präsidium.«

»Und Direktor Bodinus?«

»Vermutlich ein Lungenschlag. Ich hatte ihn früher schon wegen seiner Lunge behandelt. Äußere Einwirkungen scheiden meines Erachtens aus. Ich kann Ihnen meinen Bericht und die Abschrift des Totenscheins ans Polizeipräsidium übermitteln, wenn Sie möchten.«

Kummerow und von Tarlenheim dankten und verabschiedeten sich mit einem letzten Blick auf den Toten. Vor der Wohnung sprach der Rittmeister aus, was der Kommissar dachte.

»Schöne Leiche.«

Wo sie schon einmal dort waren, suchten sie im Zoologischen noch einmal die Afrikaner auf. Erst, als sie auf dem Gelände der Völkerschau angekommen waren, ahnte Kummerow, wer die mysteriöse Nachricht geschickt haben mochte. Die mehr oder weniger freiwilligen Besucher aus dem Kongo trafen sie an, nicht aber ihren Dolmetscher. Von Tarlenheim ging zu einer Gruppe von ihnen und fragte:

»Bebey?«

Auf diese Frage hin begannen die Afrikaner aufgeregt durcheinanderzureden, und einer von ihnen winkte den Ermittlern zu und legte sich wie tot auf die Erde. Sie nickten betreten. Es musste der Dolmetscher gewesen sein, der sein Leben auf so grausame Weise in einem der prächtigsten Bauten der Reichshauptstadt verloren hatte. Auch ein dazukommender Tierpfleger bestätigte, dass man den Toten anhand seiner Kleidung als Bebey identifiziert hatte.

»Was wollte er bloß erzählen, Kummerow?«

»Ich habe keine Ahnung.«

Beide gingen noch ein Stück und setzten sich auf eine Bank vor der Elefantenpagode. Aus dem Haupteingang kamen mehrere Tierpfleger mit Eimern, Lappen und Schrubbern heraus. Die letzten Spuren eines afrikanischen Dolmetschers waren soeben getilgt worden. Kurz darauf wurden wieder die ersten Besucher hineingelassen.

* * *

Am Montagmorgen trafen sich die beiden Ermittler vor Kummerows Dienststelle. Im hinteren Teil des Polizeipräsidiums lag das Kommissariat zur Sicherstellung der Leichen verunglückter Personen, das von Leichenkommissarius Mühsam verwaltet wurde. Sie unterbrachen den bärtigen Beamten bei seinem herzhaften Frühstück. Auf seinem Schreibtisch stand ein Teller mit appetitlich angerichteten Hackepeterbrötchen nebst einer großen Kanne Kaffee.

»Morgen, die Herren! Auch 'ne Schrippe? Würde Ihnen ja am liebsten ein Bierchen dazu anbieten, aber ein Kaffee tut's auch.«

Kummerow lehnte dankend ab.

»Wir sind wegen der totgetrampelten Person im Zoologischen Garten hier.«

»Ach so, ja. Hab' ich auch noch nicht gehabt. Mussten ihn förmlich vom Boden abkratzen. Platt, platt, platt.«

»Und wer es war, ist jetzt auch offiziell geklärt?«

»Ist mit Mühe von den Tierpflegern und einem Bevollmächtigten der Völkerschau identifiziert worden. Ein gewisser Bebey. Was er im Elefantenkäfig zu suchen hatte, weiß kein Mensch. Kommen Sie mit, ich muss sowieso noch einmal in die Anatomie. Da können Sie ihn sich ja gleich ansehen.«

Mühsam verzehrte eilig, aber mit sichtlichem Behagen den Rest seines Frühstücks, nahm dann seinen Mantel und ging Kummerow und von Tarlenheim auf den Molkenmarkt voraus, wo schon eine Droschke auf sie wartete. Unterwegs hielt es der Leichenkommissar für angezeigt, die Ermittler auf die Königliche Anatomie vorzubereiten.

»Wissen Sie, wie oft ich von hier in die Luisenstraße und wieder zurückfahren muss? Wirklich unpraktisch und lästig. Andererseits«, und dabei rieb er sich am Kinn, »möchte man so was wie dort gar nicht erst in der eigenen Dienststelle haben. Die Herren haben gedient?«

Beide bejahten.

»Dann stellen Sie sich mal ein ordentliches Schlachtfeld vor, wo die Toten noch eine Weile umherliegen und anfangen, sich in ihre Bestandteile aufzulösen. So etwa riecht's im Keller der Anatomie.«

Kummerow und von Tarlenheim sahen einander mit stark eingeschränkter Vorfreude an.

»Wenn's ganz arg kommt, hab' ich was für die Nase dabei«, beruhigte sie Mühsam. »Nehm' ich auch immer. Wär' ja auch schade um die Schrippen.«

Sie waren die Linden schon bis kurz vor dem Pariser Platz entlanggefahren und bogen nun nach Norden ab. Kurz darauf überquerten sie die Spree, und zwei Minuten später hielt die Droschke vor der Königlichen Tierarzneischule in der Luisenstraße, wo sie zum Gartengebäude hindurch gingen.

Auf Verlangen von Rudolf Virchow persönlich hatte die Leichenaufbewahrungsstelle von der Charité in die Kellerräume der neuen Anatomie umziehen müssen. Dorthin nahm Mühsam nun die wenig begeisterten Ermittler mit. Ein Gestank wie von in der Sonne faulendem Aas schlug ihnen schon am oberen Ende der Treppe entgegen. Er wurde immer schlimmer, je weiter sie in diesen Hades hinabstiegen. Es gab kaum Licht dort unten und frische Luft noch viel weniger – für seine jetzige Bestimmung war der Keller auch nicht eingerichtet worden. Als sich Kummerow und von Tarlenheim einigermaßen an das Halbdunkel gewöhnt hatten, konnten sie eine Reihe von Bretterverschlägen erkennen. Davor hingen zerlumpte Kleider auf Leinen herum, verschnürte Kleiderbündel lagerten auch auf diversen Stapeln, und eine Handvoll Särge wartete im Korridor auf ihre Bestimmung.

Die Ermittler waren bestürzt, in diesem finsteren Gelass auch eine Trauergesellschaft versammelt zu sehen. Ein Maurer war vor Kurzem bei einem Arbeitsunfall ums Leben gekommen und hierher eingeliefert worden. Nun standen die Hinterbliebenen und ein Prediger mit Taschentüchern vor

Mund und Nase an seinem Sarg, während Ärzte, Juristen und Bedienstete der Leichenstelle um sie herum ihrer Arbeit nachgingen. Schon zwei Frauen waren in Ohnmacht gefallen und an die frische Luft gebracht worden. Zu allem Überfluss drängten mitten in der Predigt zwei Gehilfen mit einer frisch aufgebahrten Leiche an ihnen vorbei. Kommissar Mühsam hielt seinem Kollegen und dem Offizier wortlos ein Fläschchen mit einem starken Riechsalz hin, während er nach Bebeys Leiche suchte. Als er sie gefunden hatte, hielt er die beiden Gehilfen an, die sie ins Sektionszimmer im Erdgeschoss brachten. Dort mussten sich die drei Männer in Geduld fassen: Vor ihrem Fall stand noch eine andere Leichenschau an. Mühsam seufzte.

»Jetzt können Sie wohl verstehen, warum wir alle sehnlichst auf die Eröffnung des neuen Leichenschauhauses warten. Aber das kann noch ein Weilchen dauern. Wohl dem, der abgehärtet ist.«

Nach einer guten Stunde war es endlich soweit, und sie konnten sich einen Eindruck vom Opfer machen – wenn davon unter diesen Umständen noch zu reden war. Der Leichenbeschauer schlug das Laken über dem Tisch zurück, und der Kommissar und der Rittmeister schluckten. Sie hatten nicht wenige grässliche Dinge auf den Schlachtfeldern zwischen dem Elsass und Paris miterlebt, aber anders als bei Hannibals Alpenüberquerung waren dort keine Elefanten dabei gewesen. Was vor Kurzem noch ein recht wohl proportionierter Mensch gewesen war, war im Liegen nur noch eine Handbreit hoch. Das Gesicht war vollkommen unkenntlich, der Anzug blutverkrustet, hier und da schauten zersplitterte Rippen und Knochen hindurch. Kleidung und Leiche waren nicht mehr voneinander zu trennen. Kummerow musste sich kurz abwenden, dann fasste er sich wieder.

»Können wir nachsehen, ob noch etwas in seinen Taschen ist?«

Der Arzt nahm zwei mittelgroße Zangen und machte sich an den Rocktaschen zu schaffen.

»Kein Geld, keine Papiere … Warten sie mal, da ist wohl eine Papiertüte. Schale, bitte.«

Sein Assistent hielt ihm eine Metallschale hin, in die der Pathologe kurz darauf eine zertretene, blutbefleckte Tüte ablegte. Mühsam gelang es, sie aufzureißen: Darin lagen zwei zerquetschte Zigarren. Kummerow besah sie sich genau und gab sie dann an von Tarlenheim weiter. Der untersuchte sie ebenfalls und sah ihn an.

»Sieht aus wie die Bauchbinden vom Wilhelmplatz.«

»Sie sagen es.«

Eine Viertelstunde später standen beide wieder auf der Luisenstraße und atmeten tief durch. Während sie noch auf eine Droschke warteten, ging ein kleiner, bärtiger Mann mit ledrigem Gesicht eilig an ihnen vorbei und über die Straße zur Charité. Von Tarlenheim knurrte:

»Da läuft er ja, dieser Virchow. Wenn's nach mir ginge, hätte er sein Büro auch da unten im Keller.«

Kapitel XIV

Der November endete so grau wie er begonnen hatte. Für die beiden Ermittler wurde er auch durch einen Besuch in Bebeys ärmlicher, vor wenigen Wochen durch die Zooverwaltung angemieteten Behausung nicht besser. Als sie zusammen mit der Schutzpolizei sein Zimmer in Moabit durchsuchten, fanden sie unter dem Bettgestell ein in eine rot- und orangefarben gemusterte Wolldecke eingewickeltes Chassepot-Gewehr. Der Zustand der Papierreste in der Pulverkammer deutete darauf hin, dass es vor nicht langer Zeit abgefeuert worden sein musste. Abgesehen von etwas Schmutz war die Decke weitgehend intakt, nur fehlte ihr an einer Ecke ein handgroßes Stück.

* * *

Das Hotel Kaiserhof, das einen ganzen Häuserblock neben dem Wilhelm- und dem Zietenplatz einnahm, galt als vornehmstes der Reichshauptstadt. Auch die amerikanische Gesandtschaft nutzte seine Festsäle gern für Empfänge, da die eigenen Räumlichkeiten in der Mohrenstraße in vielen Fällen zu beengt waren. So auch am 27. November – es war der vierte Donnerstag im Monat, und die allermeisten Berliner wussten nicht, dass es sich damit um den amerikanischen Thanksgiving-Tag handelte. Dieser Tag war der Lieblingsfeiertag von Aaron A. Sargent, dem außerordentlichen Gesandten und bevollmächtigten Minister der Vereinigten Staaten beim Deutschen Reich, denn der joviale Amerikaner hatte eine Schwäche für den traditionell dazu gebratenen Truthahn. Gerade in diesem Jahr sollte der Erntedank der amerikanischen Gemeinde etwas Besonderes werden, war doch kein geringerer als der Afrikaforscher und Entdecker Henry Morton Stanley der Ehrengast!

Stanley – eine Generation von Schuljungen bekam gemeinsam mit ihren Vätern glänzende Augen, wenn sie diesen Namen hörte. Er war als junger Mann nach Amerika ausgewandert, hatte dort am Bürgerkrieg teilgenommen und war danach zur schreibenden Zunft gegangen. »Finden Sie Livingstone!«, hatte ihm der Herausgeber des ›New York Herald‹ im Oktober '69 aufgetragen – und er hatte den verschollenen schottischen Afrikaforscher und Missionar tatsächlich zwei Jahre später am Tanganjikasee gefunden. Doch damit nicht genug: 1874 ging er wieder nach Afrika, um das riesige Gebiet zwischen Nilquelle und Kongomündung zu erkunden. Fast drei Jahre und unglaubliche Anstrengungen hatte das gekostet. Stanley beschrieb sie anschließend höchst eindrücklich in seinem Buch »Durch den dunkeln Welttheil«, das gemeinsam mit »Wie ich Livingstone fand« in vielen Lesern die Lust auf Abenteuer in fernen Kontinenten weckte. Nun war der verdiente Entdecker also zu Gast in Berlin; als technischer Delegierter der amerikanischen Abordnung sollte er die westafrikanische Konferenz mit seinem Fachwissen bereichern.

* * *

Zoodirektor Bodinus, der sich vor allem mit der Tierwelt Afrikas befasst hatte, war am Mittwoch vor dem Thanksgiving-Tag zu Grabe getragen worden. »Jedes Kind kannte Bodinus«, stand in der ›Berliner Zeitung‹ vom Dienstag zu lesen; »Bodinus gehörte zu Berlin, wie der Finger zur Hand, und das Blatt zum Baume.« Kummerow war dem Trauerzug vom

Kurfürstendamm bis zum Alten Friedhof der Zwölf-Apostel-Gemeinde an der Schöneberger Kolonnenstraße gefolgt. Er hatte dabei nicht wirklich erwartet, Sachdienliches zum Fall zu erfahren – es war eher ein Versuch, durch das Beobachten des Drumherum womöglich mehr Klarheit zu bekommen, wo der Fall schon so trübe wie das Wetter schien. An Bodinus' letzter Ruhestätte erklangen höchst lobende Nachrufe; eine kaum überschaubare Zahl von Kränzen schmückte die frische Grabstelle. Der Kommissar besah sich nach dem Ende der Zeremonie ihre Widmungen. Da war ein letzter Gruß der Stadt Berlin, des Zoologischen Gartens, seines Vereins »Cypria« und vieler anderer, bei denen Bodinus aktives oder korrespondierendes Mitglied gewesen war. Eine der vielen Kranzschleifen fiel Kummerow ins Auge. Sie trug die französische Aufschrift »Les Amis du Grand Zoologiste dans le Congo«. An ihren Enden leuchtete ein goldener Stern auf himmelblauem Hintergrund, der dem auf den bewussten Bauchbinden ähnlich sah. Kummerow machte sich eine Notiz – hatte Bodinus direkten Kontakt zu Forschern im Kongo gehabt?

Bald darauf musste er sich wieder nach Berlin aufmachen, denn bei Hertzog in der Breiten Straße wartete ein Frack auf ihn, den er beim Dinner im »Kaiserhof« anziehen sollte. Das Präsidium hatte auf Anraten von Tarlenheims der Bereitstellung von Abendgarderobe auf Amtskosten zugestimmt – nach einigem Hin und Her mit der Hauptkasse wurde bestätigt, dass es sich hierbei tatsächlich um eine dienstliche Notwendigkeit handelte.

Nach der Anprobe beeilte sich Kummerow mit dem Frackpaket unter dem Arm an den Molkenmarkt, wo er einen Brief des Rittmeisters erwartete. Das Schreiben lag wie erwartet in seinem Fach, und er las:

26. November 1884

Treffe Sie Morgen um halb acht Uhr in der Empfangshalle des Kaiserhofs in voller Montur. P.l.M. optional.
Ergebenst

JvT

Kummerow musste lächeln, konnte er sich doch ausmalen, dass sich der Gardekürassier keine Gelegenheit zum Anlegen seiner Galauniform samt Ordensschmuck entgehen lassen würde.

Der Donnerstag im Dienst floss zäh dahin, bis sich Kummerow um halb sechs unter Hinweis auf seinen abendlichen Termin verabschiedete. Die Kollegen klangen teils amüsiert, teils neidisch.

»Und da kommen richtige Amerikaner hin?«

»Und Indianer aus der Prärie?«

»Oder Neger vom Mississippi?«

»Bringen Sie uns denn 'ne Truthahnkeule mit, wenn was übrig bleibt?«

Kummerow versprach, dass er sein Möglichstes versuchen wollte.

Eine Stunde später stand er in seinem neuerworbenen Frack vor seiner Zimmerwirtin, die vor Begeisterung die Hände zusammenschlug.

»Nein, Herr Kummerow, so was Schickes! Warten Sie, ich helf' Ihnen mit dem Kragen.«

Ihr Mieter reckte den Hals, während sie ihm das Hemd mit nicht mehr ganz geübtem Griff bis obenhin zuknöpfte. Während er noch nach Luft rang, musste der Vorgang Erinnerungen bei ihr wecken, denn betrübt fügte sie hinzu:

»Wie lange hab' ich das nicht mehr gemacht. Ach, wär' doch mein Ewald noch da, dann ginge das noch besser.«

Kummerow wollte sie so schnell wie möglich von ihrer Trübsal ablenken.

»Wer hat denn bei Ihrem Kartenabend gewonnen, Frau Liebrecht?«

Die Wirtin schaute grimmig drein.

»Die Caspern«, antwortete sie mürrisch und stieß leise Verwünschungen aus, die nicht für Kummerows Ohren bestimmt waren. »Aber das nächste Mal ist sie fällig«, versicherte sie und fügte leise weitere, nicht gesellschaftsfähige Herabwürdigungen bei.

Die letzten Ausdrücke konnte Kummerow nicht richtig verstehen, da er sich bereits zum Spiegel umgedreht hatte.

»Vielen Dank, Frau Liebrecht. Ich glaube, man wird mich im ›Kaiserhof‹ nicht abweisen.«

»Worauf Sie Gift nehmen können, Herr Kummerow – so werden Sie auch beim Kaiser persönlich vorgelassen!«

* * *

Wäre da nicht die breite, gezimmerte Rezeption gewesen, so hätte ein Gast in der Eingangshalle des »Kaiserhofs« denken können, er stünde in einem Saal des Berliner Schlosses. Auf schweren Teppichen standen Fauteuils, die so groß wie der Hohenzollernthron erschienen. Mächtige Kronleuchter ließen die Säle erstrahlen und nicht den Schatten eines Zweifels aufkommen, dass man sich hier im ersten Haus am Platz befand.

Wie üblich war von Tarlenheim schon vor Kummerow eingetroffen. Hatte er bereits in Zivil eine gute Figur gemacht, erntete er in seiner Galauniform von allen Seiten bewundernde Blicke. An seinem roten Waffenrock trug er das Eiserne Kreuz erster Klasse. Er begrüßte den Kommissar und beglückwünschte ihn zu seinem Frack.

»Gratuliere, mein Lieber, erstklassiger Sitz!« Und halblaut fügte er hinzu: »Da seh' ich Ihnen sogar nach, dass Sie heute Abend ohne Ehrenzeichen erscheinen. Das Dinner findet im Bankettsaal statt. Dort hinten ist die Garderobe. Dann lassen Sie uns mal schauen, was ein Afrikaforscher so in Berlin entdeckt.«

Im Saal waren bereits an die hundert Gäste versammelt, und stetig kamen weitere dazu. Da waren ausländische Gesandte und Konsularbeamte, die sich mit preußischen Geheimräten und ihren Gattinnen unterhielten, Soldaten verschiedener europäischer Nationen, die sich wie von Tarlenheim in Schale geworfen hatten. Kummerow musterte gerade die verschiedenen Uniformen, da bewegte er sich instinktiv mit einem raschen Schritt rückwärts. Eine junge Dame, an der er vor einem Moment vorbeigegangen war, hatte sich zu schnell umgedreht und hätte beinahe ihr volles Sektglas über Kummerows neuem Frack ausgeleert.

»Ach du meine Güte! Bitte verzeihen Sie vielmals, mein Herr! Haben Sie etwas abbekommen? Ich habe einfach nicht geschaut. So etwas Dummes …«

Kummerow prüfte seine Garderobe, dann konnte er sie beruhigen.

»Nichts passiert, gnädiges Fräulein. Kein Grund zur Aufregung.«

»Sind Sie sicher? Ich wäre untröstlich!«

»Ganz sicher, gnädiges Fräulein. Es ist noch einmal gut gegangen.«

»Dann bin ich beruhigt, Herr …«

»Kommissar Kummerow. Zu Ihren Diensten.«

»Sehr erfreut.«

Inzwischen hatte sich eine andere junge Dame zu ihnen gesellt.

»Lucie, was machst Du denn schon wieder für Sachen?«

»Denk nur, beinahe hätte ich den Herrn Kommissar mit Sekt übergossen!«

»Kommissar – na, ein Glück, sonst hätte er Dich womöglich noch festnehmen müssen.«

»Dazu hätte kein Anlass bestanden, meine Damen. Auch ich hätte ja besser aufpassen können.«

»Sie sind das, was die Angelsachsen einen Gentleman nennen, Herr Kommissar.«

Jetzt trat auch der Rittmeister dazu, der sich gerade noch mit einem amerikanischen Leutnant unterhalten hatte.

»Das kann ich nur bestätigen, meine Damen: Von Kommissar Kummerow können sich alle Männer eine Scheibe abschneiden.«

Kummerow lächelte verlegen und stellte ihn vor.

»Rittmeister von Tarlenheim von den Gardekürassieren.«

»Angenehm. Ich bin Fräulein von Harden, dies ist Fräulein Hausner.«

Die Männer verbeugten sich, und die Damen deuteten einen Knicks an.

»Wenn hier noch keine älteren Rechte bestehen, wäre es uns eine Auszeichnung, die Damen zu ihren Plätzen zu geleiten.«

Beide lachten.

»Herr Rittmeister, Sie müssen wissen, dass wir beide von Verwandten begleitet werden.«

Sie wies diskret auf zwei ältere Herren, die ein paar Schritte weiter ins Gespräch vertieft waren.

»Wie tragisch! Ich suche schon den ganzen Abend geeignete Fremdenführerinnen, um meinen erst vor kurzem in Berlin eingetroffenen Freund in die Geheimnisse der Hauptstadt einzuweihen.«

»Gibt es in Berlin denn Geheimnisse?«

»Aber selbstverständlich, meine Damen! Denken Sie nur an die verwinkelten Gassen im alten Cölln, an die verwunschenen Pfade im Tiergarten oder an den Sarkophag der Königin Luise draußen in Charlottenburg.«

Kummerow war das Gespräch ein wenig unangenehm; er hatte nicht vorgehabt, sich von seiner dienstlichen Ermittlung durch das Bekanntmachen mit zugegebenermaßen äußerst liebreizenden Damen ablenken zu lassen. Darum kam es ihm ganz gelegen, dass um Punkt acht Uhr ein aufgeregter Page auftrat und rief: »Ladies and Gentlemen, His Excellency the Ambassador of the United States of America!« Darauf erschien Aaron A. Sargent, der Chef der amerikanischen Gesandtschaft, mit dem Ehrengast des Abends. Ein von großen Strapazen gezeichnetes Gesicht, ein etwas düsterer Blick, das Haar schon angegraut, aber der Körper kräftig und angespannt: Dort stand Henry Morton Stanley.

Die Gäste nahmen ihre Plätze an großen, runden Tischen ein. Auch die Ermittler fanden ihre Tischkarten und setzten sich. Ein Glöckchen wurde geläutet, und Sargent begrüßte seine Gäste. Kummerows englische Sprachkenntnisse waren begrenzt, und so dolmetschte ihm von Tarlenheim leise von der Seite.

»Verehrte Gäste, liebe Freunde! Es ist mir eine große Freude, Sie an diesem so uramerikanischen Feiertage willkommen zu heißen. Vor nunmehr 264 Jahren kamen die Pilgerväter auf der Mayflower am Plymouth Rock an. Sie litten Entbehrungen und hatten vielerlei Widerstände zu überwinden, bis sie und all die weiteren Siedler Amerika zu dem machen konnten, was es heute ist. Im Gedenken an diese Pionierzeit der Neuen Welt sagen wir heute unseren Dank!«

Der Einleitung folgte höflicher, wenn auch nicht überschwänglicher Applaus.

»In diesen Tagen sind nun Exzellenzen der europäischen Mächte, des osmanischen Reiches und auch der Vereinigten Staaten hier in Berlin zusammengekommen, um die Zukunft eines weiteren großartigen Kontinents auf den Weg zu bringen. Welche Wunder werden die Welt in Afrika erwarten! Der dunkle Kontinent birgt noch viele Geheimnisse, doch wenn die zivilisierte Welt ihm immer mehr von ihnen entreißen kann, verdankt sie das großartigen Forschern und Entdeckern wie unserem Ehrengast. Meine Damen und Herren: Henry Morton Stanley!«

Die Gäste reckten die Hälse, als der so Geehrte sich erhob. Der Beifall war nun deutlich stärker als zuvor, und mehr als nur ein Bravo-Ruf mischte sich darunter. Nach einer Minute hob Stanley, der die Ovationen zu genießen schien, lächelnd die Hände und antwortete in seiner Muttersprache.

»Mr. Ambassador, verehrte Anwesende, ich danke Ihnen. Nach den Jahren der Entbehrungen fällt es mir oft schwer zu glauben, welche leiblichen Genüsse am Ende eines anstrengenden Tages auf einen warten können. Wenn ich aber an die herrlichen Truthähne denke, die wir gleich genießen dürfen, meine ich, dass sich auch die weiteste Expedition dafür lohnt!«

Applaus und Gelächter gaben ihm Recht.

»Es ist mir eine Ehre, in der schönen Hauptstadt des Deutschen Reiches zu Gast zu sein, wo in diesen Tagen eine so wichtige Konferenz zur Zukunft des afrikanischen Kontinents stattfindet. Erlauben Sie mir, als Kenner der Verhältnisse zu sprechen: Es ist höchste Zeit, die Segnungen der europäischen und amerikanischen Zivilisation nach Afrika zu bringen: zum Wohle des internationalen Handels, zur sittlichen Erhebung der Eingeborenen und gegen die verderblichen Auswüchse der Sklaverei!«

Erneut erscholl lauter Beifall.

»Ambassador Sargent erweist mir in diesem Jahr die Ehre, Sie hier in seinem Namen willkommen zu heißen und diese Feier offiziell zu eröffnen. Und darum nur zwei Worte: Happy Thanksgiving!«

Sargent erhob sich unter allgemeinem Applaus und schüttelte Stanley kräftig die Hand. Währenddessen liefen Kellner des »Kaiserhofs« im Gänsemarsch in den Saal, wobei sie silberne Tabletts mit mächtigen gebratenen Putern vor sich her schleppten. Auf den Tischen warteten bereits Schüsseln mit Süßkartoffeln, Maisbrot und Grünkohl; statt »Cranberry Sauce« wurde Preiselbeergelee gereicht. Nachdem die Gläser aller Gäste gefüllt waren, stand Stanley nochmals auf und brachte einen Toast aus.

»Auf Amerika! Und auf Afrika!«

Danach widmeten sich alle dem Festmahl. Für Kummerow war es das erste seit seiner Ankunft in Berlin. Er konnte sich allerdings nicht vollständig darauf konzentrieren, da er angestrengt über den besten Weg nachdachte, etwas aus Stanley herauszubekommen. Nach einer Weile warf er einen Seitenblick auf von Tarlenheim, der sich unter allen Anzeichen des Wohlbefindens bereits zum zweiten Mal nachreichen ließ. Schließlich wurden Apple Cobbler und Pumpkin Pie zum Dessert gereicht. Die anwesenden Damen zogen sich anschließend zum Kaffee in einen benachbarten Salon zurück, und gleich darauf erschienen Kellner mit Digestifflaschen und Zigarrenkisten. Kummerow war sich jetzt seiner Sache sicher.

»Herr Rittmeister, wir wollen versuchen, ein paar Worte mit Stanley zu wechseln. Sie müssten allerdings noch einmal so gut sein, mir zu dolmetschen.«

»Soll geschehen. Ich bin gespannt, was Sie vorhaben.«

Sie hatten nach ein paar Minuten Glück und konnten den Entdecker abpassen, als er sich gerade eine große Havanna geben ließ. Von Tarlenheim verbeugte sich und legte munter in dessen Muttersprache los.

»Mr. Stanley, nehme ich an? Gestatten, Rittmeister von Tarlenheim, kaiserliches Gardekürassier-Regiment. Erlauben Sie mir, Ihnen meinen Freund Kommissar Kummerow von der Berliner Kriminalpolizei vorzustellen.«

Stanley und Kummerow verbeugten sich ebenfalls, und der Rittmeister fuhr fort:

»Wie Sie sich vorstellen können, sind wir glühende Bewunderer – der Kommissar ganz besonders! Wenn Sie erlauben, werde ich bei dem, was er Sie fragen möchte, für ihn übersetzen.«

Stanley nickte freundlich, wenn seine kalten Augen auch eine gewisse Skepsis verrieten.

Von Tarlenheim sah Kummerow aufmunternd an, der begann:

»Verehrter Mr. Stanley, wo wir am Ende des Dinners gerade bei den Zigarren angekommen sind: Ich hörte bereits von Ihrer Kennerschaft auf diesem Gebiet. Sagen Sie bitte, wie konnten Sie auf Ihrer zweiten Entdeckungsreise Ihren Rauchvorrat mitführen?«

Von Tarlenheim wiederholte die Frage auf Englisch, und der mutmaßliche Tabakfreund schien über die unverfängliche Frage erleichtert.

»Ah ja, wissen Sie, unter meinen mehr als zweihundert Trägern war einer für meinen Vorrat von 1000 ausgezeichneten Partagás verantwortlich. Die hatte mein großzügiger Herausgeber vom New York Herald gestiftet. Ich genehmigte mir an jedem Abend eine – egal, wo wir waren, und wie der Tag verlaufen war. Einmal pro Woche ließ ich sie mir von dem Boy vorzählen, und wenn welche fehlten, setzte es Hiebe. Auch örtliche Häuptlinge, mit denen ich mich gut stellen wollte, bekamen manchmal eine davon ab. Zum Schluss war keine einzige mehr übrig – so lange war ich unterwegs gewesen.«

Von Tarlenheim übersetzte wieder, und alle drei lachten.

»Sagen Sie bitte«, fuhr Kummerow fort, »sehen Sie in Zentralafrika auch mögliche Anbauflächen für Tabak?«

Stanley nickte eifrig.

»Da kann ich Sie beruhigen, meine Herren – es gibt dort bereits Tabakernten, und sogar erstaunlich gute. Ich konnte das in den letzten Jahren bei meinen weiteren Reisen in den Kongo feststellen. Natürlich reichen die dort hergestellten Zigarren noch nicht an diese Hoyo de Monterrey hier heran, aber was nicht ist, kann ja noch werden. Beim dortigen Klima wächst ja auch so gut wie alles, als wäre es Unkraut.«

Kummerow nickte freundlich und zog einen Umschlag aus der Tasche.

»Dabei fällt mir ein: Könnten Sie als Kenner mir vielleicht weiterhelfen? Ich suche da eine bestimmte afrikanische Zigarre, kann sie aber nirgends finden. Sehen Sie, wenigstens die Bauchbinde habe ich aufgehoben.«

Er hielt Stanley den bunten Ring aus Papier hin. Der nahm ihn und runzelte nach einer näheren Begutachtung die Stirn.

»Wo haben Sie die her?«

»Von einem Reisenden aus dem Kongo, der bis vor kurzem in Berlin weilte. Sein Name war Bebey, glaube ich. Kennen Sie ihn zufällig?«

Stanley schien der Name nichts zu sagen. Er sah sich jedoch die Bauchbinde weiter genau an, um sie wenig später mit bedauerndem Kopfschütteln zurückzugeben.

»Nein, tut mir leid – meine Herren, wenn Sie mich jetzt entschuldigen wollen.«

Dann trat er zu Botschafter Sargent, der gerade ein paar Ministerialbeamte mit Anekdoten aus dem amerikanischen Bürgerkrieg unterhielt. Der hob bedauernd die Hände, als Stanley ihm bedeutete, sich verabschieden zu müssen, und begleitete seinen Ehrengast aus dem Saal. An der Saaltür wurde Stanley von zwei Männern abgepasst, mit denen er sich kurz, aber eindringlich besprach. Sie waren vorher unter den anderen Frackträgern nicht sonderlich aufgefallen und schienen Mitarbeiter einer ausländischen Gesandtschaft oder sogar einer der Konferenzdelegationen zu sein. Beide blickten in Kummerows Richtung und verließen dann gemeinsam mit Stanley das Hotel.

Von Tarlenheim, der während seiner Dolmetschertätigkeit keine Miene verzogen hatte, wandte sich Kummerow nun mit allen Anzeichen des Erstaunens zu.

»Na schau mal einer an – wie sind Sie denn darauf gekommen?«

»Nun, ich dachte mir, ich klopfe mal auf den Busch.«

»Mein Lieber, wenn das mal kein Stich ins Wespennest war. Ich habe mir sagen lassen, dass besonders afrikanische Wespen verdammt angriffslustig werden können.«

»Mag sein, aber wenn sie wild werden, werden sie vielleicht auch unvorsichtig.«

»Wir werden ja sehen. Und wo wir gerade beim Auf-den-Busch-Klopfen sind: Lassen Sie uns mal schauen, ob Fräulein von Harden und Fräulein Hausner noch da sind.«

Von Tarlenheim schob Kummerow mit sanftem Nachdruck in Richtung Salon und zeigte dabei auf die beiden Tischherren der jungen Damen. Sie waren nach reichlichem Truthahngenuss in den bequemen Sesseln des »Kaiserhofs« eingenickt.

Kapitel XV

»Der Reichskanzler ist zufrieden!« Graf von Pückler strahlte über das ganze Gesicht und schüttelte zuerst Joachim von Tarlenheim und danach Albert Kummerow die Hand. »Sogar sehr zufrieden! Ihr erster gemeinsamer Fall, und in gerade einmal zwei Wochen aufgeklärt. Alle Achtung! Wir können froh sein, ein so tüchtiges Gespann mit dieser Aufgabe betraut zu haben.«

Der Leiter der IV. Abteilung hatte sie in sein Büro einbestellt, um die Angelegenheit offiziell für beendet zu erklären und die Ermittler zu belobigen. Zweifellos, so von Pückler, hatte das vorgefundene Gewehr dem Dolmetscher der Völkerschau gehört. Der hatte – aus bisher unbekannten Beweggründen – den unbescholtenen Mitarbeiter der belgischen Delegation am ersten Abend der westafrikanischen Konferenz aus einem Hinterhalt zu erschießen versucht. Zum Glück hatte er den jungen Mann nur mit einem einzigen Schuss verletzt. Als er merkte, dass ihm die Polizei auf den Fersen war und Erkundigungen bei der Völkerschau im Zoo anstellte, war ihm die Ausweglosigkeit seiner Lage bewusst geworden – früher oder später wäre man ihm auf die Schliche gekommen. Darum hatte er wohl den Freitod gewählt und war zum wütenden Elefanten in den Käfig geklettert, folgerte der Leiter der Abteilung IV.

»Und das«, fuhr Graf von Pückler fort, »war ein schreckliches Ende für den feigen Attentäter aus Afrika – aber ich muss sagen, auch ein passendes! Na, damit ist dieses dunkle Kapitel jedenfalls abgeschlossen. Und die Völkerschau wird auch in wenigen Wochen wieder die Heimreise antreten. Wie ich von der kommissarischen Leitung im Zoologischen hörte, werden die Neger noch vor Weihnachten in den Zug zurück nach Hamburg gesetzt, und von da geht es mit dem Woermann-Schiff zurück in ihre Heimat. Kann mir vorstellen, dass sie's bei diesem Wetter kaum erwarten können.«

Von Tarlenheim lachte mit, aber Kummerow verzog nur kurz das Gesicht. Seit dem Abend im »Kaiserhof« war klar, dass da noch mehr hinter der Sache steckte. Dass der Fall nun so rasch zu den Akten gelegt wurde, kam ihm seltsam vor.

»Herr Rittmeister, ich danke Ihnen für Ihre tatkräftige Mithilfe. Ich darf Ihnen verraten, dass Ihnen das Empfehlungsschreiben dieser Behörde und auch das der Reichskanzlei bei Ihrer nächsten Beförderung alles andere als im Wege stehen wird.«

Der Rittmeister knallte die Hacken zusammen, schlug in die dargebotene Hand ein und verabschiedete sich. Kummerow dankte ebenfalls und folgte dem Gardekürassier aus dem Dienstzimmer.

Sie liefen zusammen durch die Flure und auf den Haupteingang zu. Von Tarlenheim brach das Schweigen.

»Tja, das war's dann wohl, mein Lieber. War mir eine Ehre, mit Ihnen zusammenzuarbeiten – vielleicht ergibt sich ja mal wieder was in der Richtung.«

Kummerow grübelte immer noch.

»Finden Sie nicht, dass das Ganze etwas zu einfach aussieht?«

»Wie meinen Sie?«

»Die Bauchbinden, der brüske Abschied Stanleys – all das.«

»Nun ja, aber den Attentäter haben wir doch.«

»Glauben Sie denn wirklich an seinen Selbstmord?«

Von Tarlenheim überlegte.

»Um ehrlich zu sein: Das kam mir gleich ein bisschen weit hergeholt vor. Mal eben freiwillig zu einem wildgewordenen Elefanten in den Käfig zu hopsen, so verzweifelt kann ja keiner sein. Wenn ich schon ein ordentliches Gewehr zu Hause hätte, wär' mir das einfacher und sauberer.«

»Haben Sie noch Zeit zum Mittagessen?«

»Ja, ich habe für den Rest des Tages dienstfrei.«

Sie gingen in den Ratskeller und verzehrten schweigend das Stammgericht. Beide grübelten immer noch über die unwahrscheinliche Auflösung des Falls nach, aber keinem fiel ein aussichtsreicher Ansatzpunkt zu seiner Wiederaufnahme ein. Anschließend begleitete der Rittmeister Kummerow zurück zum Molkenmarkt.

»Es sollte wohl nicht sein«, stellte von Tarlenheim zum Abschied fest. »Aber was soll's. Wenn noch etwas ist – wir wissen ja, wo wir uns finden.«

Sie gaben sich die Hand, und der Kommissar ging durch den Haupteingang zurück ins Präsidium. Er war noch keine zehn Schritte gegangen, da wurde er von einem aufgeregten jungen Beamten abgefangen.

»Sind Sie Kommissar Kummerow?«

»Der bin ich.«

»Bitte kommen Sie schnell! Kommissar Mühsam sucht Sie und Herrn von Tarlenheim schon seit einer Stunde!«

Kummerow drehte sich auf dem Absatz um und lief zum Haupteingang. Von der Tür aus konnte er erkennen, wie von Tarlenheim gerade in eine Droschke einsteigen wollte.

»Herr Rittmeister!«

Sein Ruf war so laut, dass die verbliebenen Marktfrauen zusammenzuckten und um sich schauten, was es denn gäbe. Auch von Tarlenheim hatte ihn gehört, ließ die Droschke Droschke sein und kam ihm entgegen.

»Mit dem Organ können Sie bei meinem Regiment als Wachtmeister anfangen! Haben Sie etwas vergessen?«

»Kommen Sie – Mühsam hat wohl Neuigkeiten für uns!«

* * *

»Da sind Sie ja endlich!«

Leichenkommissarius Mühsam stand schon im Mantel und hatte seinen Hut in der Hand.

»Gut, dass Sie kommen, meine Herren. Ich habe aus der Anatomie gehört, dass an Ihrer Leiche etwas faul ist.«

Kummerow überhörte den Kalauer.

»Hat man sie denn noch nicht beerdigt?«

»Morgen wäre sie raus auf den Zentralfriedhof Friedrichsfelde gegangen. Man hat aber wohl durch Zufall noch etwas gefunden. Kommen Sie mit.«

Die Dienstdroschke brachte sie auf dem gleichen Weg wie beim letzten Mal in die Luisenstraße. Zum Glück konnten sie den Abstieg in den schrecklichen Keller vermeiden, da der Pathologe und sein Assistent sie bereits im Sektionszimmer erwarteten.

»Sehr ungewöhnlich. Wirklich. Ist mir noch nicht untergekommen.«

Die drei Besucher sahen den Mediziner gespannt an.

»Ein paar dünne Strippen, und schon sieht die Sache anders aus.«

Er nickte seinem Assistenten zu, der das Tuch über der Leiche mit Schwung zurückzog. Obwohl sie bei kühlen Temperaturen gelagert worden war, traten die Ermittler sofort einen Schritt zurück und griffen nach ihren Taschentüchern. Auch Mühsam hielt sich sein Fläschchen unter die Nase und bot es danach Kummerow und von Tarlenheim an.

»Seien Sie froh, dass es Winter wird, sonst wären die Reste längst rausgegangen.«

Der Pathologe nahm eine große Lupe und besah sich die Stellen, die einmal die Handgelenke des Opfers dargestellt hatten. Dann nahm er eine große und eine kleine Pinzette und zog dort etwas hoch, das wie Fasern aussah. Er wiederholte den Vorgang am anderen Handgelenk, dann reichte er Kummerow die Lupe. Bei näherer Betrachtung waren Reste eines dünnen Bandes zu erkennen. Die drei Männer sahen sich an, dann schauten sie genauer auf die Fußgelenke. Auch dort hingen Reste der gleichen Fasern.

»Wie sind Sie denn darauf gekommen, dass dort noch etwas ist?«, wollte Mühsam wissen.

»Vier Augen sehen mehr als zwei – Dörner ist im wahrsten Sinne des Wortes dran hängengeblieben«, entgegnete der Pathologe und wies auf seinen Assistenten.

»Mit der Pinzette«, ergänzte Dörner und blickte stolz in die Runde. »Es sieht aus, als ob man ihn mit diesen dünnen Bändern an Händen und Füßen gefesselt hätte. Und sie waren gerade so stark, um lange genug zu halten. Als der Elefant mit ihm fertig war, waren sie gerissen.«

Kummerow sah von Tarlenheim und Mühsam an. Wenn das alles zutraf, blieb nur eine Schlussfolgerung. Bebey war ermordet worden.

* * *

Nachdem die Ermittler draußen wieder zu Atem gekommen waren, rieb sich von Tarlenheim nachdenklich am Kinn.

»Wir sind also doch noch nicht fertig.«

»Ich fürchte, nein. Allerdings können wir ruhig annehmen, dass das meinen Vorgesetzten egal ist. Sie haben ihren

Schuldigen, die Konferenz ist sicher, Fall abgeschlossen. Das ist für mich aber kein Ergebnis. Etwa für Sie?«

Von Tarlenheim kniff die Augen zusammen.

»Sie wollen also weitermachen, auch ohne offiziellen Auftrag? Sie wissen, das kann mächtigen Ärger geben.«

»Ärger? Ich bin neu hier. Mir war nicht bewusst, dass ein noch offener Fall zu den Akten gelegt werden soll. Was denken Sie?«

»Ich?«

Von Tarlenheim machte eine Pause. Dann lächelte er.

»Mein Vorgesetzter erfährt es nur von mir selbst, wenn mich die Berliner Polizei nicht mehr braucht – die Belobigungsschreiben werde ich schon irgendwie abfangen. Na, und dann braucht sie mich eben noch ein bisschen länger.«

Kapitel XVI

Der Abend im »Kaiserhof« lag mittlerweile mehr als eine Woche zurück, doch schon seit dem Tag darauf wurde Kummerow und von Tarlenheim klar, dass sie unter Beobachtung standen. Zunächst schenkten sie den Männern, die ihnen immer paarweise in dreißig Meter Abstand folgten, keine sonderliche Beachtung, doch nach ein paar Tagen fingen ihnen die Beschatter an, lästig zu werden. Traten sie aber ein paar Schritte auf ihre in lange Mäntel gekleideten Verfolger mit den großen Hüten zu, verschwanden diese in aller Eile. Wie das Thermometer tendierte die Laune der beiden Ermittler gegen null, da sie in ihrem inzwischen inoffiziellen Fall in eine Sackgasse geraten waren.

»Kummerow, wir brauchen Abwechslung«, hatte der Rittmeister daher zu Beginn der dritten Adventswoche verkündet. »Wir müssen ins Theater! Die Karten besorge ich und hole Sie zum Feierabend vor dem Präsidium ab.«

Der Kommissar war die Entscheidungsfreudigkeit des Rittmeisters schon gewohnt und hatte gegen ein wenig Unterhaltung nichts einzuwenden. Wenn er es recht betrachtete, war sein Privatleben seit seiner Ankunft deutlich zu kurz gekommen – am Ende würde er doch noch die eine oder andere der von seinen Kollegen vorgeschlagenen Freizeitbeschäftigungen ausprobieren müssen. Von Tarlenheim erwartete ihn um kurz nach sechs vor dem Haupteingang am Molkenmarkt. Diesmal war er wieder in Zivil erschienen.

»Wir können zu Fuß gehen. Das Wallner-Theater liegt einen Steinwurf weit hinter der Jannowitzbrücke.«

»Was wird denn gegeben?«

»›Der Salontiroler‹. Da gibt es was zu lachen, mein Lieber!«

Kummerow fragte sich insgeheim, ob sich der Humor des Rittmeisters mit seinem eigenen zumindest ansatzweise decken würde. Dieser Zweifel war begründet, hatte er doch gehört, dass manche Kavallerieoffiziere von ihresgleichen schon als Privatgelehrte verspottet wurden, wenn sie im Café einmal eine Zeitung in die Hand nahmen. Nun, man würde sehen.

Sie gingen zusammen die Stralauer Straße hinunter und hielten kurz an der Ecke, wo der Kommissar dem Rittmeister noch einmal genau von seiner Rettung Menzels erzählen musste. Er wollte gerade beschreiben, wie der berühmte Maler mit dem Rock am Laternenpfahl gehangen hatte, als ihn von Tarlenheim unterbrach.

»Nicht umdrehen, Kummerow. Da sind sie schon wieder.«

Der Rittmeister hatte die beiden Gestalten bemerkt, die ihnen knapp außerhalb der Rufweite folgten. Als wären sie durch ein unsichtbares Band aneinandergeknüpft, gingen sie den Ermittlern immer im gleichen Abstand hinterher. So gelangten alle vier zur Jannowitzbrücke; von dort ging es in die Alexanderstraße und gleich wieder rechts in die Wallner-Theater-Straße.

Wenn die Ermittler herzhaft lachen wollten, waren sie hier an der richtigen Adresse. Das Wallner-Theater hatte schon vor Jahrzehnten das Erbe des Königsstädtischen Theaters angetreten; hier standen Volksstücke und Possen auf dem Spielplan. Kummerow und von Tarlenheim waren früh dran und genehmigten sich am Buffet noch jeder einen Teller mit kaltem Braten. Während sie ihrem zweiten kleinen Bier zusprachen, wurde das Foyer langsam voller, und eine Viertelstunde später nahmen sie ihre Plätze im Parkett ein. Bald waren auch die Ränge von Berliner Bürgerehepaaren besetzt, die sich ordentlich amüsieren wollten. Gustav von Mosers »Salontiroler« hatte erst am vorherigen Samstag Premiere gefeiert und versprach ein großer Erfolg zu werden. In der Tat unterhielten die komischen Verwicklungen rund um die Bankiersfamilie Lichtenberg in Berlin und am Tiroler Achensee das Publikum vortrefflich. Von Tarlenheim schien besonders von der Darstellerin einer Kaufmannstochter angetan. Er flüsterte Kummerow zu:

»Fräulein Sternenthal. Ungemein talentiert!«

In der Pause vertraten sich die Ermittler vor dem Eingang ein wenig die Beine. Auf der anderen Straßenseite standen wie schon erwartet ihre Beschatter, die angesichts ihrer Zielpersonen angestrengt in eine andere Richtung zu schauen versuchten.

»So«, grinste von Tarlenheim, »die können ruhig noch eine Weile frieren. Kommen Sie, Kummerow, auf zum letzten Akt!«

Um kurz nach zehn fiel unter lärmendem Beifall der Vorhang, worauf sich beide in aller Ruhe nach ihren Mänteln anstellten und mit deutlich besserer Laune das Theater verließen. Gegenüber warteten am kleinen Droschkenhalteplatz noch immer ihre Verfolger. Während der größere von ihnen von einem Bein aufs andere trat, kritzelte der kleinere etwas in ein Notizbuch.

»Dann wollen wir mal«, knurrte der Rittmeister. »Adelheit, es ist soweit!«

Selbst in der vollständigen Galauniform Seiner Kaiserlichen Majestät Gardekürassiere hätte er nicht effektvoller auf die beiden verdutzten Verfolger zumarschieren können. Kummerow musste sich beeilen, um mit ihm Schritt zu halten.

»Sie da! Auf ein Wort!«

Der Kommandoton von Tarlenheims hätte jedem Unteroffizier auf dem Kasernenhof zur Ehre gereicht. Die Angerufenen zuckten zusammen und sahen sich bestürzt an. Dann rannten sie zur ersten freien Droschke und wiesen den Kutscher wild gestikulierend unter »Allez, allez!«-Rufen zum Losfahren an. Jetzt erst konnten die Ermittler erkennen, dass es sich um die beiden Männer handelte, die zu Thanksgiving mit Stanley den »Kaiserhof« verlassen hatten.

»Das wär' doch gelacht!«

Von Tarlenheim stürzte auf den dahinter wartenden Kutscher zu.

»Folgen Sie der Droschke, aber schnell! Doppelter Tarif, wenn Sie sie einholen!«

Kummerow war ihm kaum in den Wagen hinterhergesprungen, da ließ der Kutscher die Peitsche knallen und machte sich an die Verfolgung. Der Kommissar konnte gerade noch den Schlag zuziehen, bevor er in den Sitz zurückfiel.

Die sich nun ergebende Verfolgung nahm nur langsam an Fahrt auf. In leidlich zügigem Trab ging es die Alexanderstraße hinunter.

»Geht das denn nicht schneller?!«

»Pardon, der Herr, aber sonst klappt mir der Gaul zusammen.«

In der Tat hielten die beiden Droschken so gut wie den gleichen Abstand, den die nun von Verfolgern zu Verfolgten Gewordenen vorher zu Fuß eingehalten hatten. Ein Aufschließen schien unmöglich. Die vordere Droschke bog von der Münz- in die Grenadierstraße ab. Hier war die Beleuchtung an diesem nebligen Dezemberabend nur spärlich, und mehr als einmal musste sich ein später Passant durch den Sprung in einen Hauseingang in Sicherheit bringen. Die Pferde schienen beide etwas langsamer zu werden, aber weiter ging es im gleichen Abstand durch die Schendelgasse und die düstere Mulackstraße in Richtung Auguststraße.

»Steig' ich jetzt aus und renne selber, oder wie lange dauert das hier noch«, schimpfte von Tarlenheim und hängte sich halb aus dem Fenster. »Kriegen Sie die jetzt bald?!«, schnauzte er den Kutscher an.

»Schwer zu sagen, der Herr, aber hier sind ein paar alte Äpfel, wenn Sie nach ihnen schmeißen wollen.«

Der Rittmeister winkte wütend ab.

»Hätt' ich doch bloß meinen Thersites hier statt dieser Schindmähre!«

Mittlerweile ging die nicht sehr wilde Jagd in die Artilleriestraße und weiter nach rechts in die Ziegelstraße. Kummerow schwante Übles.

»Wollen die etwa zu Vandenberg in die Klinik?«

Aber die Droschke ließ das Chirurgische Institut links liegen und bog gleich danach in die Friedrichstraße ein; vor ihnen lag die Weidendammer Brücke.

Die Verfolger kamen den Flüchtenden jetzt Stück für Stück näher – auf der Höhe der Spree würden sie sie eingeholt haben. In diesem Moment trat auf der Brücke eine armselig gekleidete Frau mittleren Alters auf die Fahrbahn. Sie schien vollkommen orientierungslos und wollte dennoch die Straßenseite wechseln. Wer näher dazukam, konnte erkennen, dass sie blind war. Offenbar gehörte sie zu den Streichholz- und Orangenverkäuferinnen, die jeden Abend von zehn bis spät die Friedrichstraße bevölkerten. Auf einmal blieb sie mitten auf der Fahrbahn stehen – und der Kutscher der Ermittler riss so heftig an den Zügeln, dass sich sein Gaul beinahe aufbäumte und angstvoll wieherte. Ruckartig kam die Droschke zum Stehen. Die Blinde presste ihren Korb mit beiden Armen an sich.

»Was ist denn los? Ich kann doch nichts sehen! Hilfe!«

Kummerows Entschluss war schnell gefasst. Er zog von Tarlenheim mit sich und drückte dem Kutscher drei Mark in die Hand.

»Fahren Sie die Frau nach Hause.«

»Ein ganzer Taler? Zu Befehl, der Herr!«

»Ich muss doch zum Krögel! Mein Kind! Mein Kind!«

»Ich mach das schon, Kummerow.«

Der Rittmeister hatte die verwirrte Frau kurzerhand in die Droschke gesetzt. So schnell sie konnten, rannten die beiden Ermittler dann zum Halteplatz am Bahnhof Friedrichstraße. Aus der Ferne sahen sie, wie die beiden Männer eilig ihre Droschke wechselten. Kummerow lief zum ersten danach wartenden Gefährt, aber von Tarlenheim rief ihm zu:

»Fahren Sie los! Ich komme anders nach, und dann schnappen wir sie!«

Bereits im Wagen sitzend, sah Kummerow noch, wie der Rittmeister ein paar Häuser weiter rannte und einen jüngeren Kavalleristen ansprach, der vor einem Nachtlokal ein Pferd am Zügel hielt. Als der Kommissar durchs Fenster zurückblickte, saß von Tarlenheim bereits im Sattel: Offensichtlich hatte er gerade sein neues Reittier requiriert. Im Nu zog er mit der Kutsche gleich.

»Er biegt in die Linden ein! Ich nehm‘ die Mittelstraße und schneid’ ihm den Weg ab!«

Wenige Augenblicke später lenkte Kummerows Kutscher sein Gefährt so schwungvoll auf die Linden, dass sich das rechte Hinterrad beinahe frei in der Luft drehte.

»Lange schafft der Gaul das aber nicht!«

»Hilft nichts, wir müssen sie kriegen!«

Das Gefährt vor ihnen jagte in rekordverdächtigem Tempo die Linden hinunter, nahm keine Rücksicht auf die verbliebenen Passanten am Pariser Platz und näherte sich dem Brandenburger Tor. Kummerows Kutscher fluchte und bemühte sich, Anschluss zu halten.

»Vorne am Tor ist an allen Durchfahrten was los, da muss er warten.«

In der verfolgten Droschke war das ebenfalls bemerkt worden, denn sie hielt nun unbeirrt auf die mittlere Tordurchfahrt zu.

»Verdammter … Das wagt der nicht!«

Kummerows Kutscher schien aufs Höchste entsetzt. Vermutlich gewaltsam dazu gezwungen, war sein Kollege im Begriff, die mittlere Durchfahrt des Tors zu passieren. Das war von alters her jedoch allein dem König von Preußen und nun dem deutschen Kaiser, seiner Familie und seinen Gästen vorbehalten. Die Torwachen achteten genau darauf, dass nicht jedes x-beliebige Pferd direkt unter Schadows Quadriga hindurchtrabte.

Dem Droschkengaul, der nun durch die Tormitte getrieben wurde, war das herzlich egal, denn anders als sonst bekam er an diesem Abend die Peitsche zu spüren. Kummerow tat es leid um die geschundenen Tiere, aber er musste seine Droschke hinterherhetzen. Er erkannte den Weg wieder, den er wenige Wochen zuvor noch zu Menzel genommen hatte, denn wie damals ging es bald von der Charlottenburger Chaussee links hinein in die Siegesallee. Kurz darauf bog das fliehende Fuhrwerk scharf links auf dem Kemperplatz ab und nötigte eine entgegenkommende Droschke beinahe dazu, in den zu dieser Jahreszeit trockenen Wrangelbrunnen hineinzufahren. Kummerows Kutscher lenkte sein Gefährt darum gerade noch rechtzeitig im großen Bogen um den Platz herum und bog dann erst in die Bellevuestraße ein. Die Droschke vor ihnen hatte dadurch wohl vierzig Schritt gutgemacht und fuhr ungebremst und wie durch ein Wunder unfallfrei zur Ecke des Potsdamer Platzes, wo sie abrupt zum Stehen kam. Der bemitleidenswerte Gaul konnte sich kaum noch im Geschirr halten, er schnaufte und dampfte und wollte keinen Schritt mehr weiter. Im Moment war Kummerows Droschke heran, deren Zugtier ebenfalls dem Tode nah schien.

»Halt! Polizei! Steigen Sie mit erhobenen Händen aus!«

Der mehr vor Angst als vor Kälte zitternde Kutscher stieg vom Bock, aber als Kummerow mit Schwung den Schlag öffnete, fand er das Innere leer vor.

»Wo sind sie?! Schnell!«

»Verzeihen Sie, Herr Polizeirat, aber eben ging während der Fahrt beim Wilhelms-Gymnasium der Schlag auf, und da müssen sie rausgesprungen sein.«

In der Tat hatte Kummerow die vorneweg fahrende Droschke für einige Sekunden aus den Augen verloren.

Dann hörte er Hufgetrappel und ein scharfes »Halt!« Er dachte schon, von Tarlenheim hätte sie endlich eingeholt, doch stattdessen sah er zwei berittene Wachsoldaten vor sich.

»Diese Fuhrwerke sind dabei gesehen worden, wie sie unerlaubterweise die mittlere Durchfahrt des Brandenburger Tores benutzten. Ihre Papiere, bitte!«

Die Kutscher zeigten ihre Legitimationen vor, und Kummerow zückte seinen Dienstausweis mit einem weiteren Papier.

»Ich musste meinen Kutscher anweisen, zwei Flüchtige zu verfolgen, deren Droschke dort nicht Halt machte. Dieser Kutscher wurde von ihnen dazu gezwungen.«

»Und wo sind diese Flüchtigen, Herr Kommissar?«

»Allem Anschein nach in der Bellevuestraße abgesprungen und verschwunden.«

»Nun, ich muss Sie bitten, zur Klärung des Vorfalls mitzukommen.«

Kummerow zeigte auf das Extra-Dokument.

»Ich möchte Sie auf meine Sonderberechtigung hinweisen.«

»Bedaure, Herr Kommissar. Wir müssen die Vorschriften einhalten.«

Kummerow sah sich nach allen Seiten um, ob der Rittmeister nicht endlich auftauchte, doch der war nirgends zu sehen. Ihm blieb fürs Erste nichts anderes übrig als zu kapitulieren. Die Kutscher hatten ihre Papiere abgeben müssen und würden von der Abteilung für öffentliches Fuhrwesen hören. Der Kommissar indes schritt wie ein armer Sünder zwischen den Soldaten die Königgrätzer Straße hinauf zum Brandenburger Tor.

Kapitel XVII

Der Offizier in der Wachstube am Brandenburger Tor machte einen zutiefst missmutigen Eindruck. Ihn so kurz vor Dienstschluss noch zu behelligen, war eine Unbotmäßigkeit, die er nicht ungeahndet lassen konnte. Er ließ sich von seinen Wachsoldaten Meldung machen. Dann fing er genüsslich an, dem vermeintlichen Missetäter die Leviten zu lesen.

»Also, Herr … Kommissar. Es mag ja sein, dass Sie einen Verdächtigen verfolgen mussten. Aber wenn Sie mir keine Sondergenehmigung zum Durchfahren der Tormitte vorweisen können, muss ich das Ihren Vorgesetzten melden. Die mittlere Durchfahrt ist ausdrücklich der kaiserlichen Familie und ihren Gästen vorbehalten. Eine Ausnahme gibt es nur für die Angehörigen derer von Pfuel. Gehören Sie etwa dieser Familie an?«

Kummerow verneinte.

»So bin ich gezwungen, diesen Verstoß zwecks Verhängung von Disziplinarmaßnahmen Ihrer Behörde zu melden.«

Der Kommissar erkannte die grimmige Befriedigung im Gesicht des Wachhabenden. Wenn man im Präsidium erfuhr, dass er vorschriftswidrig weiter an einem offiziell abgeschlossenen Fall arbeitete, konnte er gleich seine Rückfahrkarte nach Posen kaufen. Er dachte einen Moment nach, und ihm wurde bewusst, dass er genauso gut einen letzten Trumpf ausspielen konnte, um heil aus der Sache herauszukommen.

»Herr Leutnant, ich darf Sie darauf hinweisen, dass ich die ständige Gastfreundschaft Seiner Kaiserlichen Hoheit des Kronprinzen genieße. Ich bin mir sicher, dass sich dieses Missverständnis durch eine Nachfrage bei seinem Hofmarschall aufklären lässt.«

Der Wachhabende stutzte.

»Zum Kronprinzenpalais? Zu dieser Stunde? Es geht auf elf!«

Kummerow spielte sein Blatt zu Ende.

»Ich muss darauf bestehen. Wir wollen doch alle den Unmut des kaiserlichen Hauses vermeiden.«

Der Leutnant überlegte mit düsterer Miene und besprach sich dann mit dem ablösenden Offizier, der gerade die Wachstube betreten hatte.

»Na schön. Also zum Palais.«

Kummerow wurde draußen am Tor ein freies Pferd angewiesen. Dann ritt der Leutnant in zügigem Trab die Linden hinunter, die im nasskalten Abendnebel spärlich beleuchtet vor ihnen lagen; hinter ihm Kummerow zwischen den beiden Wachsoldaten. Fünf Minuten später stiegen sie vor dem Kronprinzenpalais ab, wo der Wachhabende sein Anliegen vortrug und ein Diener sie zum Hofmarschall Graf von Radolin-Radolinsky führte.

»Um diese Zeit, meine Herren? Seine Kaiserliche Hoheit hat noch Besuch und wünscht nicht gestört zu werden.«

Als man ihm den Sachverhalt weiter erklärte, legte er den Kopf schief.

»Kummerow? Der Name ist mir unbekannt. Er will zu den Gästen oder zum Bekanntenkreis Seiner Kaiserlichen Hoheit gehören?«

In diesem Moment öffnete sich eine Tür im Hintergrund des Foyers. Ein stattlicher Mann mit graubraunem Vollbart kam auf sie zu. Er trug die Uniform eines Obersten des Grenadier-Regiments »Kronprinz« – in der Tat war er selbst der Chef dieser Einheit. Vor ihnen stand Friedrich Wilhelm Nikolaus Karl von Hohenzollern, der Thronfolger Preußens und des Deutschen Reiches, und räusperte sich kräftig. Die Soldaten grüßten stramm, und Kummerow verbeugte sich.

»Was gibt es denn, Radolin?«

»Kaiserliche Hoheit, dieser Herr behauptet nicht nur, Sie zu kennen, sondern auch, den Status eines permanenten Gastes Ihres Hauses zu genießen. Ein Herr Kummerow.«

»Kummerow? Hmm.«

Der Kronprinz trat näher und sah Kummerow scharf ins Gesicht. Der hielt dem Blick stand, in dem außer Hohenzollernstrenge auch ehrliches Interesse zu liegen schien. Auf einmal hellte sich die Miene Friedrich Wilhelms auf, als er seinen Lebensretter von einst erkannte. Lächelnd wandte er sich an die Wachsoldaten.

»In der Tat, meine Herren! Dies ist mein besonderer Bekannter noch von 1870 her. Meinen Dank, dass Sie ihn mir gebracht haben – ich werde Ihren aufmerksamen Dienst bei Ihrem Vorgesetzten zu loben wissen. Gute Nacht, meine Herren!«

Der Leutnant schaute, als wäre er gerade ins tiefste Ostpreußen abkommandiert worden, salutierte jedoch vorschriftsmäßig, machte mit seinen Männern kehrt und verließ mit ihnen das Palais. Der Kronprinz lächelte ihm hinterher, legte Kummerow dann die Hand auf die Schulter und führte ihn mit sich in einen behaglich eingerichteten Salon. Dort saß in einem mächtigen Sessel nahe am Kamin breits ein weiterer Bekannter des Kommissars und ließ bei dessen Näherkommen vor Verwunderung fast seine lange Tonpfeife aus der Hand fallen.

»Kummerow! Was tun Sie denn hier?«

* * *

Professor Adolph Menzel von der königlichen Akademie hatte nicht übertrieben, als er bei ihrem ersten Zusammentreffen Beziehungen zu höchsten Kreisen geltend gemacht hatte. Des Öfteren war er schon beim Kronprinzen eingeladen gewesen: Mit seinem Skizzenblock war er bei Hofbällen und Soireen eine feste Einrichtung. Konnte Friedrich Wilhelm auch nicht die Geschicke der preußischen und deutschen Politik bestimmen, war er doch auch Schirmherr der königlichen Museen und fasste diese Aufgabe eher als Ehrensache denn als einen weiteren Ehrentitel auf. Und so hatte Menzel die Einladung gern angenommen, den Abend bei einem Souper und einer Tabakspfeife im Kronprinzenpalais zu verbringen.

»Mein lieber Menzel, darf ich Ihnen Albert Kummerow vorstellen – meinen Lebensretter.«

»Hoheit, wir haben einander bereits kennengelernt. Und Sie hat er auch gerettet?«

Während der Kronprinz mit erstaunlichem Gedächtnis von der schicksalhaften Begegnung erzählte, sah sich Kummerow verlegen im Salon um. Auf dem Kamin standen einige auffallend schöne Vasen, und an den Wänden hingen anmutige Landschaftsbilder, die aus der britischen Heimat der Kronprinzessin Victoria stammen mochten. Der stilvollen Inneneinrichtung war der Geschmack dieser Frau anzumerken, die bei Hofe als antipreußisches Element und allzu entschiedene Verfechterin englisch-liberaler Ideen galt.

»Schade, dass Vicky sich heute schon früh zurückgezogen hat«, bedauerte der Kronprinz. »Sie werden sie hoffentlich ein andermal kennen lernen.«

»Ganz erstaunlich«, ließ Menzel sich vernehmen. »Sie müssen wissen, Hoheit, dass dieser junge Mann mir ebenfalls aus der Bredouille geholfen hat. Und wer weiß, auch die hätte am Ende lebensgefährlich werden können.«

Damit sang er zu Kummerows noch größer werdender Verlegenheit das Loblied seines Helfers, während der Kronprinz erst in seinen Bart schmunzelte und dann vor Lachen husten musste. Als Menzel geendet hatte, sah Friedrich Wilhelm Kummerow an.

»Ich hatte damals schon so eine Ahnung, dass ich den hohen Orden dem Richtigen verliehen habe. Sie tragen ihn doch noch?«

»Seit meinem Ausscheiden aus dem Regiment nicht mehr offen, Hoheit, aber ich trage ihn immer bei mir.«

»Hm.«

Der Kronprinz räusperte sich zum wiederholten Mal.

»Nun gut. Sie werden Ihre Gründe haben. Dass ich Ihnen zu Dank verpflichtet bleibe, wissen Sie. Was tun Sie zurzeit?«

Kummerow berichtete nun von seinem Dienstantritt in Berlin, und er verschwieg auch den mysteriösen Fall und seine Entwicklungen nicht.

»Diese Informationen sind natürlich vertraulich, Hoheit.«

»Ich verstehe. Die afrikanische Konferenz ist ja in aller Munde. Vor gut zwei Wochen war Mr. Stanley auch bei Vicky und mir zu Gast. Er ließ im Lauf des Abends durchblicken, dass er mit Handelsvertretern und sogar Tierfängern im Kongo zusammenarbeitet. Von einem Attentat ist allerdings nichts zu mir durchgedrungen. Ihre Behörde und die geheimdienstlichen Stellen müssen das also mit größter Diskretion behandelt haben.«

»Sicherlich auf Betreiben des Reichskanzlers, wenn ich das sagen darf.«

Bei dessen Erwähnung verdüsterte sich der Blick des Thronfolgers.

»Am Ende macht Bismarck wieder eins seiner abgekarteten Spiele. Er weiß nur zu gut, wie er Menschen und Mächte vor seinen Karren spannen kann – allen voran meinen kaiserlichen Herrn Vater. Seien Sie auf der Hut vor ihm! Menzel, Sie zeichnen doch nicht schon wieder?«

»Nur eine kleine Skizze, Hoheit.«

Die drei Männer tranken noch ein Glas Wein zusammen, während Kummerow von seiner Zeit in Posen berichten musste. Als die Standuhr des Salons zur Mitternacht schlug, erhob der Kronprinz sein Glas.

»Herzlichen Glückwunsch, mein lieber Menzel!«

Ebenso verblüfft wie erfreut schloss sich Kummerow der Gratulation an, die der Maler mit einem verlegenen Lächeln entgegennahm. Grund für diese kleine Abendgesellschaft war also sein bevorstehender Geburtstag gewesen.

Bevor Friedrich Wilhelm seine Besucher entließ, setzte er sich an einen Sekretär und beschrieb einen Briefbogen, den er siegelte und Kummerow gab.

»Hier, mein Lieber – damit Sie das nächste Mal ungehindert durchs Brandenburger Tor kommen. Und wenn Ihnen sonst einmal Türen versperrt sind: Die meinen stehen Ihnen offen.«

Kummerow dankte, und zusammen mit Menzel verabschiedete er sich. Er begleitete den Maler noch auf die gegenüberliegende Seite der Linden, wo sie eine freie Droschke anhielten.

»Gute Nacht, Kummerow – unverhoffte Zusammentreffen sind doch die besten. Sagen Sie, haben Sie am Weihnachtsabend schon etwas vor?«

Der Kommissar musste zugeben, dass er noch vollkommen frei war.

»Dann kommen Sie zu mir – wir feiern ›en famille‹. Das geht bei uns immer erst spät los, nicht vor neun. Auf dann!«

Und damit entschwand der Meister in Richtung Tiergarten.

Kapitel XVIII

»Und da dachten Sie sich also: ›Ach, der Rappe dort sieht ja gut aus, den nehm' ich mir gerade mal mit!‹ Tarlenheim, was zum Henker geht in Ihrem verblödeten Hirn eigentlich vor?!«

Das Wetter war in diesen Vorweihnachtstagen nach wie vor trübe, aber nirgendwo in der Reichshauptstadt hatten sich so dunkle Wolken zusammengeballt wie in den Diensträumen des Kommandeurs der Gardekürassiere. Oberst Wilhelm von Schattnitz war für seine Wutausbrüche berühmt, und im Fall des Rittmeisters Joachim von Tarlenheim begann er sich gerade erst warmzufluchen.

»Ein Pferdedieb, und das in meinem Regiment! Und wenn Sie schon so dämlich waren, sich dabei erwischen zu lassen, dann musste es auch noch unbedingt der Gaul Ihres Kommandeurs sein! Wieso, Sie Wahnwitziger, ich frage Sie, wieso?«

Der Lautstärke dieser Ansprache nach zu urteilen hätte man meinen können, von Tarlenheim hätte mindestens eine Handvoll preußischer Prinzessinnen in sittlichen Verruf gebracht. Dabei hatte sich die Angelegenheit weit unspektakulärer zugetragen. Der Rittmeister hatte die neue Ordonnanz des Obersten vor dem diskreten Etablissement »Coquette« nahe dem Bahnhof Friedrichstraße erkannt, dem Unteroffizier kurz die Situation geschildert und daraufhin das Pferd des Kommandeurs requiriert, um die flüchtende Droschke zu stellen. Eine halbe Stunde später kam der Oberst aus dem Lokal, fand sein treues Reittier nicht vor und ließ seine Wut daraufhin an dem jungen Kürassier aus, der seit jenem Abend im Regimentsarrest saß. Währenddessen war von Tarlenheim die Mittelstraße hinuntergaloppiert, um der Droschke mit den nunmehr verfolgten Verfolgern den Weg abzuschneiden. Dabei hatte er seine Rechnung allerdings ohne Atreus gemacht: Das brave Pferd erkannte auch in der Dunkelheit die Dorotheenstädtische Kirche, wo Oberst von Schattnitz jeden Sonntag dem Gottesdienst beizuwohnen pflegte. So berühmt die Eskapaden des rüstigen Witwers auch waren, so gewissenhaft glich er sie durch den regelmäßigen Kirchgang wieder aus. Atreus sah sein allsonntägliches Ziel, machte Halt und war weder durch Fluchen noch durch gute Worte des Rittmeisters zum Weiterlaufen zu bewegen. Von Tarlenheims Verfolgungsjagd war für jenen Abend vorbei gewesen – sein jetziges Strafgericht vor seinem Kommandeur sollte dagegen noch andauern. Der hatte am Vorabend zornbebend eine Droschke zu seiner Wohnung bestiegen und bei seinem Eintreffen in der Kaserne am nächsten Morgen Order erteilt, von Tarlenheim sofort nach dessen Eintreffen vorzuführen.

»Sie, Herr Rittmeister, haben mich, Ihren Regimentskommandeur, gezwungen, ein Transportmittel für Zivilisten zu benutzen! Eine Droschke zweiter Klasse! Und das mir! Sie – Sie Bube!«

Von Tarlenheim nutzte die Atempause seines Befehlshabers, um seine Verteidigung vorzubringen.

»Mit Verlaub, Herr Oberst, aber die Verfolgung der Flüchtigen duldete keinen Aufschub. Ich war mir wohl bewusst, dass es sich um Ihr Pferd handelte, war jedoch gezwungen, es zu requirieren. In Abwesenheit meines Thersites konnte ich mit keinem anderen als Atreus hoffen, die Verdächtigen zu stellen.«

Die Gesichtsfarbe des Obersten hatte inzwischen von Puterrot in ein zartes Altrosa gewechselt. Er wischte sich mit einem Taschentuch den Schweiß von der Stirn und holte tief Luft.

»Sie haben also mit vollem Vorsatz gehandelt! Mich im Anschluss an meine wohlverdiente Erquickung kompromittiert! Wie stehe ich denn da? Wenn das erst im Regiment die Runde macht!«

Von Tarlenheim hütete sich, Oberst von Schattnitz darüber aufzuklären, dass dessen pikante Art der Freizeitgestaltung nicht nur bei den Gardekürassieren, sondern in der gesamten Berliner Garnison längst zum Allgemeinwissen gehörte. Nun marschierte von Schattnitz vor seinem Schreibtisch auf und ab, während er nach einer angemessenen Sanktionierung seines Untergebenen suchte.

»Was fange ich nur mit Ihnen an?! Wären wir doch mit unseren Kolonien schon so weit wie die Briten und all die anderen, dann würden Sie schon nächste Woche die Neger die Palmen hochjagen! Aber das dauert ja leider noch seine Zeit! Ist diese unselige Amtshilfe denn immer noch nicht vorbei?«

»Bedaure, Herr Oberst, das Polizeipräsidium braucht mich noch. Befehl vom Reichskanzler«, log der Rittmeister. Er war nicht auf die Idee gefasst, die sein Kommandeur nach kurzem Nachdenken mit einem versonnenen Lächeln vortrug.

»Tarlenheim, Sie sind doch noch unbeweibt, habe ich Recht?«

Der Angesprochene bejahte mit einer unguten Vorahnung. Zwar war er schon diverse Male beinahe verlobt gewesen, hatte aber immer noch rechtzeitig den Kopf aus der Schlinge ziehen können, wie er es nannte. Seine Vorliebe für hübsche Schauspielerinnen war weithin bekannt, und dazu stand noch ein Besuch bei der schönen Philippine von Harden aus. Sein Vorgesetzter gedachte ihn jedoch anderweitig zu verplanen.

»Nun, bevor Sie Gefahr laufen, einer x-beliebigen Bourgeoise hinterherzulaufen, werden Sie die Ehre haben, meiner Tochter Ihre Aufwartung zu machen. Morgen Nachmittag haben Sie dienstfrei, sagte man mir – es passt Ihnen doch zum Tee?«

Von Tarlenheim hatte von dieser Art der unfreiwilligen Dienstverpflichtung schon gehört. So zuckersüß diese Einladung auch vorgetragen wurde, so munkelte man im Regiment, dass sie bitterer als ein Befehl zur Attacke auf eine Geschützstellung sei. Der Rittmeister nickte wortlos – sein Schicksal schien besiegelt.

Kapitel XIX

»Nein, Herr Kommissar, unter gar keinen Umständen!«

Dr. Rottenburg, vortragender Rat beim Reichskanzler, sah sich außer Stande, Kummerows Anliegen nachzukommen. Der Kommissar hatte ungeachtet der offiziellen Einstellung des Falls gleich am Morgen nach seinem Abenteuer in der Reichskanzlei vorgesprochen, aber seine Hoffnung auf Informationen und vielleicht sogar Amtshilfe zur näheren Befragung einzelner Delegierter der westafrikanischen Konferenz wurde schon um kurz nach zehn im Keim erstickt.

»Verstehen Sie doch: Es hat sich erledigt! Es ist ganz und gar unmöglich, zu diesem Zeitpunkt der Konferenz derartige Anfragen an die Vertretungen der teilnehmenden Nationen zu richten! Nur aufgrund Ihres Verdachtes können wir nicht hingehen und die Gesandten verhören – das gäbe den größten Skandal! Meinen Sie, der Fürst schickt einmal eben einen Trupp bei allen Delegationen vorbei und fragt an, ob sich bei ihnen denn Spione oder Attentäter einquartiert hätten? Absurd!«

Auch wenn die zugegebenermaßen ungewöhnliche Entsendung solcher Abordnungen ein Leichtes gewesen wäre, musste Kummerow bald einsehen, dass er bei diesem Besuch in Bismarcks Dienstpalais in der Wilhelmstraße nicht weiterkommen würde. Die Einstellung der Ermittlungen würde sich auch bald bis hierher herumgesprochen haben, so dass er in Zukunft erst recht nichts Neues mehr erfahren würde. Er wusste, dass es eine Spur zu einer der Konferenzparteien gab, doch konnte er ihr nicht viel länger nachgehen, da man ihm die letzten offenen Türen vor der Nase zuschlug. Noch gab er nicht auf.

»Mir wurde mittelbar von oberster Regierungsstelle bedeutet, dass ich alle notwendigen Hilfestellungen zur Lösung des Falls bekommen sollte. Also stammt diese Zusage aus diesem Haus.«

»Begreifen Sie doch! Es geht nun einmal nicht! Diese Entscheidung kommt direkt von oben!«

Wie zur Bestätigung erklang aus dem ersten Stock des Palais Radziwill ein Knurren, gefolgt von einem zweifachen Bellen. Eine heisere Stimme aus einem der dort gelegenen Privaträume rief den Hund zur Ordnung.

»Tyras!«

Ein kurzes Jaulen, dann wurde es oben wieder still.

Mit leiser Stimme fuhr der Kanzleibeamte fort: »Sie hören es ja. Der Fürst ist im Hause – und ich versichere Ihnen, dass ich strikt auf seine Anweisung handle.«

Kummerow überlegte.

»Darf ich fragen, wie weit die Konferenz fortgeschritten ist?«

»So weit, wie Sie es den Zeitungen entnehmen können. Mehr kann ich Ihnen wirklich nicht mitteilen.«

Es war offensichtlich, dass der Kommissar an dieser Adresse nicht mehr herausbekommen würde. Er dankte Dr. Rottenburg und trat wieder auf die Wilhelmstraße hinaus; dabei warf er einen Blick in Richtung Wilhelmplatz. Er kam sich vor wie damals vor vierzehn Jahren, als er unvermittelt in der Schusslinie stand – aber wer war es, der diesmal auf ihn zielte?

* * *

Zurück im Präsidium traf Kummerow auf zwei seiner Kollegen, die nicht unbedingt mit der Erledigung von dienstlichen Vorgängen beschäftigt schienen. Trommer kaute hingebungsvoll an einer Leberwurststulle, während ihm Braun aus der neuesten Ausgabe der »Gartenlaube« vorlas. Der belesene Kriminalist schien den gemütlichen Beamten von den Vorzügen eines schon bald entstehenden deutschen Kolonialreichs überzeugen zu wollen.

»›… und die Sache war nicht so schlimm, wie man befürchtete. Die Entfaltung der deutschen Fahne in überseeischen Ländern rief keinen Krieg hervor. Im Gegenteil, am deutschen Herde sammeln sich heute die Völker, um friedlich über die Lösung schwebender kolonialer Fragen zu beraten; und nur wenige folgten widerwillig dem Rufe des deutschen Kaisers, als Freunde sind die meisten gekommen, selbst der gallische Erbfeind ist als Bundesgenosse erschienen, und sogar in erster Reihe, denn er war es, in dessen Gemeinschaft Deutschland die ersten Schritte für die Konferenz unternahm.‹ Sehen Sie, Trommer, auch wir können uns in der Welt sehen lassen und kriegen uns darüber nicht gleich mit allen anderen in die Haare.«

Der Angesprochene spülte seinen Bissen mit einem Schluck Kaffee hinunter.

»Nun frage ich Sie, was brauchen wir denn Mangrovenwälder und Kokospalmen? Meinen Sie wirklich, wir können uns so ein Abenteuer leisten?«

»Ja, glauben Sie denn nicht an Deutschlands Platz unter den Großen der Welt? Ich finde, das kommt uns zu. Hören Sie, hier steht was über den Kongo: ›Außerdem erblühten an dem unteren Laufe des Kongo die Anfänge einer vielverheißenden Kultur. Unterstützt von der Brüsseler Association und dem hochherzigen König Leopold II. von Belgien hat der »Steinbrecher« Stanley nicht weniger als 45 Stationen im Kongobecken angelegt, fahrbare Straßen auf Hunderte von Kilometern gebaut und für Handel und Ansiedelung bequeme Wege geebnet.‹ Ich sage, wir können das auch. Haben wir denn keine Entdecker gehabt? Was ist denn mit einem Nachtigal, mit einem Rohlfs? Hier steht's doch: ›England alleine hatte Afrika nicht erschlossen. Seinen afrikanischen Associationen stehen heute »Die deutsche Gesellschaft zur Erschließung Äquatorial-Afrikas« und die »Afrikanische Gesellschaft in Deutschland« gegenüber, der Ruhm englischer Entdecker und Forscher strahlt nicht glänzender als derjenige der deutschen und französischen Afrikareisenden, und England hat nirgends in Afrika ein Kulturwerk aufzuweisen, das sich mit den Großtaten eines Stanley am Kongo messen könnte.‹«

Trommer war verwirrt.

»Aber ich denke, Stanley ist selbst Engländer?«

»Das stimmt, aber er ist ja als junger Mann nach Amerika ausgewandert. Nach seinen großen Reisen hat ihn dann der belgische König beauftragt, ihm bei der Einrichtung von Handelsstationen im Kongo behilflich zu sein. Und da hätte er nun wirklich keinen Besseren finden können.«

»Was hat denn ›Steinbrecher‹ zu bedeuten?«

»Stanleys Spitzname, auch ›Bula Matari‹ – so haben ihn die Eingeborenen wegen seiner Tüchtigkeit und seiner Willenskraft genannt. Solche Männer verdienen sich ihren Respekt. Und sie tun es ja nicht aus Eigennutz. Erst recht nicht, wenn wir dabei sind: ›Endlich wirkt die Konferenz noch in edlem humanem Sinn, indem sie nach dem Antrage Deutschlands den beteiligten Mächten die moralische Verpflichtung auferlegt, an der Unterdrückung der Sklaverei und besonders des Sklavenhandels mitzuwirken, die Arbeiten der Missionen und all jener Einrichtungen zu fördern, welche dazu dienen, die Eingeborenen heranzubilden und ihnen die Vorteile der Kultur begreiflich und schätzenswert zu machen.‹ Kummerow, was halten sie davon?«

»Nun, wenn die Konferenz wirklich zur Verbesserung der afrikanischen Situation beiträgt …«

»Ja, wie sollte sie denn nicht? Hören Sie, kommen Sie doch einmal mit mir zur nächsten Versammlung des Deutschen Kolonialvereins. Ich bin seit letztem Jahr dort Mitglied und kann nur sagen, Kolonien sind der nächste logische Schritt, nachdem das Reich nun lange genug geeint ist!«

»Nun, wenn Sie meinen …«

»Aber sicher! Ich kann nur unterstreichen, was hier am Ende steht: ›Mit dem Jahre 1884, in welchem Deutschland zur Kolonialmacht wurde, beginnt eine neue Ära der Kolonialpolitik, in welcher an die Stelle der Willkür und Gewalt Ordnung und Gerechtigkeit treten werden.‹«

* * *

Es war schon wieder dunkel geworden. Als Kummerow nach Feierabend das Präsidium verließ, sah er schon von Weitem die kleine Ida Küster, die ungeduldig am Krögeleck gewartet hatte und nun auf ihn zulief.

»Herr Kummerow, Herr Kummerow …«

Der Rest des Satzes ging in einem starken Husten unter.

»Was ist denn, Ida? Komm erst mal zu Atem.«

»Ja, ja. Können Sie sich erinnern, dass sie neulich abends einer blinden Frau auf der Friedrichstraße geholfen haben?«

»Ja – aber woher weißt Du das denn?«

»Das war doch meine Mutter! Sie hat erzählt, sie wusste nicht mehr wohin, und da wären zwei Männer in einer

Droschke gekommen. Der eine hätte den anderen Kummerow genannt und hätte sie hineingesetzt und dann herbringen lassen.«

»Ja, das stimmt. Geht es deiner Mutter gut?«

»Es geht schon wieder. Nur manchmal weiß sie ja nicht, wo sie ist, wenn die Leute nicht da sind, die sie an ihren Platz an der Weidendammer Brücke und wieder weg führen. Sie ist doch blind.«

»Na, Hauptsache, sie ist nicht überfahren worden.«

»Und deswegen wollen wir Sie gern zu Weihnachten einladen!«

»Was denn, einfach so?«

»Ach bitte, wir würden uns so freuen!«

Kummerow überlegte einen Moment, dann lächelte er.

»Also gut, dann danke ich schön. Wann soll ich denn kommen?«

»Na, so um halb sechs.«

»Ist gut, dann bestell Deiner Mutter einen schönen Gruß, und dass ich was zum Abendbrot mitbringe.«

An diesem Punkt hatte sich Ida schon umgedreht und rannte den Krögel hinunter nach Hause.

* * *

Leonie von Schattnitz war ein herzensguter Mensch – den Offizieren der Berliner Gardekürassiere, die sie alle schon einmal kennengelernt hatten, genügten ihre bescheidenen äußerlichen Reize allerdings höchstens für einen Nachmittag höflicher Konversation. Nach dem frühen Tod der Mutter hatte sie dem Vater mit Hilfe des Personals den Haushalt geführt; der hatte sie zwar nicht soldatisch erzogen, doch merkte man ihm zuweilen an, dass er lieber einen männlichen Erben gehabt hätte. Mit stillem Gleichmut ertrug sie sein Temperament und seine fortgesetzten Versuche, sie mit einem seiner Offiziere zu verkuppeln. Auch an diesem Nachmittag so kurz vor Weihnachten hatte er ihr wieder einen in die Etage an der Königgrätzer Straße vorbeigeschickt. Der saß nun mit ihr im Salon und schien nach einem Gesprächsthema zu suchen. Auch das würde vorübergehen.

»Tee, Herr Rittmeister?«

»Verbindlichsten Dank, gnädiges Fräulein.«

Beide nippten an ihren kobaltblauen Tassen.

»Ich hörte, Sie sind sehr fürs Theater zu haben.«

»Ganz recht, gnädiges Fräulein. Ich bin regelmäßiger Gast bei den Bühnen unserer Stadt.«

»Wie schön! Was sahen Sie als Letztes?«

»Warten Sie – ach ja, ich wollte ›Die Waise von Lowood‹ sehen, musste aber wegen dienstlicher Verpflichtungen passen.«

»Ach, die Bearbeitung von Charlotte Brontës ›Jane Eyre‹!«

»Ich dachte, die Vorlage stammte von einer gewissen Currer Bell.«

»Das ist ein und dieselbe, Herr Rittmeister.«

»Ach so.«

Nach kurzem, verlegenem Schweigen machte von Tarlenheim einen Versuch, sich zu rehabilitieren.

»Und was bevorzugen gnädiges Fräulein als Lektüre? Ich hörte, ein neuer Roman der Marlitt wird ab Jahresbeginn im ›Tageblatt‹ abgedruckt.«

Sie lächelte mild.

»An derlei Literatur bin ich weniger interessiert. Kennen Sie Zolas ›Nana‹? Oder Tolstois ›Anna Karenina‹?«

»Nur die Titel, gnädiges Fräulein.«

Von Tarlenheim waren diese weiteren Wissenslücken unangenehm, und so kauten beide schweigend ihr Teegebäck.

Wenig später kam Wilhelm von Schattnitz nach Hause und sah nach, wie seine Tochter und ihr Besuch im Salon vorankamen.

»Sie saßen und tranken am Teetisch ...«, zitierte der erstaunlich gut gelaunte Oberst, als er sich zu ihnen gesellte.

»Den Heine hätte ich dir gar nicht zugetraut, Papa.«

»Tja, da ist so manches, was du deinem alten Vater nicht zutraust, mein Kind.«

Wie wahr, dachte der Rittmeister.

»Wissen Sie was, Tarlenheim? Jetzt, wo ich sehe, wie gut Sie sich mit meiner Tochter verstehen, kommen Sie doch zu Weihnachten zu uns! Da geht es bei uns immer hoch her, das kann ich Ihnen sagen!«

Der Rittmeister war von dieser Wendung wenig begeistert, aber er wusste, dass der Wunsch des Obersten ein Befehl war.

»Sehr freundlich, Herr Oberst. Wird mir Freude und Ehre sein. Wenn Sie mich jetzt entschuldigen wollen – ich muss noch bei meiner Kompanie nach dem Rechten sehen. Gnädiges Fräulein.«

Ob ihr sanftes Lächeln erfreut oder lediglich amüsiert war, konnte nicht mit Sicherheit geklärt werden.

Kapitel XX

Die Straße am Krögel war in ganz Berlin für ihre Baufälligkeit berüchtigt. Was in den darauf folgenden Jahren zum pittoresken Touristenziel werden sollte, war in den letzten Tagen des Jahres 1884 nicht mehr als die ärmliche Wohnstatt von zwei Dutzend Familien. Eine von ihnen erwartete an diesem Heiligen Abend noch Besuch.

Albert Kummerow war es ganz recht, dass er bis in den Nachmittag des 24. Dezembers in seinem Büro kaserniert war. Nicht genug mit seinen unmittelbaren Vorgesetzten bei der Kriminalpolizei, auch die Fahrpolizei erwartete seinen ausführlichen Bericht über die wilde Verfolgungsjagd, die vor wenigen Tagen zwei altgedienten Droschkengäulen das vorzeitige Gnadenbrot beschert hatte. Bloß gut, dass er schon etwas für die kleine Ida besorgt hatte. Seine Kollegen von der IV. Abteilung, die beide bereits im Gespräch beobachtet hatten, waren schnell dabei, ihn zu necken: »Na, Kummerow, was macht Ihre kleine Freundin? Wird sie bald Ihre Assistentin?« Er hatte nur genickt und gelächelt.

Er wurde also erwartet. Der Witwe Küster war die neue Freundschaft ihrer Tochter zum »Kriminaler« erst ein wenig komisch vorgekommen, als sie davon hörte, aber nachdem der sie aus ihrer misslichen Lage auf der Weidendammer Brücke befreit hatte, war sie nicht mehr so skeptisch gewesen. Das Mädchen war immer so kränklich und hatte ohnehin kaum Spielkameraden, und da war es vielleicht ganz gut, wenn so jemand mal nach ihr schaute – sie selbst konnte das ja nicht.

Um halb sechs sollte Kummerow dort sein. Ida hatte ihm den Weg noch einmal genau beschrieben, weil sie sicher sein wollte, dass er auch wirklich kam. Er würde es schon finden, hatte er ihr versichert. Er blickte im Halbdunkel auf seine Taschenuhr, es war gleich halb fünf. Ein wenig aufgeregt war auch er – hoffentlich machte sich ihre Mutter nicht so große Umstände, wo ihr das doch schwerfallen musste. Den letzten Absatz gewissenhaft mit seinem Kürzel abschließend, machte Kummerow den Bericht fertig. Er nahm die Tasche mit den Mitbringseln, löschte das Licht und verließ sein Büro in Richtung Hauptsekretariat. Dort legte er das Schriftstück ins Fach, wünschte dem verbliebenen Beamten ein frohes Fest und ging.

Seit Einbruch der Dunkelheit stand Ida immer wieder am Fenster und blickte in den schwarzgrauen Hof hinunter. Ihre Mutter musste ihr mehrmals verbieten, nach unten zu laufen und den Gast dort zu erwarten: »Willst du dir denn ganz den Tod holen?« Der halbhohe Ofen in der hinteren Ecke reichte kaum aus, selbst diese kleine Wohnküche zu heizen, die sich für den Krögel allerdings recht weihnachtlich ausnahm. An Stelle eines Bäumchens schmückte ein Gesteck aus Tannenzweigen und Kerzen den Tisch, und von Wand zu Wand verlief eine Schnur mit angesteckten Papiersternen, die Ida selbst ausgeschnitten und ausgemalt hatte. Für mehr hatte es auch dieses Jahr nicht gereicht, denn Auguste Küster hatte mit Flechtarbeiten und dem bisschen Streichholzverkauf zuletzt wieder weniger verdient. Es langte gerade so, um nicht mit der Miete in Rückstand zu kommen, und waren die Lebensmittel und etwas Kleidung erst bezahlt, blieb kaum mehr etwas für das Kind übrig.

Kummerow bog vom Molkenmarkt rechts in den schmalen Krögel ein, der vom schweflig gelben Licht der Gaslaternen beleuchtet wurde. Er folgte dem sanften Krögelbogen, bis er an dessen Ende den Zaun erkennen konnte, hinter dem die Spree es mit dem Einfrieren zum Jahresende noch nicht eilig hatte. Ein Linksschwenk durch einen Torbogen, dann stand er im Großen Krögelhof. Er ging unter der Sonnenuhr hindurch – das einzige Ornament des Krögels war nur schwach auszumachen, nutzte ihm aber zur Orientierung. Spätestens im noch engeren Kleinen Krögelhof bedauerte Kummerow, dass er sich kein Windlicht aus dem Präsidium mitgenommen hatte. Vorsichtig tastete er sich den Hof entlang, bis er links in einem noch dunkleren Fleck eine Tür erkannte und ins Haus trat. Im selben Moment hörte er von oben eine dünne, erkennbar aufgeregte Stimme:

»Herr Kummerow, Herr Kummerow! Hier hinauf!«

Am oberen Ende der Treppe flackerte eine Kerze und gab dem sonst so blassen Gesicht der Neunjährigen ungewohnte Farbe.

»Mutter, Mutter, der Kommissar ist da!«

Vorsichtig ging er die ausgetretenen Stufen hinauf und räusperte sich.

»So, Ida, da bin ich nun, guten Abend. Komm, machen wir schnell die Tür zu, damit die Wärme drinnen bleibt.«

Sie zog ihn hastig in die kleine Wohnung hinein.

»Das ist meine Mutter.«

Der Kommissar reichte der hageren Frau mit dem dunklen Haarknoten, die sich von der Kochstelle zur Tür hin tastete, die Hand.

»Freut mich, Frau Küster, dass ich Sie wohlbehalten wiedersehe. Unser erstes Treffen war ja recht dramatisch.«

»Das stimmt, Herr Kommissar. Wenn Sie mich nicht in die Kutsche gesetzt hätten, wär' ich unter die Räder gekommen. Willkommen in unserer bescheidenen Behausung. Sie sehen ja, es ist ein bisschen eng. So, hier, bitte nehmen Sie Platz.«

Kummerow setzte sich an den Tisch, auf dem zur Feier des Tages ein grobkariertes Tuch ausgebreitet war. Der Raum war nicht sehr großzügig beleuchtet, aber im Kerzenschein konnte er erkennen, dass er reinlich und aufgeräumt war. In einer Ecke stand ein Bettgestell, dessen Füße so hoch waren, dass noch ein kleineres und flaches darunter passte, das zur Nacht hervorgezogen wurde. Die große und die kleine Küster hatten also jede ihr eigenes Bett. Eine schiefe Kommode, deren Türen kaum mehr richtig schlossen, musste wohl der Kleiderschrank sein. Auf der Kochstelle blubberte bereits ein großer Topf Kartoffeln vor sich hin.

Der Besucher griff in seine Tasche und legte ein in rosafarbenes Papier eingeschlagenes Paket auf den Tisch.

»Hier, Frau Küster, ich hatte ja schon angedroht, dass ich gerne etwas zum Abendessen beisteuern würde.«

Die Witwe wickelte das Paket auf und betastete vorsichtig den Inhalt.

»Gehacktes! Wie lang hab' ich das nicht mehr gegessen! Da mach ich uns prima Buletten draus. Ida, lauf doch mal schnell rüber zu Schölskes und frag' sie, ob sie 'ne alte Schrippe oder zwei und ein bisschen Fett für uns haben.«

Das Mädchen stürzte zur Tür hinaus. Nun konnte Kummerow die Frage anbringen, die ihm auf dem Herzen lag.

»Frau Küster, wie steht es mit Idas Gesundheit?

Sie seufzte.

»Ach, die Kleene. Ich wünschte, wir könnten von hier weg, irgendwohin, wo's weniger zieht und die Feuchtigkeit nicht so hochsteigt. Heute geht's ja einigermaßen mit ihrem Husten, aber wenn's wieder schlimmer wird … Wir haben kein Geld für 'nen Doktor, und selbst wenn: Der kann auch nicht hexen. Also versuch' ich, hier alles warm und trocken zu halten, damit sie sich so wenig wie möglich quälen muss.«

»Und ein Umzug kommt nicht in Frage?«

»Die Mieten, Herr Kommissar, die Mieten! Wir können ja schon froh sein, wenn wir hier seltener als anderswo gesteigert werden.«

»Und doch wundert es mich, wie lebhaft und aufgeweckt sie ist.«

»Das stimmt, aber von mir hat sie das nicht. Sie hatte halt immer so viel Zeit alleine, wenn sie wieder krank war, und da hat sie sich immer so viel ausgedacht.«

Sie hörte Ida auf der Treppe, brach ab und machte ihr auf.

»Hier, Mutter, sie hoffen, es reicht zum Braten und wünschen auch frohes Fest!«

»Na, das ist recht, da geh' ich mich die nächsten Tage bedanken. Dann können wir ja mit den Buletten anfangen. Was machen denn die Kartoffeln?«

Sie tastete sich zur Kochstelle und stach mit einer Gabel in ein Probeexemplar. Ida trat zu ihr, zupfte sie an der Schürze und flüsterte ihr etwas zu. Dabei sah sie immer wieder zu den Päckchen hinüber, die in einfachem braunem Papier verschnürt auf dem Schemel lagen.

»Was denn, erst Bescherung? Da muss der Herr Kummerow ja denken, wir hätten überhaupt keine Geduld.«

Ida hielt sie immer noch an der Schürze fest, krallte die andere Hand in ihr graues Kleid und wiegte sich aufgeregt hin und her. Ihre Augen verrieten, dass sie es mit dem Warten keinesfalls länger aushalten würde.

»Na gut, die Kartoffeln können noch ein bisschen, und die Buletten sind schnell gemacht. Aber erst die Geschichte. Komm, setz dich her.«

Ida legte das Päckchen vom Schemel auf den Tisch und nahm die angestoßene Familienbibel.

»Weißt du noch, wo?«

Aber ihre Tochter hatte bereits das Neue Testament aufgeschlagen und begann zu lesen:

»Es begab sich aber zu der Zeit …«

Kummerow stützte das Kinn in eine Hand und hörte zu, wie sie sich tapfer durchs zweite Lukaskapitel kämpfte. Bei »Cyrenius« versprach sie sich und musste ein weiteres Mal ansetzen; da schloss er die Augen und dachte an Weihnachten als kleiner Junge zurück, als ihm diese Aufgabe zugefallen war. Wie er selbst in diesem Moment hatten die Eltern und die Geschwister andächtig zugehört, und so wie er es damals geschafft hatte, kam Ida flüssig und ohne zu leiern bis zu »Friede auf Erden und den Menschen ein Wohlgefallen«.

»Das hast du schön gemacht«, lobte die Mutter, die währenddessen ein ganzes Dutzend Buletten geformt hatte, und auch Kummerow lächelte ihr zu und ahmte stürmischen Applaus nach, worauf das Mädchen lachen musste. Darauf legte er mehrere Päckchen auf den Tisch.

»Sie müssen zuerst aufmachen«, rief Ida und gab ihm ein verschnürtes Päckchen. »Frohe Weihnachten!«

Kummerow riss das braune Papier auf. Eine schmale Schachtel kam zum Vorschein, die ein willkommenes Aroma verströmte. Er öffnete sie; eine schöne Importzigarre mit farbenfroher Bauchbinde lugte hervor.

»Von Mutter und von mir! Herr Dahlmann von Kacer hat gesagt, das wäre die feinste aus der neuen Sendung«, sagte das Kind stolz.

Kummerow war gerührt – dann war Ida also die ganze Französische Straße bis zur Ecke Friedrichstraße zu seinem Lieblingszigarrengeschäft gelaufen und hatte ihre paar Pfennige für ihn geopfert.

»Vielen Dank, Ida, die kenne ich noch nicht, die werden

mir bestimmt schmecken. Da hast du mir eine große Freude gemacht.«

Mit einer einladenden Geste bedeutete er ihr, dass nun ihre Mutter an der Reihe sei, und Ida gab ihr das größere der beiden Pakete.

»Was denn, Herr Kummerow, so ein großes für mich?«

Auguste Küster wischte ihre fettigen Hände an ihrer Schürze ab, riss vorsichtig das Paket auf und strich mit dem Handrücken über ein dickes wollenes Umhängetuch.

»Nein, so was Weiches, und genau, was ich brauche! Meinen herzlichsten Dank, Herr Kummerow! Da haben Sie sich aber in Unkosten gestürzt!«

»Ist gern geschehen, Frau Küster. Meine Zimmerwirtin hat mir raten können, wo man ordentliche Sachen für die kalte Zeit bekommt. Ich hoffe ...«

Ein kurzes Husten von Ida unterbrach ihn – diesmal kam es aber eher von ihrer Aufregung als von ihrer schwachen Lunge.

»Ja, jetzt bist du an der Reihe, Ida. Die beiden hier sind für dich.«

Sie sah ihn mit großen Augen an und packte zuerst das kleinere Päckchen aus. Zu ihrer Verzückung kam ein reich bebilderter Bastelbogen zum Vorschein, der, einmal zusammengefügt, eine Dschungellandschaft darstellen sollte. Da waren Palmen, hohes Gras, Antilopen, Löwen und sogar ein Elefant, der mit Hilfe eines kleinen Nietenscharniers freundlich mit dem Rüssel winken konnte.

»Ist das Flor Fina?«, wollte das begeisterte Kind wissen.

»Das kann schon sein. Du kannst ja einmal nachsehen«, meinte Kummerow und schob das zweite Päckchen zu ihr hinüber. Sie riss es auf und hielt die neueste Ausgabe von Stielers Schulatlas in der Hand.

»Vielleicht findest du darin ja Flor Fina«, lächelte er und beschnupperte noch einmal seine neue Paradezigarre. Da fiel ihm Ida schon um den Hals.

Als sie um sechs die Glocken der Parochialkirche und kurz danach die der Petrikirche hörten, war das Essen fertig, und sie ließen sich die Buletten, Kartoffeln und braune Soße schmecken. Kummerow hatte aus den Tiefen seiner Aktentasche noch eine Flasche Riesling von der Mosel hervorgeholt, und Frau Küster schwor, noch nie so etwas Gutes getrunken zu haben. Ida bekam eine Limonade aus Wasser, Zucker und Zitronensaft und blätterte gleich nach dem Essen wieder in ihrem neuen Atlas. Besonders die Karte von Afrika hatte es ihr angetan.

»Wenn ich groß bin, fahre ich auch nach Afrika und entdecke neue Länder und Völker«, entschied sie. Kummerow lächelte und meinte, da hätte sie sich ja einiges vorgenommen. Als Ida aber weiter erzählte, wohin sie reisen und wen sie kennen lernen wollte, schweiften seine Gedanken unweigerlich wieder zum Fall zurück. Die Diplomaten der Kongo-Konferenz mochten im Weihnachtsurlaub sein, aber ihm ließ das Geheimnis um den angeschossenen Gesandten keine Ruhe. Der mutmaßliche Schütze war tot, aber wer hatte ihn umgebracht? Kummerow drehte nachdenklich die Weihnachtszigarre zwischen den Fingern, schnupperte an ihr und besah sich im Kerzenschein ihre Bauchbinde. Gleich nach Weihnachten würde er so viele Zigarrenhändler wie möglich aufsuchen, um vielleicht doch noch etwas über die mysteriöse »Fleur du Congo« herauszufinden.

Sein Besuch bei den Küsters ging mit Erzählungen aus seiner Jugend und ein paar Weihnachtsliedern zu Ende. Die Flasche Mosel war leer, der Tisch abgeräumt, und Ida fielen langsam die Augen zu. Als ihre Mutter mahnte, dass es Zeit zum Schlafengehen sei, nickte sie müde. Kummerow verabschiedete sich.

»Vielen Dank für die Einladung und den schönen Weihnachtsabend, Frau Küster. Ich schau mal wieder rein, wenn's recht ist.«

»Sie haben uns so eine Freude gemacht, Herr Kummerow, ich weiß gar nicht, was ich sagen soll. Ihnen auch noch ein frohes Fest, und Sie sind uns immer willkommen!«

»Auf Wiedersehen, Ida, und frohe Weihnachten.«

Der Kopf des Mädchens war schon auf die Tischplatte gesunken. Sie bekam die Augen nicht mehr auf, aber hielt den Atlas noch fest im Arm.

* * *

Für Kummerow war der Weihnachtsabend noch nicht zu Ende. So lief er zurück zum still gewordenen Molkenmarkt, fand keine Droschke am Halteplatz und kam ins Laufen, den Mühlendamm entlang, dann südlich an der Petrikirche vorbei und zum Spittelmarkt. Von der kleinen Spittelkirche aus sah er die lange, sonst so geschäftige Leipziger Straße vor sich und war entschlossen, an diesem Abend weder Droschke noch Pferdebahn zu nehmen. Kaum zehn Minuten später überquerte er die heute ausnahmsweise nicht von Ministerialbeamten bevölkerte Wilhelmstraße. Er blickte nach Norden zum Wilhelmplatz und grübelte immer noch über den dort vor zwei Monaten gefallenen Schuss nach – doch Idas Geschenk hatte ihn darauf gebracht, was nach den Feiertagen erledigt werden musste.

Vom Leipziger Platz war es dann nicht mehr allzu weit bis zu Menzels Wohnung in der Sigismundstraße. Es war schon fast halb zehn, als er zum Haus Nummer 3 kam und läutete.

Nach wenigen Augenblicken hörte er Schritte auf der Treppe; Menzels Schwester Emilie machte ihm auf und bat ihn freundlich, einzutreten.

»Kummerow! Endlich!«

Adolph Menzel war im kleinen Kreis seiner Familie und engsten Freunde, es war Weihnachten, und so war der sonst so bärbeißige Künstler bester Laune. »Wo haben Sie denn nur gesteckt? Etwa schon wieder eine Einladung bei Hofe? Würde mich jetzt nicht mehr wundern ...« Aber Kummerow ließ sich nicht aus der Reserve locken, sondern lächelte Menzel nur zu und wurde im Salon mit Menzels Nichte, Neffen und weiteren Gästen bekannt gemacht. Als dann die ersten Gläser geleert waren, nahm ihn die kleine Exzellenz zur Seite und fragte: »Na, wo waren Sie denn nun?«

»Lieber Herr Professor, ich war bei einem schöneren Fest, als es je bei Hofe geben könnte. Ich war eingeladen bei einer blinden Witwe und ihrer neunjährigen Tochter am Krögel, gleich um die Ecke vom Molkenmarkt.«

»Tatsächlich? Das muss ein interessantes Milieu sein.«

»Und ein herzliches dazu. Sie sollten es sich vielleicht einmal ansehen.«

»Keine schlechte Idee – da sollte ich wohl meinen Skizzenblock mitnehmen.«

Er nahm Kummerow am Arm und stimmte mit recht ordentlichem Bariton ein Weihnachtslied aus der Zeit an, als er noch ein kleiner Junge in Schlesien gewesen war:

»Was soll das bedeuten? Es taget ja schon.
Ich weiß wohl, es geht erst um Mitternacht rum.
Schaut nur daher! Schaut nur daher!
Wie glänzen die Sternlein je länger je mehr.«

Kapitel XXI

Auch in einer repräsentativen Etage an der Königgrätzer Straße war es wie in jedem Jahr soweit: Hier trat das Christkind zum Appell an.

»Parole!«

Von Tarlenheim konnte gleich nach seinem Eintreten feststellen, dass Feiertage wie dieser im Hause von Schattnitz stets die Form von bis ins kleinste Detail geplanten Manövern annahmen.

»Frohe Weihnachten, Herr Oberst!«

Dem Kommandeur war seine grimmige Genugtuung darüber anzumerken, dass er in diesem Jahr einen präsentablen Offizier aus seinem Regiment hatte dienstverpflichten können. Er musterte dessen Ausgehuniform mit strengem Blick – ein Stäubchen auf dem Rock, ein schlecht geputzter Stiefel wäre fatal gewesen. Doch von Tarlenheim hatte in weiser Voraussicht die erste Hälfte des Tages mit der intensiven Pflege seiner Uniform zugebracht, so dass von Schattnitz nichts zu monieren hatte.

»Rühren!«

Er machte eine einladende Geste in Richtung der leicht abgewetzten, aus der Mode gekommenen Biedermeiermöbel, die der Rittmeister noch in unbequemer Erinnerung hatte. An diesem Tag waren die Plätze allerdings bis auf einen schon besetzt, und der Oberst verlor keine Zeit, ihn vorzustellen.

»Meine Lieben, das ist Rittmeister von Tarlenheim, der heute mein Regiment vertritt. Tarlenheim, ich darf Ihnen meine Familie vorstellen.«

Während von Schattnitz ihm einen Neffen, dessen Gattin, beider pausbäckigen Sohn und zwei hochbetagte Tanten präsentierte, hatte von Tarlenheim eine ungute Vorahnung. Allem Anschein nach sollten bei dieser Gelegenheit erste Vorarbeiten stattfinden, ihn dem Kreis der Schattnitz'schen Sippschaft einzuverleiben. Er beschloss, auf der Hut zu sein, und verbeugte sich vor den Anwesenden. Leonie bedachte er mit einem flüchtigen Handkuss; sie ließ es gnädig geschehen.

Der ältliche Diener, der dem Rittmeister im Vestibül Mantel, Helm und Pallasch abgenommen hatte, näherte sich mit einem Tablett, auf dem er mehrere Sherry- und Portweinflaschen balancierte. Nachdem er allen eingegossen hatte, hob der Regimentskommandeur sein Glas und prostete von Tarlenheim zu.

»Willkommen also im Hause von Schattnitz! Erlaube mir, Ihnen frohe Weihnachten zu wünschen!«

Von Tarlenheim dankte, wurde mit Tee und Weihnachtsgebäck versorgt und zwischen die Tanten des Obersten platziert. Wie jedes Jahr waren die würdigen Matronen aus einem märkischen Damenstift angereist.

»Junger Mann, Sie dienen in der preußischen Armee?«, fragte die zu seiner Rechten.

»Doch, ja, gnädige Frau … habe die Ehre, nach wie vor im Regiment Ihres Herrn Neffen Dienst zu tun.«

»Tüchtig.«

»Ja, tüchtig«, bekräftigte ihre Schwester. »Eisernes Kreuz. Wo verdient?«

»Sedan, gnädige Frau.«

»Sehr gut. Da haben wir die welsche Brut in ihre Schranken gewiesen.«

Ihre Schwester nickte eifrig, doch der Rittmeister wollte die Unterhaltung gar nicht erst in dieses Fahrwasser geraten lassen.

»Zum Glück hat sich seitdem ja einiges geändert, meine Damen, und wir haben Frieden.«

»Möchte wohl sein, junger Mann – nicht zuletzt, weil wir ihnen Elsass-Lothringen als Aufmarschplatz abgenommen haben. Sie müssen wissen, wir haben noch als kleine Mädchen gesehen, wie Napoleon die Quadriga vom Brandenburger Tor holen ließ. Den Franzen ist einfach nicht zu trauen.«

Ihre Schwester nickte wieder, dann rief sie ihren Neffen.

»Wilhelm, wann wird denn endlich beschert?«

Dem Oberst war ihr Wunsch Befehl.

»Fritz! Geschenke!«

Der Diener verschwand und kam mit einem kleinen Berg von bunt verpackten Kartons zurück, die er unter dem großen Christbaum in der Salonecke ablegte. Wenig später waren Krawatten, Schals, Bücher und Weinflaschen ausgepackt, und der pausbäckige Großneffe ließ seine neue Zinnsoldatenarmee Aufstellung nehmen. Zuletzt öffnete Leonie ihr Paket. Ihr Geschenk war ohne Zweifel das ungewöhnlichste: Zur Verblüffung des Rittmeisters packte sie einen Stapel Zigarrenkisten aus.

»Gnädiges Fräulein – rauchen Zigarre?«

»Nein, nein«, lachte sie. »Ich sammle nur die Bauchbinden. Ein kleines Steckenpferd von mir.«

Schon trat ihr Vater dazu, der begierig den Duft der ausgesuchten Sumatras und Havannas einsog.

»Und ich befreie meine Tochter vom lästigen Tabak.«

Von Tarlenheim wurde hellhörig. Vielleicht war dieser Abend ja doch keine Zeitverschwendung.

»Ich würde mich sehr für Ihre Sammlung interessieren, gnädiges Fräulein.«

Leonie freute sich über sein Interesse.

»Fritz, die Alben!«

Kurz darauf schleppte der Diener einen ordentlichen Stapel von Sammelalben in den Salon. Von Tarlenheim setzte sich zu seiner Gastgeberin und ließ sich für die nächste halbe Stunde in die Geheimnisse der Vitolphilie einweihen, in der Fräulein von Schattnitz höchst bewandert schien. So erfuhr er, dass die Bauchbinde vor dreißig Jahren auf Kuba von einem gewissen Gustave Bock erfunden worden war, um sein Produkt von den anderen zu unterscheiden. Erst in diesem Jahr hatte die Vereinigung kubanischer Zigarrenhersteller sie als offizielles Markenzeichen anerkannt – der ästhetische Wert der goldgeprägten Papierbänder stand für die Legionen deutscher Zigarrenraucher ohnehin außer Frage. Von Tarlenheim ließ es auf einen Versuch ankommen.

»Kennen Sie zufällig eine Bauchbinde mit der Aufschrift ›Fleur du Congo‹, gnädiges Fräulein?«

»›Fleur du Congo‹ … warten Sie …«

Sie blätterte sorgfältig mal in diesem, mal in einem anderen Album.

»Bedaure.«

Der Rittmeister musste mitansehen, wie sich eine weitere Spur in Rauch auflöste. Er führte Leonie zu Tisch und suchte schon ein anderes Konversationsthema, doch sie überraschte ihn mit einem Namen.

»Ostrowski.«

»Wie belieben?«

»Zigarrenhändler … Fachmann für Bauchbinden.«

Wenn das nicht etwas war! Von Tarlenheim sah schnell zur Standuhr hinüber, die noch nicht einmal sieben geschlagen hatte. Kummerow hatte ihm erzählt, dass er am Weihnachtsabend gleich mehrere Einladungen wahrnehmen und erst spät zu Hause sein würde. Also zwang sich der Rittmeister, seine Aufregung zu bezähmen und ruhig mitzuessen.

Während des Diners gab Oberst von Schattnitz ausgewählte Erlebnisse aus dem Frankreichfeldzug zum Besten, die seine Familie bereits zur Genüge zu kennen schien. Nach dem Dessert – es ging auf halb neun – musste von Tarlenheim noch eine der Präsentzigarren mitrauchen, ehe er sich verabschieden durfte. Der Oberst brachte ihn zur Tür.

»Na sehen Sie, Tarlenheim, so schlimm war's ja gar nicht. Würde mich freuen, Sie wieder begrüßen zu dürfen. Und in Zukunft nicht mehr aufs falsche Pferd setzen!«

Er drohte gut gelaunt mit dem Finger, während Fritz dem Rittmeister Helm, Mantel und Säbel der Gardekürassiere aushändigte.

Von Tarlenheim verließ das Haus und ahnte, dass er zu Fuß würde gehen müssen. Natürlich war an diesem Abend nicht an eine freie Droschke zu denken. Hätte er doch nur mit Thersites herkommen können – aber hier gab es keinen Platz für sein Pferd. Wo wohnte Kummerow noch gleich? Er konnte sich dunkel erinnern, dass von der Georgenkirchstraße die Rede gewesen war. Also bog er von der Königgrätzer in die Leipziger Straße ein und ging den gleichen Weg zurück, den Kummerow kaum eine Stunde zuvor in entgegengesetzter Richtung genommen hatte. Und das einem Offizier der Kavallerie!

* * *

An diesem Heiligen Abend brannte im Erdgeschoss der Georgenkirchstraße 2 auch zu Mitternacht noch Licht, denn die Witwe Liebrecht hatte ihre Skatrunde auf eine Feuerzangenbowle eingeladen. Die Damen amüsierten sich prächtig, nicht zuletzt, weil sie schon den zweiten der drei mittelgroßen Zuckerhüte verbraucht hatten, die in der Liebrecht'schen Küche ihrem alkoholgetränkten Ende entgegensahen. Die

Stimmung erreichte langsam ihren Höhepunkt, denn an gutem Jamaika-Rum hatte die Gastgeberin nicht gespart. Auf einmal ging die Türschelle, und zu ihrem Erstaunen öffnete die Witwe einem Gardekavalleristen in voller Ausgehmontur, der schon etwas Schlagseite zu haben schien. Die Witwen Casper und Schulwik standen neugierig hinter ihr im Flur und wunderten sich mit.

»Meine Damen – frohe Weihnachten. Wohnt in diesem Haus zufällig der Kriminalkommissar Kummerow?«

Die Witwe bejahte, und Rittmeister von Tarlenheim atmete erleichtert auf.

»Ein Glück – viel weiter hätt' ich nicht mehr suchen können.«

Wie sich herausstellte, hatte er es in Ermangelung einer genauen Adresse bereits an ein paar Haustüren der Georgenkirchstraße probiert, von denen es, angefangen bei der Georgenkirche hinter dem Alexanderplatz bis hin zur Nummer 2, ganze fünfzig gab. Überall, wo ihm geöffnet wurde, drängte man dem Gardekürassier ein Gläschen Wein, Likör oder noch Stärkeres auf, da es doch bestimmt Glück brachte, am Weihnachtsabend mit einem Offizier auf das Wohl des Kaisers anzustoßen. Als die Damen von dieser tapferen Recherche hörten, riefen sie Hurra und wollten auch nicht hintanstehen: Sie boten ihm zum guten Schluss einen Schluck ihrer heißen Spezialität an. Von Tarlenheim brachte ein mattes Lächeln zustande und folgte ihnen in den Salon, wo man gemeinsam auf die Rückkehr des Kommissars warten wollte.

Kaum drei Tässchen später kehrte Kummerow heim. Der Abend bei Menzel hatte ihn ebenso wie die vorhergehende Weihnachtsfeier am Krögel gerührt – es hatte ihn überrascht, den Künstler in so jovialer, ja, sentimentaler Laune vorzufinden. Besonderen Anteil daran hatten Menzels Schwester Emilie, ihr Mann und ihre Kinder, die ihn alle herzlich aufgenommen hatten. Der Meister hatte ihm sogar eine Studie zu einem seiner früheren Werke geschenkt, das die junge Emilie im Kerzenschein zeigte. Als er bereits an seiner Wohnungstür die Stimmen im Salon hörte, ging Kummerow von einer Skatrunde zu den Feiertagen aus, doch von Tarlenheim hatte er hier als Letzten erwartet. Er wurde mit großem Hallo begrüßt, und während der Rittmeister sich an den Grund seines Kommens zu erinnern versuchte, wünschten die drei Witwen Kummerow frohe Weihnachten, drückten auch ihm eine Tasse Feuerzangenbowle in die Hand und stießen mit ihm an. Dann kam von Tarlenheim wieder darauf.

»Kummerow, ich weiß jetzt, wer uns bei der Bauchbinde helfen kann. Ein Zigarrenhändler namens Ostrowski.«

Die Witwe Liebrecht, die gerade noch einmal Nachschub in der Küche holen wollte, wurde hellhörig.

»Wie, Ostrowski? Das ist doch der Bruder vom Steindrucker aus dem ersten Stock!«

* * *

Die improvisierte Feier bei Familie Ostrowski zog sich bis spät in die Nacht hin. Die Witwe Liebrecht und ihre Skatschwestern hatten ihre Besucher persönlich nach oben geführt, wo der Druckereibesitzer und seine Frau noch beieinander in ihrer Stube saßen und nicht schlecht über den unverhofften Besuch staunten. Seinen Bruder, den Zigarrenhändler, sollten die Ermittler nach den Feiertagen in der Alten Schützenstraße aufsuchen, sobald er von einem Verwandtenbesuch in Oppeln zurück sei.

»Aber passen Sie bloß auf«, lachte der Drucker. »Wenn der erst mal von seinen Bauchbinden anfängt, dann dauert das eine Weile.«

Als sich die unvorhergesehene Weihnachtsfeier endlich auflöste, wurde der Rittmeister entgegen seiner Proteste genötigt, sein Lager auf Kummerows Sofa aufzuschlagen. Er konnte schon nicht mehr aufrecht sitzen, was ihm nach solch einem Weihnachtsfest auch niemand verübeln mochte.

»Mir fatal, Kummerow. Morgen …«

Aber da war er schon zur Seite gesunken und eingeschlafen. Während sein Schnarchen bereits seit einer halben Stunde das Wohnzimmer erfüllte, saß Kummerow noch am einen Spaltbreit geöffneten Fenster und rauchte. Und als sich die silbergraue Asche der Bauchbinde näherte, wurde ihm klar, wen sie, abgesehen vom Zigarrenfachmann, im alten Jahr noch besuchen mussten.

Kapitel XXII

»Gottver …!«

Von Tarlenheim schluckte diese und weitere Verwünschungen hinunter, als er mit dem Schienbein an die Kante eines ausgewachsenen Reisekoffers stieß. Es ging beengt zu in der Alten Schützenstraße, und die kleine Zweizimmerwohnung von Zigarrenhändler Ostrowski machte da keine Ausnahme.

»Pardon, die Herren, hatte noch keine Zeit zum Auspacken. Bin gestern Abend erst aus Schlesien zurückgekommen«, entschuldigte sich der Hausherr. An Kummerow gewandt fügte er hinzu: »Na, dass Sie ausgerechnet ein Nachbar von meinem Bruder sind, Herr Kommissar! Und wenn wir jetzt hundertmal Millionenstadt sind: Berlin ist doch ein Dorf.«

Kummerow nickte und folgte ihm vom kleinen Flur in seine Wohnstube; der Rittmeister kam missmutig hinterher. War die Luft im Eingangsbereich der Wohnung schon verbraucht, ließ sie sich in der Stube förmlich schneiden – selbst die Ermittler als geübte Raucher hielten unwillkürlich den Atem an. Dass Ostrowski selbst einer seiner besten Kunden sein musste, stand außer Frage, und in der Tat zündete er sich sofort eine neue Brasil an, nachdem er die aufgerauchte abgelegt hatte. Sein Reich bestand aus einem dunkelgrünen Sofa und einem ebenso grünen Ohrensessel; daneben befand sich ein kleiner Tisch mit einem übergroßen Aschenbecher. Zwei schmale, hohe Bücherschränke waren voll von Sammelalben, und jeder noch freie Platz im Raum war mit Zigarrenkisten vollgestellt. Selbst an der Wand hingen statt Bilderrahmen einige besonders hübsche Deckel solcher Behältnisse. Von Tarlenheim blickte sehnsüchtig zum Fenster, das wohl nur in absoluten Ausnahmefällen einmal geöffnet wurde. Der Tabakconnaisseur bat sie, auf dem Sofa Platz zu nehmen und bot ihnen gleich eine Zigarre an.

»La Honorada, sind gerade reingekommen. Beste Ware aus Havanna, probieren Sie mal!«

Kummerow und von Tarlenheim waren so frei.

»Gut, dass mein Bruder gleich den Jungen geschickt hat, um Sie anzukündigen, sonst wäre ich jetzt noch Besorgungen machen. Worum geht's denn nun genau, die Herren?«

Die Ermittler setzten ihn ins Bild, und von Tarlenheim erwähnte die Weiterempfehlung durch die Tochter seines Kommandeurs. Ostrowski freute sich.

»Ja, das Fräulein Schattnitz – stets freundlich und eine treue Kundin, da kommen immer einige Kisten zusammen.«

»Das gnädige Fräulein sagte, Sie seien eine Kapazität in Sachen Bauchbinden.«

»Sagte sie das? Na, das kann schon sein. Sehen Sie, überall auf der Welt wird geraucht – und die Bauchbinde ist sozusagen der Pass einer Zigarre. Hören Sie zu, ich habe das in meinem Rundbrief für den Sammler beschrieben: ›Wie das Strumpfband einer schönen Frau fesselt sie zuerst unseren Blick, bevor sie uns erlaubt, ihn von ihr zu lösen und weiter über den schlanken, braunen Körper zu schweifen …‹«

Waren es die blumigen Ausführungen Ostrowskis oder die verbrauchte Luft: Die Ermittler liefen in der folgenden halben Stunde mehrfach Gefahr, einzuschlafen. Sie gähnten ein paarmal verstohlen, was der Zigarrenhändler aber nicht zu bemerken schien – immerhin hatte Ostrowski mit dem Vortrag über sein Lieblingsthema gerade erst angefangen. Der Rittmeister schreckte hoch, als der Hausherr aufstand und zum Bücherschrank ging, um ein halbes Dutzend Sammelalben herauszuholen.

»Schauen Sie sich mal ein paar Beispiele an, meine Herren. Hier hätten wir Motive aus Flora und Fauna – sehr schön die Lithographien von exotischen Pflanzen und Tieren. Hier ganz ausgezeichnet die Palmenabbildungen, und sehen Sie hier, die Löwen und Elefanten!«

Von Tarlenheim versuchte, den Vortrag etwas abzukürzen, und schlug ein weiteres Album auf.

»Und was haben wir hier?«

»Ah, die Porträts bekannter Persönlichkeiten. Ich habe schon einige Bismarcks und Moltkes beisammen, und das Haus Hohenzollern ist natürlich auch vertreten. Das hier ist ein seltener Fehldruck mit unserem Kaiser.«

Für die Ermittler war es an der Zeit, zum Wesentlichen zu kommen.

»Schauen Sie sich doch bitte einmal dieses Exemplar an.«

Ostrowski besah sich die Bauchbinde, die man am Wilhelmplatz gefunden hatte.

»Hm. ›La Fleur du Congo‹. Sieht recht selten aus – Motiv ist mir unbekannt. Wissen Sie, inzwischen lassen sich auch schon Firmen oder sogar Privatpersonen Bauchbinden zu bestimmten Anlässen drucken, und die gelangen dann gar nicht erst in den Handel.«

Er hielt das Beweisstück mit einer Pinzette gegen das Licht und nahm dann eine Lupe zu Hilfe.

»Dürfte ich die mal aufschneiden, um mir die Innenseite anzusehen?«

Die Ermittler sahen sich an – dass sie selbst noch nicht darauf gekommen waren! Kummerow stimmte zu, und Ostrowski schnitt die Bauchbinde an ihrer schmalsten Stelle auf.

Er hielt das Papierstück vor eine alte Petroleumlampe und untersuchte die helle Innenseite mit der Lupe.

»Da ist ganz fein etwas aufgedruckt. Können Sie das erkennen?«

Kummerow kniff die Augen zusammen. Mit Mühe konnte er die Zahlen und Buchstaben »8 28 S 28 9 E« entziffern. Er reichte das Papierstück an von Tarlenheim weiter, der es ebenso eingängig anschaute und ihn darauf unschlüssig ansah.

»›8 28 S 28 9 E‹ – was soll das nun wieder?«

»Warten Sie ab.«

Der Kommissar zog den Umschlag mit den ramponierten Zigarren aus der Tasche, die bei Bebey gefunden worden waren. Vorsichtig löste er von ihnen die Bauchbinden ab und nahm ihre Innenseiten unter die Lupe. Auch hier waren schwach geprägte Zahlen- und Buchstabenkombinationen auszumachen. Er hielt beide Papierringe von Tarlenheim und Ostrowski hin. Der pfiff leise durch die Zähne.

»Ist es das, was Sie suchten, Herr Kommissar?«

Kummerow rieb sich das Kinn und nickte.

»Ich hätte da eine Idee. Wir brauchen eine Landkarte von Afrika.«

»Wie kommen Sie darauf?«

»Schauen Sie: Wenn die ersten beiden Zahlen und das S ein Breitengrad sind, müsste der nicht weit südlich vom Äquator liegen. Der Wert dahinter wäre dann ein Längengrad, der ein ganzes Stück östlich vom Greenwich-Meridian liegt. Alles in allem könnte sich der Schnittpunkt im Herzen Afrikas befinden.

»Schön und gut. Und wo wollen Sie jetzt eine Afrikakarte hernehmen?«, fragte von Tarlenheim. »Die Buchhandlungen haben alle schon geschlossen – die Bibliotheken auch.«

»Ich denke da an eine ganz bestimmte. Kommen Sie mit. Sie werden sehen.«

* * *

Kastellan Krüger wunderte sich zu Recht, dass man ihn am frühen Samstagabend noch in seiner Dienstwohnung im Auswärtigen Amt behelligte. Die Wilhelmstraße lag verlassen da, und in den Ministerien brannte nur noch das nötigste Licht. Was ausgerechnet ein Polizeikommissar und ein Kavallerieoffizier um diese Zeit noch von ihm wollten?

»Aber der Fürst nächtigt heute ausnahmsweise in der Reichskanzlei, meine Herren. Da kann ich Sie nicht so einfach einlassen.«

»Wir wollen ja auch keine Unterredung mit ihm, sondern nur einen Blick auf die Konferenzkarte werfen.«

»Dann müssen Sie mir Ihre Legitimation als Teilnehmer der Konferenz vorweisen, sonst ist das ganz unmöglich.«

Von Tarlenheim senkte die Stimme.

»Sie haben doch bestimmt von dem Attentat vor sechs Wochen hier vor der Reichskanzlei gehört.«

Kummerow zeigte dem Kastellan seine Papiere; der riss die Augen auf.

»Haben Sie da endlich jemanden gefasst? Alle, die davon mitbekamen, müssen darüber Stillschweigen bewahren. Befehl vom Chef.«

»Wir dürfen dazu im Moment auch nichts dazu sagen. Wir brauchen aber Zugang zum Konferenzsaal. Äußerst wichtige Angelegenheit!«

Der pflichtbewusste Hausverwalter wischte sich den Schweiß aus dem Nacken.

»Wenn der Fürst das mitbekommt, gibt es einen Riesenärger. Am Ende werde ich meine Stellung los.«

»Schauen Sie: Wir sind alle mucksmäuschenstill. Von uns erfährt niemand was. Und Sie wollen doch nicht der Nächste sein, der dort vor dem Tor niedergeknallt wird.«

Krüger sah die Ermittler an, als sollte er sofort füsiliert werden. Einen Moment später hatte er sich durchgerungen.

»Na gut, aber Sie müssen wirklich still sein und immer nah bei mir bleiben!«

Er nahm einen Schlüsselbund vom Haken und führte sie nach nebenan zum Reichskanzlerpalais, dessen Tor er schnell aufschloss. Dann bedeutete er den Ermittlern, ihm rasch in die Reichskanzlei zu folgen.

Für Kummerow war es bereits die zweite Visite, doch von Tarlenheim war zum ersten Mal hier, und so sah er sich interessiert im Halbdunkel um. Von der ersten Etage her quietschten die Dielen: Der fürstliche Hausherr war anscheinend noch wach. Der Kastellan hielt den Zeigefinger an die Lippen, dann winkte er sie in den Konferenzsaal. Nachdem er dort für das geringstmögliche Licht gesorgt hatte, sahen sich die beiden unangekündigten Besucher um. Lange Tischreihen und Dutzende von Stühlen füllten den hohen Raum aus. Die Tische waren sorgfältig für die Konferenzpause von den Feiertagen bis Januar abgeräumt worden. Wer jedoch Zweifel hatte, worüber in diesem Raum verhandelt wurde, musste nur einen Blick zu einer der Wandseiten werfen: Dort hing Kieperts Afrikakarte. Im schwachen Schein der Petroleumlampe waren die Einfärbungen erkennbar, die auf die Interessenssphären der jeweiligen Kolonialmächte hinwiesen: vom Blau Französisch-Nordafrikas über die grünen Flecken Portugals im Süden bis hin zu den roten Flächen, die zum britischen Weltreich gehörten. Die Besucher standen staunend davor. Von Tarlenheims Frage war ein ehrfürchtiges Flüstern.

»Woher wussten Sie denn von ihr?«

»Aus der ersten Zeitung, die ich in Berlin gelesen habe.«

Dann wandte sich Kummerow an Krüger.

»Holen Sie mir bitte eine Stehleiter und einen Zeigestock.«

Da sich keine weiteren wichtigen Unterlagen im Raum befanden, ließ der Kastellan sie kurz allein und kam nach fünf Minuten mit dem Gewünschten wieder. Kummerow stellte die Leiter vor die Karte, stieg hinauf, bis er ohne Mühe den Äquator berühren konnte, und zog ein Blatt Papier aus der Rocktasche.

»8 28 S 28 9 E.«

Mit dem Zeigestock zog er erst den entsprechenden Längengrad und dann den dazugehörigen Breitengrad nach, bis er auf dem angegebenen Schnittpunkt zeigte. Wie vermutet lag der Punkt annähernd in der Mitte Afrikas, südöstlich von dem als belgische Interessenssphäre gekennzeichneten Gebiet des Kongos.

»10 22 S 28 4 E.«

Wieder blieb der Zeigestock an einem Punkt in dieser Region.

»11 40 S 27 3 E.«

Auch das dritte Koordinatenpaar wies in diese Richtung. Von Tarlenheim kniff die Augen zusammen und fixierte die Karte.

»Und was hat das nun zu bedeuten?«

Kummerow antwortete langsam, als ginge ihm die Reichweite seiner Worte erst beim Sprechen auf.

»Wie Sie sehen, sind das die Koordinaten, die wir von den Rückseiten der uns vorliegenden Bauchbinden haben. Den hier eingezeichneten Grenzen nach zu urteilen, liegen diese Punkte in einem Gebiet, das bisher noch nicht offiziell von einer europäischen Macht beansprucht wurde. Und wer mit diesen Koordinaten arbeitet, hat vermutlich ein großes Interesse daran.«

»Wie groß wird dieses Gebiet wohl sein?«

Kummerow maß mit der Handfläche die Entfernung zwischen den Punkten ab. Dann stieg er von der Leiter und sah auf den Maßstab der Karte.

»Wenn ich schätzen soll: vielleicht so groß wie das gesamte Deutsche Reich.«

Die drei Männer zuckten wie ertappt zusammen, als ein lautes Bellen die Stille im Palais Radziwill zerriss. Darauf erscholl die heisere Stimme, die Kummerow in diesem Haus schon einmal vernommen hatte.

»Tyras!«

Die deutsche Dogge des Fürsten musste sie trotz aller Vorsicht gehört oder ihre Witterung aufgenommen haben.

»Tyras! Ruhig jetzt!«

Doch selbst die ernsthafte Ermahnung seines Besitzers konnte den Rüden an diesem Abend nicht beruhigen, er bellte nur noch schneller und lauter, und das Bellen schien sich der Haupttreppe zu nähern. Der Kastellan blickte die beiden Gäste angsterfüllt an und hielt sich die Hand vor den Mund, während im Obergeschoss Schritte zu hören waren. Kummerow und von Tarlenheim sahen sich um und wählten das erstbeste Versteck: Sie verbargen sich hinter den großen Vorhängen, die die Fenster zur Wilhelmstraße einrahmten.

»Spielst wohl den großen Wachhund, was? Na schön, dann sehen wir mal nach, ob da was ist«, war von der Treppe her zu hören. Tyras bellte zustimmend, lief vor seinem Herrn und Meister in den Saal und sprang einen Augenblick später am vor Angst schwitzenden Kastellan hoch, der das aufgeregte Tier zu beruhigen versuchte.

»Schsch, Tyras, ich bin's doch. Mach doch nicht so einen Radau!«

Der Reichskanzler kam seinem Hund hinterher und wunderte sich nicht wenig. Otto Eduard Leopold Fürst von Bismarck machte selbst in einer samtenen Hausjacke eine imposante Figur. Der große, weiß gewordene Schädel mit dem unverkennbaren Schnauzbart saß auf einem fülligen Körper – immerhin war der seit einer erfolgreichen Diätkur nicht mehr so ausufernd wie noch vor Jahresfrist. Doch der Reichskanzler ging selten zu Bett, bevor eine Flasche Wein geleert war, und dieser Abend war noch jung.

»Krüger! Was tun Sie denn hier? Ist etwas nicht in Ordnung?«

Der ertappte Hausmeister wusste kaum, wie er seine Anwesenheit zu dieser Stunde erklären sollte.

»Exzellenz, ich … nein.«

»Nein, was? Und was macht die Leiter da?«

»Ich ...«

Tyras knurrte, als wollte er den ungebetenen Gast genauso streng in die Mangel nehmen.

»Ich … ich dachte mir, ich sollte besser die Karte einrollen, wo sie doch erst gegen Mitte Januar wieder gebraucht wird.«

»Wieso – nutzt die sich denn ab?«

»Es … war nur ein Gedanke, Exzellenz.«

Bismarck schien beruhigt und klang schon weniger streng.

»Na, Krüger, nun machen Sie sich mal keine Gedanken. Dafür bin ich ja da. So, und jetzt gehen Sie schön wieder hinüber in Ihre Wohnung, trinken einen Schluck und zerbrechen sich nicht mehr den Kopf über Landkarten.«

Tyras war keineswegs so zufriedengestellt wie der Reichskanzler. Plötzlich stieg ihm etwas in die Nase. Er schlug kurz an und war in wenigen Sätzen am Fenster, wo er scheinbar nach draußen bellte.

»Tyras! Was gibt es denn da auf der Straße? Nun reg' dich doch endlich ab!«

Bismarck trat ans Fenster. Seine Stiefelspitze berührte fast die von Tarlenheims hinter dem Vorhang. Doch Tyras benahm sich ganz wie ein ordentlicher Jagdhund, der seine Beute verbellt, statt sie anzuspringen. Der Rittmeister und der Kommissar entgingen um Haaresbreite ihrer Entdeckung.

»Na siehst du, gar nichts los da draußen. Wäre ja auch noch schöner, wenn jetzt jeden Abend etwas auf der Wilhelmstraße passieren würde. Ab!«

Tyras jaulte enttäuscht und fügte sich. Seinem hängenden Kopf nach fühlte er seine Dienste als Wachhund in keiner Weise gebührend anerkannt. Er folgte seinem Herrn, der Krüger zur Tür brachte. Nachdem er abgeschlossen hatte, ging Bismarck noch einmal zurück ins Konferenzzimmer, wo sich die Ermittler hüteten, ihr Versteck zu verlassen. Der Reichskanzler blieb vor der übergroßen Afrikakarte stehen. Kummerow konnte hören, wie er zu sich sagte:

»›Scramble for Africa‹ – pah! ›Scrambled eggs‹ wären mir lieber.«

Dann schlug er sich mit der flachen Hand zweimal auf den Oberschenkel, und Herr und Hund machten sich wieder auf den Weg nach oben in ihre Gemächer.

Es vergingen mehr als zehn Minuten, bevor sich Kummerow und von Tarlenheim aus ihrem Versteck wagten. Sie wählten den kürzesten Weg nach draußen. Nur ein offenes Fenster blieb als Beweis dafür, dass sie beinahe unerwünschte Bekanntschaft mit dem mächtigsten Mann des Deutschen Reiches gemacht hätten.

Kapitel XXIII

»Das ist aber schön, dass wir uns im alten Jahr noch sehen, mein Lieber«, wurde Kummerow am Montagvormittag von Professor von Bergmann in der Klinik begrüßt. »Und wie ich sehe, haben Sie diesmal zur Verstärkung die Kavallerie mitgebracht.«

Der Kommissar stellte den Rittmeister vor, worauf dieser gleich mit dem Mediziner erörterte, ob sie sich wohl schon 1870/71 begegnet sein konnten. Kummerow musste lächeln.

»Meine Herren, ich unterbreche Ihre Erinnerungen nur ungern, aber leider sind wir auch diesmal dienstlich hier. Herr Professor, wir müssen noch einmal zu Ihrem bewussten Patienten.«

»Ach, schade – ich habe da einen Schlehengeist zu Weihnachten bekommen, den hätte ich Ihnen zu gern angeboten.«

»Vielleicht im neuen Jahr.«

Auf dem Weg zum Krankenzimmer des Belgiers erkundigten sich die Ermittler bei von Bergmann über dessen Fortschritte.

»Ich darf sagen, es geht voran – ich denke, so gegen Mitte Januar können wir ihn entlassen. Er kann's auch kaum erwarten – vielleicht wartet ja jemand in Brüssel oder anderswo auf ihn. Nur eins ist seltsam: Bei uns liegen jetzt schon zwei Männer Ihres Wachpersonals mit Vergiftungserscheinungen auf Station, und ein Dritter vor der Tür sah heute Morgen auch nicht gerade gesund aus. Ich seh' ihn mir gleich noch mal an.«

Die drei kamen zu Vandenbergs Zimmer; die Gesichtsfarbe des Wachpostens vor der Tür war in der Tat statt fleischfarben eher pastellgrün zu nennen. Von Bergmann legte ihm die Hand auf die Stirn und fühlte danach seinen Puls.

»So, junger Mann, Sie ruhen sich jetzt mal schön aus.«

Er rief eine Schwester, der er Anweisungen gab und die darauf den Wachpolizisten wegführte.

»Ist das im Krankenhaus öfter so? Vielleicht hat er sich irgendwo angesteckt«, meinte von Tarlenheim.

»Genau wie die beiden anderen? Unsere Hygienevorschriften sind streng«, entgegnete von Bergmann. Kummerow merkte seiner Miene an, dass ihm die Häufung solcher Fälle entschieden gegen die Berufsehre ging.

»Lassen Sie uns erst mal hören, ob uns Vandenberg etwas mehr als beim letzten Mal sagen kann.«

Der belgische Delegationsangehörige erwiderte ihren Gruß ein wenig matt, als sie ins Zimmer traten.

»Wie geht es Ihnen denn heute – etwa wieder schlechter?«, wollte von Bergmann wissen.

»Nein, nein, Herr Professor. Es ist nur – ich möchte endlich nach Hause.«

»Kann ich verstehen, mein Freund, aber aufs neue Jahr müssen Sie schon noch hier mit uns anstoßen. Die Herren haben noch ein paar Fragen an Sie.«

Vandenberg blickte müde zu Kummerow und von Tarlenheim hinüber. Der Kommissar kam gleich zur Sache.

»Monsieur, ist Ihnen etwas über Aktivitäten Ihrer Regierung im Südosten des Kongogebietes bekannt?«

Der belgische Patient blinzelte, überlegte kurz und antwortete:

»Nein, nicht, dass ich wüsste.«

»Sagen Ihnen die Orte mit diesen geografischen Koordinaten irgendetwas?«

Vandenberg sah auf die kurze Liste, die Kummerow ihm entgegenhielt. Nach einer kurzen Pause antwortete er:

»Nein. Tut mir leid.«

»Und Sie haben weiterhin keinerlei Verdacht, warum oder von wem auf Sie geschossen worden sein könnte?«

»Ich sagte Ihnen doch, ich kenne hier niemanden, und Feinde habe ich hier oder anderswo auch keine.«

»Ich danke Ihnen.«

Zusammen mit von Bergmann verließen die Ermittler das Krankenzimmer.

»Herr Professor, ich muss Sie um einen Gefallen bitten. Verraten Sie bitte niemandem, dass wir hier gewesen sind und uns noch weiter mit diesem Fall beschäftigen. Offiziell gibt es ihn nämlich gar nicht mehr.«

Von Bergmann runzelte die Stirn.

»Ist gut, Kummerow. Ich hoffe nur, Sie handeln sich da keinen Ärger ein.«

»Wir können's nicht ändern, Herr Professor.«

»Na schön. Kommen Sie, wo Sie schon einmal hier sind, wir statten Ihren Wachpolizisten noch schnell einen Besuch ab.«

Sie bogen in den nächsten Flur ein und folgten von Bergmann in ein Mehrbettzimmer, in dem Kummerow alle drei zur Bewachung abgestellten Polizisten erkannte. Auch der kurz zuvor von Bergmann ins Krankenlager geschickte Wachhabende war dabei. Seine Kollegen sahen noch um einiges elender aus als er selbst. Der Chefarzt machte ein bedenkliches Gesicht.

»Na, meine Herren, Sie machen uns im alten Jahr ja noch Kummer! Wie sieht es aus?«

Mehr als ein schwaches Lächeln brachten die drei nicht zustande. Einer von ihnen murmelte so etwas wie »beschissen wär' geprahlt«.

Von Bergmann rief eine Schwester vom Stationszimmer dazu.

»Fieber?«

»Ja, schwankend, aber meist gegen 39 Grad.«

»Appetit?«

»Kaum.«

»Verdauung?«

»Nicht der Rede wert.«

»Hm.«

Er wandte sich an den gerade erst eingelieferten Patienten.

»Haben Sie etwas gegessen oder getrunken, was Sie sonst nicht zu sich nehmen? Irgendetwas außer der Reihe?«

Der schüttelte den Kopf: »Nein, Herr Professor.«

Kummerow erinnerte sich in diesem Moment an seinen ersten Besuch bei Vandenberg und erkannte den Wächter von damals wieder.

»Sie sagten doch bei unserer ersten Begegnung, der Belgier hätte auch einmal ein Zigarrenpräsent bekommen?«

»Doch, das stimmt. Eine ganze Kiste. Und später kamen noch mehr.«

»Hat er Ihnen allen davon angeboten?«

»Doch, ja, wir haben öfters eine von ihm bekommen.«

»Er selbst hat keine davon geraucht?«

»Nein, das ist hier untersagt«, schaltete sich die Stationsschwester ein. »Das ist dem Herrn nicht leicht gefallen, weil er wohl nicht wenig raucht.«

»Besitzt einer von Ihnen noch solche Zigarren?«

Alle drei bejahten, und der jüngst Eingewiesene wies auf seine Pflegerjacke.

»In der rechten Tasche, da sind noch welche drin.«

Kummerow förderte sie zutage, nahm ihnen die Bauchbinden ab und gab sie dem Chefarzt.

»Haben Sie eine Möglichkeit, sie auf Giftstoffe untersuchen zu lassen?«

Von Bergmann dachte kurz nach, dann lächelte er.

»Selbstverständlich. Und ich weiß auch schon, wer das machen kann.«

Sie wurden mit dem Versprechen verabschiedet, dass man sie sofort verständigen wollte, sobald die Zigarren untersucht seien. Draußen auf der kalten Ziegelstraße legte von Tarlenheim den Kopf schief.

»Ich könnte schwören, dass ich diesen Vandenberg schon mal gesehen habe.«

»Wissen Sie noch, wo?«

»Nein, aber wahrscheinlich irre ich mich. Hören Sie, Kummerow, haben Sie zu Silvester schon etwas vor?«

»Nein, da bin ich noch frei. Allerdings befürchte ich, dass Frau Liebrecht und ihre Skatschwestern mich wieder zum Trunke verführen wollen, wenn ich nicht rechtzeitig andere Pläne fasse.«

Von Tarlenheim lächelte.

»Na, da hätte ich womöglich etwas Besseres. Es ist mir zwischendurch gelungen, bei Fräulein von Harden vorzusprechen – Sie erinnern sich, die aparte Erscheinung beim Thanksgiving Dinner im ›Kaiserhof‹. Sie ließ durchblicken, dass sie für einen Besuch des Silvesterballs bei Kroll zu haben wäre. Sie gab mir auch zu verstehen, dass ihre Freundin Fräulein Hausner mit von der Partie sein könnte.«

Kummerow sah ihn von der Seite an.

»Herr Rittmeister, liegt es im Bereich des Möglichen, dass Sie mich verkuppeln wollen?«

»Was, ich? I wo! Ich will nur verhindern, dass Sie zu einem tragischen Fall von Untermietertrunksucht werden. Und nebenbei bemerkte Fräulein Hausner bei unserer Verabschiedung letzten Monat, wie gut Sie in Ihrem Frack aussehen. Wir sehen uns also zu Silvester gegen acht vor Kroll – ich besorge die Karten!«

* * *

»Und Sie sagen, die beiden waren bei einem Zigarrenhändler?«

»Ja, sogar bei ihm zu Hause.«

»Was wissen Sie über den Mann?«

»Er arbeitet bei Rösner und Borchert in der Friedrichstraße. Gilt als Fachmann für Bauchbinden.«

»Dann haben sie bestimmt die Rückseiten gesehen.«

Der ältere Herr im schweren Ledersessel verzog das Gesicht und schwieg. Die anderen Anwesenden in der gediegen eingerichteten Bibliothek sahen ihn erwartungsvoll an. Einer von ihnen meldete sich mit unverkennbar englischem Akzent zu Wort.

»Denken Sie daran, Exzellenz: Wenn wir untätig bleiben, kann die ganze Sache scheitern. Dann wäre alle Arbeit umsonst gewesen.«

Der Angesprochene sah ihn an, dann nickte er. An zwei andere Teilnehmer der Besprechung richtete er die Order:

»Sorgen Sie dafür, dass die beiden uns nicht mehr in die Quere kommen.«

Kapitel XXIV

»Kopf hoch, Herr Kummerow!«

Kummerow reckte das Kinn so weit wie möglich nach oben, so dass seine Zimmerwirtin ihm die Fliege richten konnte.

»Sehen Sie, da haben Sie schon wieder eine schöne Gelegenheit, Ihren Frack auszuführen. Wo er Ihnen doch so gut steht!«

»Wenn Sie meinen, Frau Liebrecht …«

»Das meine ich! Haben Sie ein Glück, dass Sie der Herr von Tarlenheim ein bisschen an die Hand nimmt! Das ist ein Mann …«

Seit der improvisierten Weihnachtsfeier vor einer Woche hatte der Gardekürassier bei der Witwe und ihren Nachbarinnen einen Stein im Brett – trotz oder vielleicht gerade wegen seines damals leicht angetrunkenen Zustands.

»Und er will mit Ihnen zu Kroll, sagen Sie? Da wird ja richtig was los sein heut' Nacht. Und bestimmt sind da auch schicke junge Damen!«

»Schon möglich.«

»Sie werden's nicht glauben, aber da habe ich seinerzeit auch schon oft getanzt. Und eines Abends habe ich da auch meinen Mann kennengelernt …«

Sie griff nach ihrem Taschentuch, was Kummerow als günstige Gelegenheit ansah, ihr einen schönen Silvesterabend zu wünschen und sich auf den Weg zu machen.

* * *

Die halbe Stadt schien an diesem Abend auf den Beinen zu sein. Von Abkömmlingen adliger Häuser bis hin zu kleinen

Putzmacherinnen waren ungezählte Berliner unterwegs, um in Palais, Tanzsälen oder einfachen Wirtschaften ins neue Jahr hineinzufeiern. Wer alles davon in einem und dazu ein paar Tausend Gleichgesinnte um sich herum haben wollte, der ging in Krolls Etablissement am Königsplatz. Hier war jeden Tag Stimmung. Egal ob bei Oper, Komödie oder Tanzvergnügen: Wer sich bei Kroll langweilte, war selbst daran schuld.

Kummerow war eigentlich ganz froh, dass er sich wenigstens an diesem letzten Tag des Jahres einmal nicht mit dem Fall beschäftigen musste. Er hatte den Eindruck, an einem Bahnhof vorzufahren, als seine Droschke schon auf Höhe der Siegessäule in Kolonne hinter Dutzenden von anderen fuhr; kurz darauf reihten sie sich weithin vor dem langgestreckten Gebäude auf. Damen und Herren beeilten sich von allen Seiten hinein zu den Garderoben, um schnell die lästigen Mäntel, Capes und Hüte loszuwerden und sich in die Säle zu begeben. Der Kommissar hielt vor dem Eingang Ausschau und wunderte sich ein wenig, dass so viele von ihnen kostümiert erschienen. Er sah von Tarlenheim und wollte sich zu ihm durchkämpfen, da lief eine robuste, als Brünhilde verkleidete Fleischersfrau direkt in ihn hinein und erwischte ihn mit dem Ellenbogen. Sie lachte ein »Pardon«, rückte sich den Flügelhelm wieder gerade und verschwand in der Masse.

»Hierher, Kummerow – Augen zu und durch!«

Von Tarlenheim begrüßte ihn gut gelaunt und gab ihm einen Seitenstoß genau an die Stelle, wo er sich gerade einen blauen Fleck geholt hatte. Kummerow zeigte auf Schilder im Foyer mit der Aufschrift:

Grand Bal masqué et paré

»Sagen Sie, Herr Rittmeister, das ist ja ein Maskenball!«

»Aber ja – das hatte ich doch sicher erwähnt? Im ›Tageblatt‹ stand es jedenfalls auch drin.«

»Aber ohne Kostüme kommen wir da nicht rein«, gab Kummerow zu bedenken.

»Keine Sorge – dafür gibt es eine Maskengarderobe, wo wir uns ausstaffieren können. Die Damen treffen wir drinnen.«

Eine Viertelstunde später verließen ein Langer Kerl des Soldatenkönigs in roter Uniform und Grenadiermütze und ein russischer Kosak samt Waffenrock und Papacha die Garderobe und steuerten auf den ersten Ballsaal zu. Von Tarlenheim zwirbelte seinen Schnurrbart.

»Na, mein Lieber, wollen wir doch mal sehen, ob wir den jungen Damen in diesem Aufzug auch so gefallen wie beim letzten Mal. Und ob wir sie überhaupt ›masqué‹ erkennen. Sie haben bestimmt wieder ihre freundlichen Aufpasser dabei.«

In der Tat winkten ihnen wenige Augenblicke später zwei reizende, natürlich schicklich verhüllte Odalisken zu, die an einem Tisch mit zwei osmanischen Würdenträgern saßen. Kummerow sah nur vier Stühle.

»Haben wir denn da noch Platz?«

»Keine Sorge, mein Lieber, das wird.«

In der Tat erhoben sich die beiden älteren Paschas, als sie an den Tisch traten, drückten den Neuankömmlingen mit stummem Wohlwollen die Hand und verabschiedeten sich in Richtung eines für sie bequemeren, weil ruhigeren Raumes. Kummerow und von Tarlenheim verbeugten sich vor Philippine von Harden und Lucie Hausner, die von der Kostümierung ihrer neuen Tischherren begeistert waren.

»Meine Damen, es ist uns eine außerordentliche Freude, Sie hier wiederzutreffen! Aber wollen Sie wirklich auf die Dienste Ihrer bewährten Chaperons verzichten?«

»Herr Rittmeister, Sie reitet der Schalk! Erstens können Sie sicher sein, dass unsere Onkel uns niemals den Abend verderben würden, und zweitens haben Sie doch genau darauf gebaut, dass sie Ihnen nicht im Wege stehen würden!«

»Ich bekenne mich schuldig, Gnädigste. Verzeihen Sie mir, aber ich bin vollkommen ratlos, welche von Ihnen heute Abend bezaubernder aussieht.«

Kummerow verzog kaum merklich das Gesicht, aber insgeheim beneidete er von Tarlenheim wieder um seine Wortgewandtheit. Er selbst hatte immer zu den Schüchternen gehört; schon in seiner Posener Zeit hatte man ihm gut zureden müssen, wenn es um mehr oder weniger förmliche Rendezvous ging. Während Fräulein von Harden aber den Austausch von Nettigkeiten mit größter Leichtigkeit weiterführte, schien ihre Freundin Lucie Hausner völlig in sich zu ruhen und ließ ihn spüren, dass er sich vor ihr nicht zu produzieren brauchte. Er atmete tief durch und setzte sich neben sie.

Die Viererrunde hatte einen wunderbaren Abend zusammen. Die Buffets waren umlagert, und die vielen Tanzpaare, die sich unter den elektrischen Lichtern drehten, waren geradezu gezwungen, sich an diesem Abend etwas enger aneinander zu schmiegen. Nach ihrem zweiten Glas Sekt versuchte Philippine, Kummerow zu einem Kasatschok zu überreden, allerdings ohne Erfolg. Dafür nahm ihn ihre Freundin an der Hand, als es zum nächsten Walzer ging, und er blieb sogar für die nächsten Tänze auf dem Parkett.

Von Tarlenheim führte Philippine wieder zu ihrem Tisch, wo sie sich lachend auf ihren Stuhl fallen ließ. Kummerow und Lucie ließen sich bei ihrer Rückkehr Zeit. Kurz bevor sie sich setzte, drückte sie kaum merklich seine Hand, gerade so, dass nur er es mitbekommen konnte.

»Ach, herrlich, bei Kroll ist es doch immer am besten«,

freute sich Philippine. »Seht nur, nur noch eine Viertelstunde bis zum neuen Jahr!«

»Auf die Gefahr hin, mich zu wiederholen«, versicherte der »Lange Kerl«, »ich habe mich bei Kroll noch nie so gut amüsiert wie mit Ihnen, meine Damen. Und ich glaube, ich kann da auch für meinen Freund von der Berliner Polizei sprechen.«

Kummerow machte keine Einwände. Es war zwar ohnehin sein erster Abend hier, doch er fühlte sich wohler, als er sich selbst eingestehen mochte – auch, wenn er des Öfteren seine Fellmütze zur Kühlung lüften musste.

»Das letzte Mal, als wir hier waren, waren wir recht verwegen«, gestand Philippine. »So gegen Mitte November. Da hatten sich die Onkels wieder nach nebenan verabschiedet, nachdem sie uns gebracht hatten. Am Nebentisch waren einige ausländische Herren, die beständig zu uns herüberschielten. Schließlich gaben wir nach und bemühten uns, ein bisschen französische Konversation mit ihnen zu treiben. Es stellte sich heraus, dass die Herren Belgier waren. Sie erzählten etwas von einer Konferenz, es ging wohl um die im Reichskanzlerpalais – ich nehme an, sie waren Mitarbeiter einer Delegation. Besonders einer der jungen Männer bemühte sich sehr um uns, ohne dass wir ihn ermutigt hätten. Weißt Du noch, wie er hieß, Lucie?«

Fräulein Hausner nickte.

»Er hat sich als Monsieur Vandenberg vorgestellt.«

Kummerow und von Tarlenheim wechselten schnell einen Blick.

»Jedenfalls haben uns die Onkel nach einer Weile erlöst, und das war unser Abend angewandter französischer Konversation.«

Kummerow sah Philippine an.

»Ein Monsieur Vandenberg, der sich zu einer Konferenz in Berlin aufhielt. Wie sah er denn aus?«

»Ach, recht gut, wissen Sie – männlich, hochgewachsen, Schnauzbart. Eher drahtige Statur, könnte man sagen. Ich hatte doch noch gesagt, an wen er mich erinnert, Lucie.«

Ihre Freundin sah sie fragend an.

»Da wüsste ich jetzt nicht …«

»Doch, doch … Jetzt weiß ich's wieder! Er sah diesem Afrikaforscher ähnlich, dessen Bild schon hier und da abgedruckt war. Wie hieß er noch … Stanley?«

Wie auf Kommando setzten sich die Ermittler kerzengerade auf. Dass ihnen das nicht früher aufgegangen war: Wer auf Vandenberg geschossen hatte, hatte ihn womöglich mit Stanley verwechselt! In der Tat eine erstaunliche Ähnlichkeit – sollte nicht der Diplomat, sondern der berühmte Afrikaforscher erschossen werden?

Eine als Wahrsagerin verkleidete Dame mit dunklem Teint trat an ihren Tisch.

»Mit Glück ins neue Jahr! Kommen Sie, meine Herrschaften, ich lese Ihnen aus der Hand!«

Kummerow glaubte ebenso wenig wie die anderen drei an solche Dinge, aber sie überredeten ihn, kein Spielverderber zu sein. Die geheimnisvolle Dame nahm zuerst Philippines Hand und studierte sie.

»Sie werden einen kühnen Reiter kennenlernen«, prophezeite sie.

»Ich glaube, das habe ich bereits«, freute sich Philippine, und alle applaudierten.

Als Nächster war von Tarlenheim an der Reihe.

»Sie werden mehr Glück bei den Frauen haben, als Ihnen lieb sein kann.«

»Nun, dieses Schicksal muss ich auf mich nehmen«, meinte der Rittmeister zum allgemeinen Gelächter.

Lucie Hausner zierte sich erst ein wenig, dann ließ sie sich von ihrer Freundin und dem Rittmeister breitschlagen. Ihre Hand hielt die Wahrsagerin etwas länger fest.

»Sie werden erreichen, was Sie wollen, dabei aber auch etwas verlieren.«

Lucie schlug für einen Moment die Augen nieder. Kummerow war als Letzter dran. Für ihn brauchte die Wahrsagerin länger als für alle anderen. Sie untersuchte seine Lebenslinie, dann sah sie erschrocken auf.

»Was ist denn?«, fragte Philippine.

»Das kann ich nicht sagen.«

»Gleiches Recht für alle«, entschied von Tarlenheim. »Komm, Zigeunerweib, lass hören!«

Die Wahrsagerin blitzte ihn an, dann sah sie Kummerow in die Augen.

»Ich sehe nichts mehr nach diesem Abend. Das neue Jahr ist dunkel. Ihr Leben ist in Gefahr!«

Sie verließ hastig den Tisch, und die vier jungen Leute sahen sich betreten an. Kummerow wollte gerade etwas Heiteres sagen, doch seine Äußerung ging in einem vielstimmigen Jubel unter.

»Prosit Neujahr!«

Bei so vielen Gästen, die wie Philippine und von Tarlenheim lachten, sich die Hände schüttelten und beglückwünschten, fiel es kaum auf, dass die andere Haremsdame dem Kosaken schnell einen Kuss auf die Wange drückte. Von draußen kamen der Lärm und der Geruch von Feuerwerk herein, und mit vielen anderen Gästen drängten alle vier an die Fenster, um die bunten Lichter zu bewundern.

* * *

Die beiden Feuerwerker, die pünktlich zu Mitternacht ein ohrenbetäubendes Arsenal von Raketen und Böllern gezündet hatten, waren mit sich und ihrer Arbeit zufrieden. Es hatte kaum Blindgänger gegeben, der Applaus war groß gewesen, und sie hatten sogar noch ein paar Feuerwerksvorräte übrig behalten. So bauten sie um kurz nach eins ihre Abschussrampen auf dem Rondell zwischen Kroll und dem Königsplatz ab. Anschließend wollten sie alles in das dahinter liegende Zelt bringen, wo sie ihr Material trocken lagern konnten. Als sie beide eingetreten waren, wurde jeder von ihnen mit einem gezielten Schlag auf den Hinterkopf begrüßt. Die Feuerwerker stöhnten und sackten zusammen.

Die vier Silvestergäste feierten auch noch eine ganze Weile nach Mitternacht den Jahresbeginn, bis die beiden Onkel wiederkamen und augenzwinkernd feststellten, dass die Entführung aus dem Serail nun ein Ende finden müsse. Kummerow und von Tarlenheim wechselten wieder in ihre eigene Garderobe und gingen mit den Damen und den alten Herren zum Haupteingang.

Zwei Männer in dunklen Mänteln und Hüten waren dabei, die Abschussrampen wieder aufzubauen und die restlichen Feuerwerksbestände auf ihnen zu verteilen. Sie stellten sich dabei recht geschickt an und benötigten die Hilfe der beiden Feuerwerker nicht. Diese hätten ihnen auch nicht wirklich zur Hand gehen können, da sie gefesselt und geknebelt in einer Ecke des Zelts lagen. Neben der Abschussrampe brachten die Männer auch ein eigenes Geschütz in Stellung. Der Karabiner ruhte auf einem Stativ und war auf den Haupteingang der Festsäle gerichtet. Als alles vorbereitet war, zündete sich einer der Männer genüsslich eine Zigarre an.

Die Nacht war trocken, und sogar einige Sterne waren zu sehen. Als die sechs scheidenden Gäste am Fuß der Haupttreppe angekommen waren, wurde es auf einmal hell am Himmel. Als wären zu Mitternacht einige Kisten voll Raketen und Böller vergessen worden, ging das Spektakel zur Freude der verbliebenen Zuschauer noch einmal von vorn los. Die Fräulein wollten es gern mitansehen, und so blieben die sechs ein wenig abseits der vollen Treppe stehen und freuten sich an den roten, blauen und grünen Raketen, die sich in den Winterhimmel schraubten.

Der Augenblick, auf den die Männer vor dem Zelt gewartet hatten, war gekommen. Während der eine mit seiner Zigarre nacheinander die verbliebenen Feuerwerkskörper anzündete, nahm der andere die beiden Ermittler mit dem aufgestützten Karabiner aufs Korn. Er legte zuerst auf Kummerow an, behielt ihn eine Weile im Blick und krümmte dann langsam den Zeigefinger.

Der Himmel war immer noch voller Farben, das Feuerwerk schien nach fünf Minuten seinem Höhepunkt entgegenzugehen. In diesem Moment mischten sich andere Explosionen in den Feuerwerkslärm. Kummerow erkannte das charakteristische Bellen zuerst. Er griff von Tarlenheim am Arm, zeigte in die Richtung des Feuerwerkerzeltes und imitierte darauf ein paarmal einen Schießfinger. Der Rittmeister begriff sofort. Beide schoben die Haremsdamen und die Paschas, die wenige Schritte weiter weg gestanden hatten, schnell hinter eine wartende Droschke.

»Was ist denn los, Herr Rittmeister?«

»Pardon, kein Grund zur Beunruhigung, meine Damen. Kummerow dachte wohl, eine Rakete wäre zum Querschläger geworden. Da wollten wir kein Risiko eingehen. Am besten, Sie treten gleich die Heimfahrt an, bevor das noch einmal passiert.«

Nachdem sich alle voneinander verabschiedet hatten und die jungen Damen mit ihren Onkeln abgefahren waren, zeigte von Tarlenheim mit grimmiger Miene auf seinen Zylinder. In dessen Deckel klaffte ein Loch wie von einem Einschuss.

»Im neuen Jahr wird scharf geschossen, Kummerow. Die Jagd ist eröffnet – kommen Sie, wir jagen mit!«

Sie liefen einem Bediensteten von Kroll zum Zelt auf dem Rondell hinterher, der den Feuerwerkern zu ihrer guten Arbeit gratulieren wollte. Der Rittmeister hielt ihn zurück.

»Warten Sie hier. Mein Kollege von der Berliner Schutzpolizei und ich wollen nur sichergehen, dass es nicht zu unvorhergesehenen Explosionen kommen kann.«

Vorsichtig schlugen die Ermittler die Zeltplane zurück. Drinnen war niemand zu sehen, und sie traten ein. Im nächsten Moment hörten sie ein Geräusch wie ein Stöhnen und duckten sich, um einem möglichen weiteren Schuss auszuweichen. Dabei stieß Kummerow mit dem Fuß an einen menschlichen Körper. Beim näheren Hinsehen erkannte er einen gefesselten und geknebelten Mann. Es war der erste Feuerwerker, der gerade wieder zu sich kam, und auch sein Kollege, der neben ihm im Dunkeln lag, erlangte wenig später das Bewusstsein wieder. Von den Männern, die sie in diese missliche Lage gebracht hatten, fehlte jede Spur.

Währenddessen trat ein kleiner Mann, der eben noch einen mittelalterlichen Schultheiß verkörpert hatte, aus dem Eingang von Krolls Etablissement. Er hatte alles beobachtet; nun zückte er einen Notizblock und schrieb schnell einige Zeilen nieder. Dann setzte er seinen Zylinder auf, der ihn fast um die Hälfte größer machte, und fuhr mit der nächsten freien Droschke vom Königsplatz ab.

Kapitel XXV

Das Jahr 1884 war vorbei, und selbst kritische Geister mussten zugeben, dass es für das Deutsche Reich vielversprechend verlaufen war. Der Dreikaiserbund mit Österreich-Ungarn und Russland war trotz aller Querelen verlängert worden, so dass zumindest keine Gefahr aus dem Süden und dem Osten drohte. Dazu gab es gute Neuigkeiten aus Übersee: Erst hatte das Reich die Lüderitzbucht im Südwesten Afrikas unter seinen Schutz gestellt, dann waren Togo und Kamerun kurz nacheinander zu deutschen Kolonien geworden. Man war dabei, endlich seinen wahren Platz unter den Großmächten der Welt einzunehmen – dass selbst ein so mächtiges Kolonialreich wie das englische zu Beginn des neuen Jahres schwere Angriffe aufständischer Eingeborener im Sudan aushalten musste, konnte keinen Deutschen schrecken. Es sollte nicht mehr lange dauern, bis jedes Schulkind im Reich die erst seit Kurzem richtige Antwort auf die Frage »Welcher ist der höchste deutsche Berg?« wusste. Sie lautete nicht länger »die Zugspitze«, sondern »der Kilimandscharo«.

* * *

»Hier Amt, was beliebt?«

Der junge Mann zögerte kurz, und am anderen Ende der Leitung wurde die Frage ungeduldig wiederholt. Zu seiner Entschuldigung kann gesagt werden, dass er mit Recht ein wenig aufgeregt war – er war erst vor Kurzem aus der Provinz nach Berlin gekommen und benutzte zum ersten Mal in seinem Leben eine Fernsprecheinrichtung. Endlich brachte er hervor, was ihm der Professor aufgetragen hatte.

»Wünsche … wünsche mit Nummer 119 zu sprechen.«

Schon folgte die nächste Anweisung.

»Bitte rufen!«

Von Bergmanns Famulus wollte schon in die Sprechmuschel rufen, da erinnerte er sich und drückte eilig mehrmals den kleinen Knopf am hölzernen Telefonkasten. Nach ein paar Sekunden hellte sich seine Miene auf – am anderen Ende war eine blecherne Stimme zu hören.

»Hier Kriminalbüro, königliches Polizeipräsidium, wer dort?«

»Hier Stettinius, studentische Hilfskraft von Professor von Bergmann, Poliklinik. Bitte höflichst mit Kriminalkommissar Kummerow sprechen zu dürfen.«

»Bitte halten.«

Der junge Mann strahlte übers ganze Gesicht – das war ja eine ganz famose Sache! Eine Minute später ging das Gespräch bereits weiter.

»Hier Kommissar Kummerow, wer dort?«

Stettinius wiederholte seinen Namen und entledigte sich seines Auftrags.

»Professor von Bergmann bittet Sie, so bald wie möglich in die Klinik zu kommen. Wichtige Entwicklung im Ihnen bekannten Fall.«

Er hielt inne, dann besann er sich und fügte hinzu:

»Bitte Anwort.«

»Danke für Benachrichtigung. Werde heute noch vorsprechen. Empfehlung an Herrn Professor. Schluss.«

Sein Gesprächspartner hatte eingehängt. Stettinius hielt den Hörer immer noch in den Händen. Fast wollte er ihn streicheln, so sehr hatte ihn diese neue Erfahrung aufgewühlt.

Ein energisches Klopfen an die Scheibe seiner Fernsprechkabine holte ihn aus seinem euphorischen Zustand zurück. Rasch verließ er das Postamt in der Oranienburger Straße und beeilte sich zurück in die Klinik.

* * *

Kummerow schrieb von Tarlenheim gleich morgens einen kurzen Stadtbrief, um ihn auf dem Laufenden zu halten. Danach meldete er sich unter einem Vorwand in seiner Dienststelle ab und machte sich auf den Weg in die Ziegelstraße. Von Bergmann erwartete ihn bereits in seinem Büro; bei ihm saß ein junger Arzt mit kaum gebändigten braunem Schopf und Vollbart.

»Frohes und gesundes neues Jahr, Kummerow! Gut, dass Sie gleich kommen konnten – wird Zeit, dass wir hier auch einen Fernsprechapparat kriegen. Ich darf Ihnen Professor Ehrlich vorstellen. Ehrlich, Kriminalkommissar Kummerow.«

Beide verbeugten sich. Kummerow war erstaunt, dass ein junger Mann, der kaum dreißig Jahre alt sein konnte, es bereits zum Professor gebracht hatte.

»Ehrlich und ich sind nicht nur beide Mediziner, wir sind auch Nachbarn, müssen Sie wissen«, fuhr von Bergmann fort. »Gestern sind wir uns beim Neujahrsspaziergang am Kronprinzenufer über den Weg gelaufen, und ich habe ihm von Ihrem besonderen Fall erzählt. Heute früh hat er von mir die fraglichen Zigarren bekommen, Ihr Einverständnis konnte ich ja voraussetzen. Und ich glaube, er kann Ihnen weiterhelfen.«

Der junge Arzt nickte.

»Herr Kommissar, ich befasse mich schon seit Längerem mit Farbexperimenten einerseits und mit Giftstoffen andererseits. Zudem darf ich sagen, dass ich mich ein wenig mit

Zigarren auskenne. Ich denke, wir sollten diesem Mysterium auf die Spur kommen. Ich habe mir vorhin erlaubt, die drei Patienten mit den Vergiftungserscheinungen zu untersuchen. Es stellte sich heraus, dass der Erste von ihnen mehrere der geschenkten Zigarren hintereinander weggeraucht hatte, der Zweite ebenso viele über einen mittleren Zeitraum und der Dritte die gleiche Anzahl über längere Zeit. Auffallend ist, dass es dem Ersten am schlechtesten geht, dem Zweiten etwas besser und dem Dritten noch relativ gut. Das bestätigt meine früheren Untersuchungen insofern, als dass sich bei geringer, aber regelmäßiger Dosis nach und nach eine Immunisierung gegenüber Giften im Körper aufbauen kann.«

»Also können Sie schon davon ausgehen, dass es sich um Giftstoffe in den Zigarren handelt.«

»Zumindest ist das sehr wahrscheinlich. Ich möchte Ihnen folgendes vorschlagen: Geben Sie mir ein paar Tage Zeit, damit ich eine Versuchsreihe durchführen kann, und dann sollten Sie bald Gewissheit haben.«

»Vielen Dank, Herr Professor. Ich möchte Sie dazu noch bitten, dass die Sache nur zwischen Ihnen, mir und Professor von Bergmann bleibt.«

»Einverstanden.«

Ehrlich machte sich ein paar Notizen, und da er gerade kein Papier zur Hand hatte, schrieb er einfach auf seine Manschetten. Von Bergmann lächelte Kummerow zu, dann brachte er ihn zur Tür.

* * *

Zwei Ferngespräche für ihn an ein und demselben Tag – Kummerow war beeindruckt, als er wieder ins Präsidium zurückkehrte. »Treffe Sie um halb sieben in den Reichshallen. v. T.«

stand auf dem Notizzettel, den Schultz ihm über den Tisch reichte.

»Die Mitteilung kam gerade erst im Büro herein«, meinte er. »Sie werden doch nicht den Dienstanschluss für private Zwecke umwidmen, Herr Kollege?«

»Nein, keine Sorge, es geht nur – um die Nachbesprechung des letzten Falls.«

»Der mit dem Neger? Na, Sie können von Glück sagen, dass Sie zum Einstand etwas Unkompliziertes bekommen haben.«

»Da können Sie Recht haben.«

Die Kommissare Trommer und Braun kamen herein und erörterten erneut das Für und Wider afrikanischer Kolonien.

»Letztes Jahr Kamerun und Südwest, und dieses Jahr ist Ostafrika dran«, triumphierte Braun.

»Und bei uns steigen die Steuern und die Preise, damit wir uns den Luxus leisten können«, hielt ihm Trommer einmal mehr entgegen.

»Immer dieselben Einwände! Denken Sie doch mal an den langfristigen Nutzen für das Reich! Die Wettbewerbsfähigkeit! Unser Ansehen in der Welt!«

»Und gleich kommt wieder die Einladung zur nächsten Versammlung des Deutschen Kolonialvereins«, resümierte Trommer. »Wie denken Sie denn nun darüber, Kummerow?«

Kummerow überlegte.

»Nun, ich denke, wenn, dann müssten wir sie uns nicht nur leisten können, sondern auch die sittliche Befähigung haben, sie zu verwalten.«

Die Kollegen sahen ihn groß an. Braun war skeptisch.

»Wollen Sie damit sagen, dass wir weniger zur Führung von Kolonien geeignet sind als die Engländer oder die Franzosen?«

»Ich gebe nur zu bedenken, dass mit der Herrschaft über fremde Regionen und Völker auch Misswirtschaft und Chauvinismus einhergehen können.«

Braun schüttelte energisch den Kopf, aber Trommer nickte zustimmend.

»Gesprochen wie ein Freisinniger, Kummerow – und das meine ich gar nicht mal negativ.«

Braun schnaufte.

»Und Sie, Schultz, was halten Sie davon?«

Der Angesprochene hatte das Gespräch mit einer Mischung aus Belustigung und Desinteresse verfolgt.

»Ach, wissen Sie, wenn ich nur meine Miete zahlen kann, satt zu essen und etwas Ordentliches anzuziehen habe, ist mir mein altes Preußen genug, und dann brauch' ich auch kein Afrika.«

Braun schnaufte wieder und verließ verärgert die Amtsstube. Schultz grinste.

»Der regt sich schon wieder ab. Also, Kummerow, denken Sie an Ihre Verabredung, sonst heißt es am Ende noch, ich hätt's vergessen, Ihnen auszurichten.«

»Danke, ich werd' dran denken. Wo finde ich denn diese Reichshallen?«

»Leipziger Straße, gegenüber vom Dönhoffplatz. Sie können's nicht verfehlen.«

* * *

In Ermangelung neuer Aufgaben verbrachte Kummerow den Rest des Nachmittags damit, Presseberichte über die Kongokonferenz nachzulesen und Notizen über ihren Fortgang zu machen. Punkt sechs verließ er das Büro und ging zu Fuß zur Leipziger Straße. Gleich hinter dem Spittelmarkt gelangte er zum Eingang der Reichshallen. Dieses Mal war er vor von Tarlenheim am Treffpunkt und schlenderte durch das Foyer. Der Begriff »Hallen« war offenbar gut gewählt; ähnlich wie Krolls Etablissement schien dieses Haus weit über tausend Gäste unterbringen zu können. Als Kummerow gerade vor der Tür nach ihm ausschauen wollte, sah er den Rittmeister eilig vom Dönhoffplatz über die Straße kommen.

»Bitte um Verzeihung für mein spätes Eintreffen – Thersites hat die Mauke, Droschken gab's keine, und dann ist mir auch noch die Pferdebahn vor der Nase weggefahren.«

Wo Kummerow eine Gastwirtschaft wie jede andere erwartet hatte, kam er sich schon bald wie in einer Kathedrale vor. Die Räume mit den hohen gotischen Gewölben ähnelten in der Tat Hallen, Gängen und Nischen, wie man sie in mittelalterlichen Kirchen findet. Zum Glück waren sie weniger düster, sondern freundlich angestrichen und verziert. Von Tarlenheim suchte einen Tisch im hinteren Teil des Raums aus; keiner der Nachbartische war bisher besetzt, und so konnten die Ermittler ungestört reden.

»Gut, dass Sie im Präsidium per Fernsprecher erreichbar sind. In der Kaserne sind wir da noch lange nicht so weit. Musste extra zum Postamt am Halleschen Tor. Und, haben Sie sich gut von der Silvesterfeier erholt?«

»Doch, ja, es war wirklich ein aufregender Jahreswechsel.«

»Das will ich meinen. Nicht nur, dass wir am Ende unter Beschuss genommen wurden – mir scheint, dass auch Amor auf Sie angelegt hat.«

»Wie meinen Sie denn das?«

»Nun, dann denken Sie mal darüber nach. Glauben Sie nur nicht, dass ich einen gewissen Kuss um Mitternacht übersehen hätte. Ich könnte mir vorstellen, die junge Dame würde Sie gern wiedersehen.«

Kummerow lächelte verlegen.

»Was Sie alles beobachten, Herr Rittmeister. Dabei weiß ich ja noch nicht mal, wo Fräulein Hausner wohnt.«

»Ich denke, da kann ich behilflich sein. Merken Sie sich einmal die Weinstraße 25. Wenn ich mich nicht irre, ist das nur zwei Querstraßen von Ihrer Wohnung entfernt. Machen Sie doch mal einen Spaziergang und einen gutnachbarlichen Besuch, mein Lieber.«

»So, meinen Sie?«

»Ja, das meine ich.«

Der Kellner brachte den bestellten Imbiss und jedem ein Bier dazu. Der Rittmeister wartete, bis er gegangen war, dann kam er wieder zur Sache.

»Mein Zylinder ist also hin, und ich möchte wetten, dass ihn unsere Bekannten vom Wallner-Theater auf dem Gewissen haben.«

»Gut möglich, aber beweisen können wir das noch nicht.«

»Das ist dann wohl unsere nächste Hürde. Konnten Sie denn schon herausbringen, ob die Zigarren für Vandenberg tatsächlich vergiftet waren?«

Kummerow berichtete von seinem erneuten Besuch in der Poliklinik und von der Theorie Ehrlichs. Von Tarlenheim zwirbelte nachdenklich seinen Schnurrbart.

»Klingt vielversprechend. Ich werde zusehen, dass ich das nächste Mal dabei bin, wenn das Ergebnis heraus ist. Ab jetzt müssen wir uns erst recht vorsehen, Herr Kommissar.«

Wie zum Beweis deutete er diskret auf zwei Herren, die sich an verschiedene Tische in ihrer Nähe gesetzt hatten und dann und wann zu ihnen herüberschauten. Kummerow und von Tarlenheim tranken aus, der Kommissar zahlte, weil der Rittmeister aus Versehen seine Börse vergessen hatte – dann verließen sie die Reichshallen. Kummerow wollte den Kavallerieoffizier noch zur Pferdebahnhaltestelle begleiten, und so liefen sie über den nur spärlich beleuchteten Dönhoffplatz. Doch sie waren dort nicht allein an diesem Abend. Die vier Männer, die von der Krausenstraße auf sie zukamen, waren mit ihren schwarzen Mänteln und Schlapphüten auffallend ähnlich gekleidet. Als sie genau auf die Ermittler zugingen, knurrte von Tarlenheim »Aufpassen, Kummerow!« Dann machte er schnell den Gürtel seiner Uniformjacke auf und wickelte ihn um seine Hand, so dass er mit der Schnalle nach vorn ein wirksames Schlaginstrument abgab. Kummerow konnte auf keine vergleichbaren Mittel zur Selbstverteidigung zurückgreifen und sah sich rasch um. Vom Denkmal des Freiherrn von Stein her waren ebenfalls vier Männer in ihrer Richtung unterwegs, genauso schwarz gekleidet und nur zwanzig Schritt entfernt. Der Fluchtweg war versperrt. Als Nächstes hallte der laute Befehlston des Gardekürassiers über den Platz.

»Im Namen Seiner Majestät des Kaisers, bleiben Sie stehen und lassen Sie uns passieren!«

Die Gestalten ließen sich nicht beirren und kamen weiter auf Sie zu.

»Halte, au nom de l'empereur!«

Auch die französische Warnung wurde ignoriert. Sie bildeten einen Kreis um die Ermittler, die nun in der Falle saßen.

Sechs der acht Männer zogen Revolver. Kummerow stockte der Atem, von Tarlenheim knirschte mit den Zähnen.

»Wer sind Sie?! Qui êtes-vous?!«

Die sechs Bewaffneten hoben ihre Revolver. Anstatt aber auf die Ermittler zu zielen, drehten sie sich um, als wollten sie mit diesem Schutzring ihren Standort sichern. Dann verbargen sie die Waffen wieder in ihren Ärmeln. Die übrigen zwei wandten sich weiter den Ermittlern zu. Der Kleinere von ihnen schob seine Hutkrempe nach oben, so dass ein wettergegerbtes Gesicht und ein eisgrauer Schnauzbart zu erkennen waren. Dann antwortete er in unverkennbar ostpreußischem Dialekt:

»Jungchen, nu' mal nich' so laut.«

* * *

»Hauptmann Willun und Sekondleutnant Dargel mit sechs Grenadieren des Regiments Kronprinz zu Ihren Diensten. Aber machen Sie nich' so'n Krach, Sie scheuchen ja die Leute auf.«

Von Tarlenheim blieb der Mund offen stehen, aber Kummerow hatte eine leise Ahnung, wem sie dieses unverhoffte Treffen zu verdanken hatten.

»Ist es möglich, dass Sie auf Weisung Ihres Regimentschefs hier sind?«

»Kann schon sein – es hat geheißen, die Herren Hauptleute Kummerow und von Tarlenheim bräuchten Unterstützung.«

»Wenn Sie zum Ersten Ostpreußischen gehören: Sind Sie denn dann gerade erst aus Königsberg gekommen?«

»Ach nein, so schnell sind wir dann doch nicht. Wir sind schon eine Weile nach Berlin abkommandiert, sozusagen à la suite beim Kronprinzen. Gestern bekamen wir nun Befehl, dass wir in Ihrer Nähe bleiben sollen. Man hätte es auf Sie abgesehen.«

»Und wer soll das sein, der uns da bedroht?«

»Keine Ahnung, aber das kriegen wir schon noch raus.«

»Dann sind Sie jetzt so etwas wie unsere Leibwache?«

»Kann man so sagen – zumindest da, wo's unauffällig ist. Wir müssen ja nicht gleich Händchen halten.«

Die Grenadiere brachten Kummerow und von Tarlenheim zur Pferdebahn; zwei von ihnen fuhren mit dem Rittmeister bis zu seiner Kaserne. Kummerow bekam ebenfalls eine Eskorte bis vor seine Haustür, wo er am nächsten Morgen wieder abgeholt werden sollte. Hauptmann Willun steckte ihm bei ihrem Abschied noch eine Waffe zu.

»Hier, junger Freund. Reichsrevolver. Man weiß ja nie.«

Kapitel XXVI

»Und wenn Sie wissen wollen, wo sich Paul Ehrlich herumtreibt, dann machen Sie nur die Augen zu und folgen Ihrer Nase. Da, wo der Zigarrenduft am stärksten ist, werden Sie ihn sicher finden!«

Professor von Bergmann lachte gutmütig über seinen jungen Kollegen, den auch dessen Ehefrau nicht in seiner Tabakliebhaberei hatte zügeln können. In der Tat stieg Kummerow und von Tarlenheim schon zu dieser Morgenstunde das Aroma von Sumatrazigarren in die Nase, als sie dem Chefarzt in einen kleinen Laborraum folgten. Dort saß Ehrlich bereits an einem Tisch, auf dem sich neben einem Mikroskop ein Kästchen mit Proben befand. Als er sie kommen hörte, begrüßte er sie und wurde mit dem Rittmeister bekannt gemacht.

»Meine Herren, ich glaube, ich habe etwas für Sie.«

»Vielen Dank, dass Sie das so vordringlich behandelt haben, Herr Professor.«

»Nicht der Rede wert, Herr Kommissar. Wie Sie inzwischen gemerkt haben werden, gab es ja auch ein persönliches Interesse meinerseits. Schauen Sie sich das einmal an.«

Er führte sie zum Platz am Mikroskop und bat Kummerow, hindurchzusehen.

»Was sehen Sie, Herr Kommissar?«

»Sieht aus wie ein paar Zellen, die hellblau gefärbt sind.«

»Richtig. Sie sehen hier die gefärbten Partikel aus dem Inneren der fraglichen Zigarren. Sie weisen eine relativ schwache, aber dennoch deutliche Färbung auf. Mehrere Wiederholungen des Versuchs haben dieses Ergebnis bestätigt.«

»Und wie kommt diese Färbung zustande?«, wollte von Tarlenheim wissen.

»Ich habe die Zigarrenpartikel mit einem Farbstoff behandelt, der besonders bei der Identifizierung von Giftstoffen Verwendung findet. Da es sich aufgrund der Symptome hier allerdings nicht um Arsen oder Strychnin handeln kann, habe ich ein paar andere Färbungen vorgenommen. Nach eingehenden Vergleichen kann ich sagen: Diese Zigarren müssen mit Gift aus dem Samen von Strophanthus versetzt worden sein.«

»Strophanthus?«, wunderte sich von Bergmann.

»Eine Pflanze aus der Familie der Hundsgiftgewächse. Sie enthält Strophanthine, das sind giftige Glykoside, die auf das Herz wirken.«

»Und wo kommt sie vor?«, fragte Kummerow.

»Vor allem in West- und Zentralafrika. Die Eingeborenen benutzen Strophanthus dort als Pfeilgift.«

»Also auch im Kongo«, dachte von Tarlenheim laut.

»So ist es.«

Kummerow rekapitulierte.

»Dann sind alle drei Bewacher also nach und nach durch die Zigarren vergiftet worden.«

»Und zwar umso schwerer, je mehr der Betreffende geraucht hat. Die anderen haben zwar auch Giftstoffe in sich, konnten sich aber wegen der längeren Zeitspanne, in der sie die gleiche Anzahl von Zigarren geraucht haben, sozusagen eher daran gewöhnen.«

»Werden alle wieder gesund?«

»Bei dem stärksten Raucher kann es dauern, aber nach und nach sollte eine Heilung möglich sein. Und Sie sagen, die Zigarren wären ein Präsent für den belgischen Patienten gewesen?«

»Ganz recht«, meinte Kummerow. »Und ich denke, er müsste uns jetzt etwas mehr zu erzählen haben.«

* * *

»Was soll das heißen, er ist weg?«, fragte von Bergmann entgeistert, als er kurz darauf mit Kummerow und von Tarlenheim in Vandenbergs leerem Zimmer stand.

Die Krankenschwester machte große Augen.

»Ja, da sind doch gleich heute Morgen zwei Ärzte mit Pflegern gekommen und haben gesagt, er werde heute verlegt.«

»Was für Ärzte?«

»Ich habe sie hier noch nie gesehen.«

»Und da haben Sie nicht gefragt, auf wessen Weisung das geschehen sollte? Oder mich sofort verständigt?«

Die Schwester war den Tränen nahe.

»Aber sie sagten doch, sie kämen direkt von Ihnen, Herr Professor!«

Von Bergmann, der nur mit Mühe einen weiteren Wutausbruch unterdrücken konnte, schickte sie weg und musste sich darauf vor den Ermittlern zerknirschen.

»Meine Herren, ich weiß nicht, was ich sagen soll. So etwas ist mir noch nie passiert – hier kommen sonst keine Patienten abhanden.«

»Sie trifft keine Schuld, Herr Professor – wir müssen allem Anschein nach von Menschenraub ausgehen.«

»Aber wieso denn, um Gottes Willen?«

»Wir sind gerade dabei, das herauszufinden.«

Einen Augenblick später stand Kummerow am Flurfenster und blickte hinaus auf die winterliche Ziegelstraße. Es war schon einen Monat her, einen langen, mühseligen Monat, da waren von Tarlenheim und er auch hier vorbeigefahren, als sie ihre Beschatter in der Kutsche verfolgten. Seit diesem Abend hatte ihn das Gefühl beschlichen, dass da noch etwas war, was er übersehen hatte. Er schloss die Augen und saß wieder in der

Kutsche. Sie bog in die Friedrichstraße ein und fuhr zur Weidendammer Brücke. Die blinde Frau, der Kutschwechsel, der Rittmeister, der sich das Pferd auslieh … wir haben sie immer noch nicht … wo steckt dieser von Tarlenheim … mitten durchs Tor … in die Siegesallee … Kemperplatz … und dann …

Kummerow schlug so heftig mit der flachen Hand an den Fensterrahmen, dass es knallte. Von Tarlenheim, der am nächsten Fenster gestanden hatte, zuckte zurück.

»Herr Professor! Professor von Bergmann!«

Der Gerufene eilte aus dem gegenüber liegenden Krankenzimmer zu ihnen.

»Um Himmels Willen, was ist denn?«

»Gibt es hier im Haus ein Adressbuch?

Eine Minute darauf standen die Ermittler in der Pförtnerloge und bekamen das Berliner Adressbuch vom soeben vergangenen Jahr ausgehändigt.

»Was gibt es denn auf einmal so Wichtiges?«, wunderte sich von Tarlenheim.

»Sie erinnern sich doch an unsere Verfolgung mit der Kutsche vor einem Monat.«

»Zumindest teilweise«, entgegnete der Rittmeister und verzog das Gesicht.

»Wie dem auch sei: Als Sie Ihre Abkürzung genommen hatten, ging es ja noch bis in den Tiergarten.«

»Bis hin zum Potsdamer Platz, haben Sie erzählt. Wo Sie dann die Kutsche leer vorfanden.«

»Die ich zuvor die ganze Zeit im Blick hatte. Bis auf die letzten Minuten, wo sie auf dem Platz mit dem Brunnen die Abkürzung nahm.«

»Auf dem Kemperplatz.«

»Und was war noch gleich die direkte Verbindung zum Potsdamer Platz?«

»Die Bellevuestraße.«

Der Gardekürassier sah ihn verständnislos an. Kummerow schlug das Buch auf und überflog das Inhaltsverzeichnis, bis er zum »Verzeichnis sämtlicher Häuser mit Angabe der Eigentümer und Mieter« kam. Er blätterte weiter und fand bald, was er suchte:

Bellevuestr. (W)

Die Nummerierung begann unter 1 a am Potsdamer Platz, und Kummerow erkannte am Stand der dort Ansässigen gleich wieder die wohlhabende Gegend: Die Anwohnerschaft schien sich überwiegend aus Bankiers, Rentiers und Professoren zusammenzusetzen. Er überflog die Einträge, die so klein gedruckt waren, dass er schnell bei Nummer 22 und damit wieder zurück am Potsdamer Platz war. Nun ging er noch einmal rückwärts und prüfte jede einzelne Zeile. Zwischen den Häusern 11 und 10 lagen die Straßenecken zur Victoria- und zur Lennéstraße – dort musste demnach die Ecke zum Kemperplatz sein. Dann las er den Eintrag unter Hausnummer 10. Er atmete erleichtert auf und zeigte ihn von Tarlenheim.

»Die belgische Gesandtschaft! Vandenbergs eigene Leute!«

»Die ihn womöglich aus dem Verkehr ziehen wollen. Meinen Sie, wir sollten dort einmal vorbeischauen?«

»Unbedingt.«

Draußen auf der Straße wurden die Ermittler wie schon in den letzten Tagen von ihrer Leibwache in Empfang genommen. Hauptmann Willun sah gleich, dass Kummerow etwas vorhatte.

»Was ist denn los? Gibt's Ärger?«

»Es könnte welchen geben«, antwortete Kummerow, und von Tarlenheim nickte grimmig. »Haben die Herren heute Abend schon etwas vor?«

»Nein, wir warten nur auf Ihre Befehle.«

»Dann könnte es sein, dass wir Ihre Unterstützung brauchen. Halten Sie sich bereit – wir werden einen Besuch machen.« Dann zählte Kummerow auf, was für diese Visite mitzubringen sei.

Die Grenadiere sahen einander erwartungsfroh an, und Willun rieb sich die Hände.

»Endlich mal was los in eurem Berlin!«

* * *

»Sie haben ihn?«

Die Stimme mit dem englischen Akzent klang befriedigt.

»Ja, Sir. Er ist hinten und schläft.«

»Sehr gut. Dann passen Sie gut auf ihn auf. Wir haben erst wieder Ruhe, wenn er raus aus Berlin und zurück in Belgien ist.«

»Keine Sorge. Morgen Abend bringen wir ihn im Diplomatenkoffer in einen Gepäckwagen nach Brüssel.«

»Schön. Sehen Sie zu, dass er noch zu verwenden ist, wenn er ausgepackt wird. Ich könnte mir vorstellen, dass sich Seine Majestät noch gern mit ihm unterhalten würde.«

»Und Sie?«

»Ich bin im Auftrag Seiner Majestät auf dem Weg nach London. Ich denke, den Rest schaffen Sie allein.«

Kapitel XXVII

Ein wenig ungewöhnlich war es schon, dass ein Trupp von zehn Arbeitern ausgerechnet an diesem Winterabend den Wrangelbrunnen am Kemperplatz putzte – sie mussten wohl die Jahreszeit nutzen, in der der Brunnen trocken war. Es gab jedoch kaum Passanten, die dieser Einsatz in der Dunkelheit wundern konnte, und die letzten Spaziergänger hatten schon vor Stunden den angrenzenden Tiergarten verlassen. Der Vorarbeiter, ein älterer Mann mit eisgrauem Schnauzbart, gab hier und da ruhige Anweisungen. Drei seiner Männer hielten Lampen, und die anderen standen im trockengelegten Brunnen und machten sich mit Lappen und Bürsten an den bronzenen Figuren zu schaffen.

Einer der Beleuchter wandte sich an den Vorarbeiter.

»Ich denke, in ein paar Minuten kann es losgehen.«

»Soll recht sein.«

»Ihre Männer wissen Bescheid?«

»Die putzen nicht zum ersten Mal.«

Der andere Beleuchter lachte; seine Stimme war die von Tarlenheims.

»Na, dann machen wir mal die Botschaft sauber.«

Kummerow nahm seine Lampe in die andere Hand. Diese Arbeiten in der Kälte machten seiner Schulter zu schaffen.

Auf einen Wink des Hauptmanns packten die vermeintlichen Arbeiter ihre Utensilien zusammen. Ein weiteres Handzeichen, und sie gingen nach und nach in Zweiergruppen zum Eckhaus Bellevuestraße 10 hinüber, wo sie sich im Schatten der Hauswand aufreihten. Die Ermittler, der Hauptmann und sein Leutnant kamen als Letzte und besahen sich die Tür. Unter der Klingelleiste der Bankiers Sobernheim und Gerson und eines Professors Scheurenberg fand sich das Türschild »Gesandtschaft des Königreichs Belgien«.

»Dann wollen wir mal klingeln«, meinte von Tarlenheim und streckte schon den Arm aus, als er von Willun zurückgehalten wurde.

»Momentchen.«

Der Grenadierhauptmann zog aus seinem Tornister einen mächtigen Schlüsselbund, ohne dass es dabei auch nur im Geringsten rasselte. Mehrere Dutzend Dietriche und Nachschlüssel reihten sich an einem großen Ring aneinander. Willun prüfte das Schloss und probierte den ersten von ihnen aus. Als er beim dritten angekommen war, öffnete sich die schwere Tür. Im Nu waren zehn Schatten im Inneren verschwunden.

Im Haus war schon alles still, kein Laut drang von den umliegenden Etagen ins Treppenhaus. Als sie bei der Gesandtschaft angekommen waren, wiederholte Willun sein Kunststück. Diesmal öffnete sich die Tür schon beim zweiten Versuch. Im Vestibül war kein Mensch zu sehen, doch es brannten einige Gaslampen. Vermutlich weilte der belgische Gesandte so kurz nach Neujahr noch in seiner Heimat – zumindest war auch niemand in seinen Privaträumen, die die Grenadiere rasch einen nach dem anderen überprüften. Sie machten ihre Sache gut – so viele Möbel, Teppiche und Gegenstände sie bei der Fahndung nach Spuren des Entführten bewegten und durchsuchten, man hörte außer einem vereinzelten leisen Scharren keinen Laut. Doch so gründlich sie alles auf den Kopf stellten, der junge Belgier blieb verschwunden.

Durch die Tür eines weiter hinten gelegenen Zimmers der Gesandtschaft waren mit einem Mal leise Stimmen zu hören.

Dieses musste anscheinend zu den Geschäftsräumen zählen. Willun wollte schon das Zeichen zum Stürmen des Zimmers geben, aber Kummerow hielt ihn zurück und flüsterte:

»Haben wir denn wirklich alle anderen Räume durchsucht?«

»Ich denk' schon. Außer diesem hier.«

»Badezimmer, Abstellräume?«

»Ja, auch die.«

»Und was ist mit der Küche?«

Willun flüsterte dem Leutnant etwas zu, der seinerseits leise seine Soldaten befragte. Es stellte sich heraus, dass sie nur flüchtig in die Küche geschaut hatten.

»Warten Sie noch.«

Kummerow bedeutete von Tarlenheim und zwei Grenadieren, mit ihm zu kommen. Auf Zehenspitzen schlichen sie sich zurück zur Küche und sahen hinein. Im Halbdunkel waren lediglich ein großer Herd, mehrere Tische und Regale und dazu ein Küchenschrank zu erkennen.

»Das sind wohl keine Feinschmecker, die Belgier«, flüsterte der Rittmeister.

»Da wäre ich mir nicht so sicher«, gab Kummerow zurück. Er griff in die Tasche und holte ein Päckchen Streichhölzer hervor.

»Lassen Sie uns ein wenig mehr Licht riskieren.«

Er zündete eins von ihnen an und gab die Packung an von Tarlenheim weiter. Im Schein der mehrmals neu entzündeten Streichholzflammen suchten sie die Küche nach Spuren ab, bis Kummerow vor dem Küchenschrank stutzig wurde.

»Schauen Sie. Hier sind auf dem Boden Spuren, als hätte man den Schrank verschoben. Helfen Sie bitte mal.«

Die beiden Grenadiere packten den Schrank an den Seiten, hoben ihn leicht an und stellten ihn zwei Meter weiter wieder ab. Im Licht weiterer Streichhölzer konnten die Männer erkennen, dass die Tapete dahinter eingeritzt war. Kummerow klopfte vorsichtig an die Wand – dem hohlen, hölzernen Klang nach zu urteilen war da eine Tapetentür.

Von Tarlenheim verbiss sich eine Verwünschung, nachdem er sein Streichholz zu lange hatte brennen lassen. Er ließ sich schnell ein neues geben und hielt es in gut einem Meter Höhe an die Wand.

»Hier.«

Er zeigte auf eine kleine Aussparung in der Tapete, die sich als Schlüsselloch entpuppte. Sie schickten einen der Grenadiere, um Willun und seine Schlüsselsammlung zu holen. Fünf Minuten später hatte der Hauptmann alle von ihnen durchprobiert, doch keiner passte. Er sah Kummerow an.

»Und jetzt?«

Von Tarlenheim war ehrlich erstaunt, solch drastische Worte aus dem Munde des Kommissars zu hören:

»Wir stürmen!«

* * *

Die drei Männer, die in der bequem eingerichteten Gesandtschaftsbibliothek saßen, genossen schweigend ihre Schalen mit belgischem Trappistenbier. Sie waren nicht mehr auf späten Besuch eingerichtet – schon gar nicht auf zehn vermummte Gestalten, die unvermittelt in den Raum gestürmt kamen und ihre Revolver auf sie richteten.

»Sitzen bleiben! Keine Bewegung!«

Allen dreien blieb der Mund offen stehen. Der augenscheinlich Älteste von ihnen fand zuerst die Sprache wieder und antwortete mit schwerem Akzent:

»Was erlauben Sie sich? Sie befinden sich in der Gesandtschaft des Königreichs Belgien. Wir genießen diplomatische Immunität.«

Kummerow war insgeheim enttäuscht, dass unter den Männern keiner von denen war, die sie vor einem Monat vom Wallner-Theater in den Tiergarten verfolgt hatten.

»Antworten Sie nur auf unsere Fragen! Wo ist Vandenberg?«

»Bitte wer?

»Ihr Landsmann und Mitarbeiter der belgischen Delegation bei der afrikanischen Konferenz. Mitte November wurde er angeschossen und lag bis vor kurzem in der Poliklinik. Jetzt ist er verschwunden – offensichtlich entführt.«

»Ach, er – ja, er hat uns vor ein paar Tagen mitgeteilt, dass er es im Krankenhaus nicht länger aushielte und nach Hause wollte. Da hat er sich wohl selbst aus der Klinik entlassen und ist abgereist.«

»Ohne sich hier zurückzumelden? Wohl kaum. Uns ist bekannt, dass er von mehreren Männern aus der Klinik abgeholt wurde, die wie Ärzte gekleidet waren. Aber vielleicht hatten diese Ärzte ja einen französischen oder flämischen Akzent?«

»Ich protestiere gegen Ihre Unterstellungen und gegen diese Behandlung! Wir haben Vandenberg nicht entführt und haben keine Ahnung, wo er sich aufhält!«

Von Tarlenheim hatte Kummerow bei der Befragung bis jetzt den Vortritt gelassen, aber nun platzte ihm der Kragen.

»Lüge! Sie sagen uns jetzt sofort, wo er ist, oder wir stellen Ihr Stückchen Belgien hier auf den Kopf, bis wir ihn gefunden haben!«

Der ältere Diplomat lehnte sich zurück.

»Bitte! Suchen Sie nur, aber merken Sie sich, Graf van der Straten-Ponthoz wird sich bei Fürst Bismarck persönlich beschweren!«

Von Tarlenheim nickte Willun zu, der nun mit seinen Männern daran ging, die Bibliothek neu zu ordnen. Bald lagen ein paar hundert Bücher auf dem Boden, die Schränke waren umgelegt, die Schreibtische durchwühlt und zwei geblümte Sofas gewissenhaft aufgeschlitzt. Nachdem die Grenadiere immer noch keinen Erfolg hatten, lächelte der Diplomat milde.

»Ich sagte Ihnen doch, Ihre Bemühungen sind vergeblich, meine Herren. Ich versichere Ihnen im Namen von König Leopold II., wir haben nichts mit der Sache zu tun.«

Kummerow stutzte, dann fiel ihm auf, was sie bei der Suche vergessen hatten. An der Wand hinter dem größten Schreibtisch hing ein Porträt des belgischen Herrschers. Er trug darauf die Insignien des Hosenbandordens; seine lange, dünne Nase und sein besenartiger Vollbart ragten förmlich in den Raum hinein. Leopolds in die Ferne gerichteter Blick schien zu sagen: »Meine Untertanen und ich, wir können kein Wässerchen trüben, also lassen Sie uns gefälligst in Ruhe.«

Der Kommissar ließ es auf einen Versuch ankommen. Er ging zur Wand und hängte das Porträt ab. An dessen Rückseite war ein kleiner Umschlag befestigt. Der Diplomat wurde blass.

»Hängen Sie das Bild wieder auf! Das ist belgisches Staatseigentum!«

Kummerow ignorierte ihn. Er riss den Umschlag ab, öffnete ihn und hielt einen kleinen Schlüssel hoch, der zu einem Spezialschloss gehören mochte. Gemeinsam mit von Tarlenheim, Willun und zwei Grenadieren lief er zurück in die Küche, wo er ihn ins Schloss der vor Kurzem entdeckten Geheimtür steckte.

Kapitel XXVIII

Der Schlüssel passte. Willun öffnete vorsichtig die Tapetentür, während einer der Grenadiere seinen Revolver zum Feuerschutz hob. Hinter ihr lag ein kleiner, flacher Raum mit einer winzigen Fensterluke, der früher einmal eine Dienstmädchenkammer gewesen sein musste. Kummerow zündete ein weiteres Streichholz an – es grenzte an ein Wunder, dass es in der stickigen Luft nicht sofort wieder ausging. Das einzige Einrichtungsstück in der dunklen Kammer war ein eisernes Bettgestell mit einer groben Matratze, auf der ein zusammengekrümmter Mann lag. Noch ein Streichholz: Es war Vandenberg. Er war an Händen und Füssen gefesselt und bewusstlos; vermutlich hatten ihn seine Landsleute immer noch betäubt. Von Tarlenheim gab ihm ein paar leichte Ohrfeigen, bis er zu sich kam und leise stöhnte.

Dann ließ er wieder den Kopf hängen. Die beiden Grenadiere hoben ihn hoch und schleppten ihn aus der Kammer. Mit ihm und dem Hauptmann warteten sie im Flur, während Kummerow und von Tarlenheim wieder in die Bibliothek zu den zwielichtigen Diplomaten gingen.

»Der einzige Grund, warum wir Sie jetzt nicht sofort mitnehmen und verhören, ist nur der, dass wir diplomatische Verwicklungen vermeiden wollen«, sagte Kummerow ruhig. »Aber seien Sie sicher, wir werden Ihren Landsmann befragen, er wird aussagen, und dann kommen wir wieder.«

Die derartig Verwarnten blickten stumm ins Leere.

»Haben wir noch etwas vergessen?«, fragte der Kommissar den Rittmeister.

Der nickte, ging zum Schreibtisch und bediente sich mit beiden Händen aus der dort stehenden Zigarrenkiste, bis er zehn Stück zusammen hatte. Ganz wie erwartet waren es Zigarren der Marke »Fleur du Congo«.

»Hübsche Bauchbinden«, ließ er die Gastgeber wider Willen zum Abschied wissen. Dann verließen sie die Gesandtschaft ebenso leise, wie sie gekommen waren.

Als sie weg waren, stieß der älteste belgische Diplomat einen leisen Fluch zwischen den Zähnen hervor und setzte sich an den Schreibtisch. Dort schrieb er ein paar Zeilen auf ein Blatt Papier, steckte es in ein neutrales Kuvert und adressierte es an die IV. Abteilung des Berliner Polizeipräsidiums.

* * *

Als Vandenberg gegen Donnerstagmittag zu sich kam, erkannte er die drei Männer an seinem Krankenbett wieder. Professor von Bergmann fühlte seine Stirn und den Puls, dann sagte er auf Französisch: »Nichts Gravierendes, junger Mann. Man hat Ihnen starke Beruhigungsmittel gegeben. Sie können aber von Glück sagen, dass die Herren Sie gefunden haben. Wer weiß, was sonst noch mit Ihnen passiert wäre.«

Sie befanden sich in einem Eckzimmer im obersten Stockwerk der Poliklinik, vor dem nunmehr Leutnant Dargel und drei weitere Grenadiere Wache hielten. Hauptmann Willun und die anderen drei hatten sich in ihr Quartier zurückgezogen, um auszuschlafen. Von Bergmann gab einer Schwester einige Anweisungen, dann ermahnte er Kummerow:

»Sie können ihn jetzt befragen – aber nicht zu lange.«

Nun wandte sich der Kommissar an den jungen Belgier, der noch ungläubig blinzelte und erst langsam begriff, dass sein Aufenthaltsort gewechselt hatte.

»Monsieur Vandenberg, Sie müssen verstehen, dass Ihre eigenen Landsleute drauf und dran waren, Sie aus dem Weg zu räumen. Erst sollten Sie nach und nach mit präparierten Zigarren vergiftet werden. Als das nicht funktionierte, entführte man Sie, wahrscheinlich, um Sie außer Landes zu bringen oder auf eine andere Art mundtot zu machen. Wenn Sie wollen, dass wir Ihnen helfen, dann müssen Sie uns jetzt die Wahrheit sagen, alles, was Sie über die Hintergründe des Anschlags auf Sie wissen.«

Die französische Antwort kam stockend, was von Tarlenheim und von Bergmann beim Dolmetschen half.

»Ich habe doch nur getan … was man mir aufgetragen hat.«

»Was war denn das?«

»Kolonialverwaltung … Aufbau der Handelsposten …«

»Sie sind im Kongo gewesen?«

»Ja … für zweieinhalb Jahre …«

»Was ist dort geschehen?«

»Verträge … mit den Häuptlingen …«

»Verträge worüber?«

»Rechte … Gebietsabtretungen …«

»Abtretungen an Belgien?«

»Ja … erst Handelsstationen … dann Kolonie …«

»Belgien sollte also Kolonialmacht werden?«

»Ja … nein … mein Kopf …«

Von Bergmann berührte Kummerow am Arm.

»Lassen Sie es gut sein für heute. Diesmal läuft er uns nicht mehr weg.«

* * *

Es war recht unfreundlich an diesem Donnerstag, aber das blasse Mädchen spielte trotzdem nach Schulschluss auf der

Straße, gleich an der Ecke vom Molkenmarkt zum Krögel. Ein Mann, der rasch auf das Polizeipräsidium zulief, blickte über den Markt, als wäre er unschlüssig, wo er hinwollte. Er stutzte, als er die Kleine sah, überlegte kurz und ging dann auf sie zu.

»Du bist doch die Ida, stimmt's?«

»Ja.«

»Dann kennst du den Kommissar Kummerow, nicht wahr?«

»Ja. Ich hab' Sie auch schon mit ihm gesehen.«

»Siehst du. Er hat mich gebeten, dich abzuholen. Er hat eine Überraschung für dich.«

»Für mich?«

»Ja, ich glaube wohl, er möchte dich in den Zoo mitnehmen.«

»Wirklich?«

»Ja, ja. Komm nur mit, er ist schon auf dem Weg. Ich soll dich zu ihm bringen.«

* * *

Gleich am Freitagmorgen waren Kummerow und von Tarlenheim wieder in der Poliklinik. Die Wache hatte inzwischen gewechselt; nun waren die vier anderen Grenadiere vor Vandenbergs Zimmer postiert. Auch sie hatten weiße Pflegerkittel bekommen und gaben sich Mühe, einigermaßen unauffällig auszusehen.

Der Belgier hatte sich leidlich erholt und schien eingesehen zu haben, dass weitere Ausflüchte nur zu seinem Schaden sein konnten. Diesmal begann von Tarlenheim die Befragung.

»Sie sagten gestern, es hätte im Kongo Gebietsabtretungen gegeben. Waren die freiwilliger Natur?«

»Sie wären es nicht gewesen – wenn die Eingeborenen gewusst hätten, was sie da unterzeichnen.«

»Von wem kamen die Anweisungen in Ihrer Heimat?«

Vandenberg zögerte einen Moment.

»Sie kamen … von ganz oben.«

»Etwa vom König persönlich?«

Der junge Belgier schwieg.

Nun schaltete Kummerow sich ein.

»Monsieur Vandenberg, es muss einen Hauptbevollmächtigten Ihres Königs im Kongo geben. Einen, der sich dort auskennt wie kein Zweiter.«

Vandenberg blickte zu Boden. Der Name kam ihm kaum hörbar über die Lippen.

»Henry Morton Stanley.«

* * *

Das kleine Mädchen ging mit dem Mann die Spandauer Straße hinauf.

»Wo ist denn der Herr Kummerow?«

»Da müssen wir noch ein bisschen laufen, weißt du – wir müssen doch zur Stadtbahn, und dann fahren wir zu ihm.«

»Ich bin noch nie mit der Stadtbahn gefahren!«

»Na, siehst du! Das wird ja großartig!«

* * *

»Dann waren Sie mit Stanley im Kongo, um Handelsrouten und Niederlassungen aufzubauen.«

»Und die Neuerwerbungen für Belgien in Besitz zu nehmen.«

»Sein Spitzname lautet ›Steinbrecher‹. Wie kam der zustande?«

»Er hat sich selbst und andere nie geschont, während er Transportwege durch den Dschungel schlug. Wer ihm in irgendeiner Weise im Wege stand, dem ging es schlecht.«

»Sie wissen, dass Sie zumindest aus der Ferne einige Ähnlichkeit mit Stanley haben.«

»Das stimmt. Man hat uns auch in Afrika das eine oder andere Mal verwechselt.«

»Und Stanley war schon zu Beginn der Konferenz hier in Berlin, nicht wahr?«

»Ganz recht. Als technischer Berater der amerikanischen Delegation.«

»Eigenartig – wo er doch einige Jahre zuvor für Belgien im Kongo war, wie Sie sagen.«

»Das hat mich auch immer gewundert. Und dann sagte er auch manchmal, der Kongo könnte die Krone des britischen Empire werden.«

Von Tarlenheim ergriff das Wort.

»Monsieur, Sie hatten ganz am Anfang ausgesagt, Sie hätten hier keine Feinde und würden auch niemanden kennen, der für solch einen Anschlag in Frage käme. Ist Ihnen klar, dass der womöglich gar nicht Ihnen, sondern Mr. Stanley galt?«

Der junge Mann sah ihn groß an und starrte dann aus dem Fenster.

»Es gab wirklich Leute im Kongo, die ihm den Tod geschworen haben. Und es kann auch der eine oder andere Europäer dabei gewesen sein.«

»Und die Zigarren, die man Ihnen schenkte, haben die gleichen Bauchbinden, wie wir sie bei einem toten afrikanischen Dolmetscher gefunden haben. Er hatte für die Völkerschau im Zoo gearbeitet. Sein Name war Bebey.«

Vandenberg riss die Augen auf.

»Ja! Das ist einer von ihnen! Einer von Stanleys Todfeinden!«

* * *

Das kleine Mädchen und der Mann waren an der Garnisonkirche angekommen, zum Stadtbahnhof Börse waren es nur wenige Meter. Er nahm sie nun an der Hand und steuerte auf die Stadtbahnbögen links vom Bahnhof zu.

»Fahren wir denn nicht gleich los?«

»Doch, doch. Ich muss nur noch schnell etwas holen.«

Das Mädchen folgte ihm in einen der Bögen. Wenige Minuten darauf kam er wieder heraus. Er war allein.

Kapitel XXIX

Vandenberg wollte gar nicht mehr aufhören zu reden. Seine Erinnerungen an seine Zeit im Kongo sprudelten nur so hervor, so dass ihm Kummerow nur noch Stichworte geben und von Tarlenheim sich beim Protokollieren beeilen musste.

»Ja, es ist wahr. Stanley hielt sich im Auftrag des Königs mehrere Jahre im Kongo auf. Dort hat er vor allem die Handelswege ausgebaut – ein ganzes Straßennetz ist seitdem entstanden. Sie müssen sich vorstellen, dass oft riesige Umwege notwendig waren. Die Stromschnellen des Kongos – wenn Sie die einmal gesehen haben, dann wissen Sie, was das Wort ›Hindernis‹ wirklich bedeutet. Und Stanley hat die Neger richtiggehend geschunden. Sie starben uns reihenweise weg.«

»Und so machte er sich Feinde.«

»Ich habe das nur am Rande mitbekommen, da ich mit der Verwaltung beschäftigt war und nur selten hinaus auf die Baustellen ging. Aber wenn die belgischen Wachen abends zusammensaßen, erzählten sie manchmal, wie er Neger zugerichtet hatte, die in seinen Augen faul oder widersetzlich waren. Oft ließ er sie in Eisen legen – damit wollte er ihren Stolz brechen. Und wenn er in Rage geriet, dann griff er manchmal selbst zur Chicotte.«

»Chicotte?«

»Die Nilpferdpeitsche. Schon ein einziger Schlag ist zu viel, und selten waren es weniger als zehn. Solche Schmerzen können Sie sich nicht vorstellen.«

»Und Sie kannten Bebey?«

»Ja, er hat für uns als Dolmetscher gearbeitet. Sein Vater war damals als Missionar in den Kongo gekommen und schon verstorben, seine Mutter lebte im Landesinneren. Er war wirklich ein Glücksfall für uns – intelligent, kultiviert, freundlich. Deswegen wurde er auch bald so etwas wie Stanleys Privatsekretär.«

Die Ermittler sahen einander an. Von Tarlenheim lehnte sich in seinem Stuhl zurück.

»Kein Wunder, dass der gestaunt hat, als wir Bebeys Namen nannten.«

»Sie haben Stanley getroffen?«

»Ja, bei einem Empfang im ›Kaiserhof‹, Ende November.«

»Und Bebey?«

»War zu diesem Zeitpunkt schon tot. Zertrampelt von einem Elefanten im Zoologischen Garten.«

Vandenberg legte die Hand in die Stirn und seufzte.

»Mein Gott. Alle drei. Alle drei.«

»Wie bitte?«

»Alle drei Brüder tot. Sie müssen wissen, dass Bebey zwei Halbbrüder hatte. Sie arbeiteten auf der großen Baustelle in den Crystal Mountains. Wir haben das erst später durch Zufall erfahren. Wenn Stanley das gewusst hätte, hätte er sie vielleicht anders behandelt.«

»Was ist geschehen?«

»Sie wurden beide krank, und er hat sie trotzdem weiter zur Arbeit gezwungen. Bebey war zu dieser Zeit nicht da, er besuchte wohl seine Mutter. Jedenfalls kam er wieder, und sie waren beide tot. Gestorben an Entkräftung und Malariaanfällen. Bebey raste vor Schmerz. Die Wachen konnten ihn nur mit Mühe davon abhalten, Stanley anzugreifen. Noch am gleichen Tag ist er verschwunden. Das muss jetzt fast ein Jahr her sein.«

Kummerow rechnete in Gedanken nach.

»Dann muss er im Lauf des vergangenen Jahres erfahren haben, dass Stanley wieder in Europa ist. Sogar, dass er nach Berlin kommen würde.«

»Und hat sich dann vermutlich bei den Agenten von Hagenbeck als Dolmetscher angeboten, als er von der Völkerschau hörte, die hierher kommen soll.«

»Anders ist es wohl nicht möglich.«

Vandenberg sah verwirrt vom einen zum anderen.

»Dann hat Bebey auf mich geschossen, weil er mich mit Stanley verwechselt hat?«

»So muss es gewesen sein.«

»Und dafür musste er sterben?«

»Das werden wir hoffentlich bald von seinen Mördern erfahren.«

Kummerow kam noch einmal auf die belgische Gesandtschaft zurück.

»Wussten Sie denn, wer Ihre Entführer waren?«

»Nein, ich dachte, es wären Ärzte aus der Klinik. Sie gaben mir eine Spritze, danach weiß ich nichts mehr.«

»Dann kannten Sie vom Aussehen her keinen von ihnen aus dem Kongo?«

»Nein, keinen.«

»Monsieur, dann müssen wir annehmen, dass der belgische Geheimdienst hier seine Finger im Spiel hat. Möglich, dass Sie zu viel wissen. Wenn Sie nicht bald wieder gefesselt in einem dunklen Raum aufwachen wollen, dann sagen Sie uns besser, was es mit den Bauchbinden auf sich hat.«

Vandenberg blickte düster vom einen zum anderen.

»Es ist Ihnen klar, dass ich vielleicht mein Todesurteil unterschreibe, wenn ich Ihnen das verrate.«

Kummerow konnte seine Angst verstehen.

»Wir können Sie nicht zwingen, auszusagen, das wissen Sie. Ich bitte Sie aber trotzdem, es zu tun. Und sei es nur, damit der Tod Bebeys gesühnt wird.«

Der Belgier schien in Gedanken die Risiken seiner erneuten Gefangennahme durch seine Landsleute gegen die Rehabilitierung seines früheren Bekannten abzuwägen.

»Geben Sie mir noch etwas Bedenkzeit. Wenn ich Ihnen alles sage, kann ich nie wieder in meine Heimat zurück. Zumindest wäre das in diesem Fall besser für mich.«

* * *

Auf dem Flur kam den Ermittlern Professor von Bergmann entgegen. Er schien verwundert und hielt ein Kuvert hoch.

»Sagen Sie, Kummerow, bekommen Sie denn jetzt schon Ihre Post hierher?!«

»Nein, Herr Professor, das wäre mir neu.«

»Ich bekam vorhin einen Umschlag, in dem dieses Kuvert für Sie steckte.«

Kummerow dankte, öffnete das Schreiben und las. Er las es noch einmal, dann hielt er es wortlos von Tarlenheim hin. Der Gardekürassier las laut vor:

VANDENBERG GEGEN IDA – AUSTAUSCH HEUTE ABEND UM ZEHN IM GARTEN VON SCHLOSS MONBIJOU – ALLEIN UND UNBEWAFFNET

Die drei Männer sahen sich an. Der Arzt fragte Kummerow:

»Ist das die Kleine, die Sie schon mal erwähnt haben?«

Der nickte.

»Mein Gott! Ein unschuldiges Kind! Was sind das für Menschen! Was werden Sie tun?«

Kummerow wusste keine Antwort. Ihm war, als bohrte sich ein Stachel in seine Stirn. Weder er noch von Tarlenheim waren auf so etwas gefasst gewesen. Alle schwiegen. Was als Nächstes kam, war ein ungewöhnlicher Vorschlag des Gardekürassiers.

»Kommen Sie, Kummerow. Bis dahin ist ja noch Zeit. Gehen wir ins Theater.«

»Tarlenheim!«

Für einen Moment verlor Kummerow die Fassung, dann hatte er sich wieder im Griff. Auch von Bergmann warf dem Kavalleristen einen vorwurfsvollen Blick zu. Hier ging es um das Leben eines Kindes, und der Rittmeister wollte sich amüsieren gehen! Der schien jedoch überhört zu haben, dass der Kommissar ihn nicht mit seinem Adelsprädikat angeredet hatte.

»Vertrauen Sie mir. Ich habe da eine Idee.«

Kapitel XXX

Unter den Sehenswürdigkeiten von Berlin zählte es eher zur zweiten Garnitur, aber das kleine Schloss Monbijou war dennoch ein hübsches Ziel für einen Spaziergang nördlich der Spree. An diesem Freitagabend hatte das dort eingerichtete Hohenzollernmuseum natürlich schon längst geschlossen. Nur der Garten war von der Spreeseite noch zugänglich. Alles lag im Dunkeln.

Kummerow und von Tarlenheim waren tatsächlich vor dem für zehn Uhr abends angesetzten Austausch noch im Theater gewesen. Anschließend waren sie wieder in die Poliklinik zurückgekehrt. Dort sprachen beide noch einmal mit dem jungen Belgier. Der hatte dem Austausch schließlich zugestimmt und sah nun gefasst seinem ungewissen Schicksal entgegen.

»Es hat keinen Sinn, dass ich mich verstecke. Ich kenne diese Leute, und ich weiß, dass sie mich früher oder später finden werden.«

Er dankte Professor von Bergmann, der ihm gerührt die Hand drückte. Dann zog er seinen Mantel an, ergriff seinen Hut und folgte Kummerow, der die Grenadiere davon überzeugen musste, dass er dieses Mal keine Leibwache brauchen konnte. Um drei viertel zehn traten sie schließlich hinaus auf die Ziegelstraße. Zwei Ecken weiter, und der Fluss lag vor ihnen. Sie mussten ihm nur wenige hundert Meter folgen und brachten die Entfernung schweigend hinter sich.

Sie betraten den Garten. Kein Mensch war zu sehen. Nur ein kalter Wind griff nach ihnen. Kaum ein Laut war zu hören.

»Noch eine Zigarre?«

Vandenberg nickte. Kummerow reichte ihm eine und zündete sie ihm an.

»Und nur die Ruhe bewahren«, mahnte er dabei.

Vandenberg schwieg, dann nickte er wieder.

Es mochte zehn nach zehn sein, als sie einen großen und einen kleinen Schatten vom Monbijouplatz her kommen sahen. Selbst im nur spärlich vorhandenen Licht war auszumachen, dass der große den kleinen hinter sich her zerrte.

Die Schatten kamen näher, bis sie einen Steinwurf von Kummerow und Vandenberg entfernt waren. Jetzt sah man trotz der Dunkelheit, dass der größere einen Revolver in der Hand hielt.

»Guten Abend, Kummerow. So trifft man sich auch mal nach Feierabend.«

Kummerow traute seinen Ohren nicht. Der Mann, der die frierende und weinende Ida an der Hand gepackt hielt, war weder Flame noch Wallone. Erst erkannte er die Stimme, dann den Mann. Es war sein Kollege Schultz.

»Was tun Sie hier? Warum haben Sie das Mädchen entführt?«

»Ja, wissen Sie, Kummerow, allein mit unserem Gehalt kann man bei den steigenden Preisen wirklich nicht auskommen. Und als dann vor einiger Zeit der Geheimdienst einer aufstrebenden europäischen Macht auf mich zukam, habe ich sein großzügiges Angebot zur Informationsbeschaffung angenommen.«

»Ida! Geht es dir gut?«

Ihre schwache Stimme war kaum zu verstehen.

»Mir ist so kalt.«

Sie hustete schrecklich.

»Schultz, lassen Sie das Mädchen laufen. Sie sehen doch, wie schlecht es ihr geht!«

»Sehr gern, wenn Sie im Gegenzug Monsieur Vandenberg langsam zu mir herüberschicken. Und keine Mätzchen.«

Kummerow sah Vandenberg an.

»Sind Sie bereit?«

Der Belgier zog noch einmal an seiner Zigarre und nickte.

»Schön langsam zu mir, und wenn er hier neben mir steht, dann lasse ich das Mädchen frei!«, kommandierte Schultz.

Kummerow legte Vandenberg die Hand auf die Schulter, dann schob er ihn leicht vorwärts. Der junge Belgier ging bedächtig auf Schultz zu. Der richtete seine Waffe abwechselnd auf seine Gegenüber; dabei hielt er immer noch das Mädchen fest. Als Vandenberg nur noch zwei Meter von ihm entfernt war, befahl Schultz der Kleinen:

»Geh!«

Im nächsten Moment brüllte er auf, als hätte man ihm bei lebendigem Leib die Hand abgehackt.

Vandenberg nämlich, sobald er gesehen hatte, dass Ida auf Kummerow zuging, hatte sich auf Schultz gestürzt und ihm seine immer noch brennende Zigarre ins Gesicht gedrückt. Als hätte er sein Lebtag nichts anderes getan, hatte er den vor Schmerz Heulenden dann zu Boden geworfen, seine Hände gefesselt und ihn zu guter Letzt geknebelt.

»Den hätten wir!«, rief er Kummerow zu. »Und, wie war ich?«

»Recht ordentlich für einen Laienschauspieler, Herr Rittmeister!«

* * *

Joachim von Tarlenheim mochte ein leidenschaftlicher Theatergänger sein, aber er ließ sich von keinem vorwerfen, dass er für eine noch so gute Inszenierung das Leben eines kleinen

Mädchens aufs Spiel gesetzt hätte. Er hatte eine einfache Idee gehabt: Noch am Nachmittag hatte er Kummerow und dazu Vandenberg ins Deutsche Theater nahe der Charité mitgenommen. Er war mit dem Maskenbildner des Theaters eine Weile bekannt, und schon manches Mal hatte der ihm im Scherz angeboten, aus ihm einmal einen echten Schauspieler zu machen. Nun war die Gelegenheit da: Der junge Belgier saß Modell, und so wurde aus dem preußischen Gardekürassier ein belgischer Diplomat: Sogar seinen eigenen Schnurrbart hatte von Tarlenheim sich für die Verwandlung abrasieren lassen, damit ihm ein passender angeklebt werden konnte. Auch wenn seine Schauspielkarriere am Ende kaum eine Stunde dauerte, befand der Rittmeister hinterher, das Opfer habe sich gelohnt.

* * *

»Wie geht es ihr, Herr Professor?«

Gleich nachdem sie Schultz überrumpelt hatten, hatten Kummerow und von Tarlenheim ihn und auch Ida in die Poliklinik gebracht. Dort war der Verräter verbunden und fürs erste in einen Kellerraum gesperrt worden, während das Mädchen sofort in die Obhut von Bergmanns kam. Der erfahrene Mediziner, der bis zu dieser späten Stunde ausgeharrt hatte, blickte sorgenvoll von der schlafenden Kleinen zum Kommissar.

»Nicht gut, Kummerow. Wo immer der Kerl sie festgehalten hat, sie hat sich dort böse erkältet. Sie wissen ja, dass ihre Lungen ohnehin angegriffen sind. Immerhin ist sie einen ganzen Tag weiß Gott wohin verschleppt gewesen.«

Kummerow starrte aus dem Fenster.

»Ich hatte eine Schwester, die kaum älter geworden ist als sie.«

Von Bergmann legte ihm die Hand auf den Unterarm.
»Wir müssen jetzt abwarten.«

* * *

Nachdem sie sich an Idas Krankenbett vom Chefarzt verabschiedet hatten, gingen die Ermittler wieder in das Zimmer Vandenbergs, der unter fortgesetzter Bewachung dort gewartet hatte. Er sprang auf, als sie eintraten.

»Und? Hat es geklappt?«

Kummerow kam es nach dem Besuch beim Maskenbildner ein weiteres Mal so vor, als stünde er in einem Spiegelkabinett. Vandenberg und von Tarlenheim waren auf den ersten Blick kaum voneinander zu unterscheiden. Ihm war allerdings nicht nach Lachen zumute.

»Ja, wir haben Ida. Und den Entführer noch dazu.«

»Gott sei Dank – und Ihrer guten Idee, Herr Rittmeister.«

Der deutete eine Verbeugung an, nachdem er das Lob über seine eigene Person gedolmetscht hatte, und zwirbelte unbewusst seinen falschen Schnurrbart.

Kummerow brauchte nun Klarheit.

»Können Sie uns jetzt sagen, was genau es mit den Bauchbinden auf sich hat?«

Vandenberg blickte von Kummerow zu seinem durch Maskenbildnerkünste hergestellten Zwilling und zurück. Dann atmete er tief durch.

»Bei den Bauchbinden handelt es sich um Träger geheimer Informationen für die Beteiligten der Internationalen Gesellschaft des Kongos. Sie gehören zu Zigarren aus diesem Herkunftsgebiet, die jedermann auch anderswo kaufen kann – allerdings nicht mit dem Stern auf himmelblauem Grund. Nur der innere Kreis der Verwaltung und Planung bekommt

Zigarren, bei denen auf der Innenseite der Bauchbinden Codes aufgedruckt sind.«

»Und diese Codes können auch Koordinaten sein?«

»Ganz recht. Häufiger waren es Längen- und Breitengrade von noch einzurichtenden Handelsstationen, welche den belgischen Einflussbereich im Katanga-Gebiet, also in den südöstlichen Randgebieten des Kongo erweitern sollten.«

»Nach dem, was uns bekannt ist, ist dieser Einflussbereich doch ohnehin Gegenstand der afrikanischen Konferenz?«

»Das ist richtig, aber die Kongo-Gesellschaft lässt die Konferenz absichtlich im Unklaren darüber, wie weit sich der belgische Einflussbereich schließlich erstrecken soll.«

»So dass Belgien ein noch größeres Stück vom Kuchen abbekommt, als es ohnehin schon auf dem Teller hat?«

»So kann man es ausdrücken.«

Kummerow zog einen Zettel aus der Tasche und las Vandenberg die Koordinaten vor, die er auf der Afrikakarte in der Reichskanzlei nachgeprüft hatte.

»Sie wollen also sagen, dass die belgische Kolonie so weit nach Süden und Osten ausgedehnt werden soll, wie es diese Angaben vorsehen?«

»Im Großen und Ganzen ja. Nur, dass es keine Kolonie des Staates Belgien sein wird – sondern das persönliche Eigentum von König Leopold II.«

Von Tarlenheim setzte sich vor Erstaunen hin.

»Und Sie glauben wirklich, dass seine Kongo-Gesellschaft ihre Interessen bei der Konferenz durchsetzen kann?«

»Daran besteht kein Zweifel. Sie ahnen ja nicht, welche umfangreichen Vorarbeiten der König dazu unternommen hat. Politiker nennen das Lobby-Arbeit.«

»Und die anderen Großmächte? Werden die das so einfach hinnehmen?«

»Auch das wird geschehen. Es gibt genug von ihnen, die selbst solch ein riesiges Gebiet lieber Belgien zugestehen, als es direkten Rivalen zufallen zu sehen.«

»Sogar England macht da mit?«

»England hat zurzeit andere Sorgen – denken Sie nur an den Mahdi-Aufstand im Sudan. Es wäre ein Wunder, wenn Gordon Pascha da heil herauskäme.«

Von Tarlenheim sah immer noch ungläubig drein.

»Aber was will Leopold nur mit so einem Riesenreich? Von der Heimat aus kann er es kaum verwalten, und das belgische Volk wird doch auch ohne den Import von Bananen und Affenbrot auskommen können. Gibt es denn dort wirklich so reiche Bodenschätze?«

»Unter uns gesagt – ich weiß es selbst nicht genau. Aber vertrauen Sie darauf, dass der König immer einen Plan hat. Er wird sich schon etwas dabei denken.«

Kapitel XXXI

Von den zehn Männern, die als die ersten Gäste an diesem Vormittag beim »schweren Wagner« in der Behrenstrasse zum Frühstück erschienen, hatten acht ihre Ausgehuniformen auf Hochglanz gebracht. Kummerow und von Tarlenheim sahen die Grenadiere vom Regiment »Kronprinz« zum ersten Mal so tadellos gekleidet.

»Das ehrt uns, aber das wäre doch wirklich nicht nötig gewesen«, meinte von Tarlenheim, als alle saßen.

Leutnant Dargel lächelte, und Hauptmann Willun klärte die Ermittler auf.

»Da müssen wir Sie enttäuschen, so leid mir's tut. Wir sind um elf bei unserem Regimentschef zum Rapport bestellt.«

Das machte Kummerow hellhörig.

»Wie, Sie gehen zum Kronprinzen?«

»Alle acht.«

Der Rittmeister nahm einen kräftigen Schluck aus seinem Bierseidel. Dann wandte er sich an den Kommissar.

»Was meinen Sie, könnten Sie Ihre Beziehungen spielen lassen? Vielleicht kann er uns am Ende dabei helfen, die Belgier dranzukriegen.«

Kummerow lächelte, denn er erinnerte sich an etwas, das ihnen womöglich bei der endgültigen Lösung des Falls helfen konnte. Er wandte sich an von Tarlenheim.

»Ich glaube, ich hätte da einen Vorschlag. Erinnern Sie sich an unser erstes Treffen mit Bodinus, Herr Rittmeister?«

»Das auch das letzte war – ja.«

»Er hat damals erwähnt, dass er einen Empfang für die Teilnehmer der Kongo-Konferenz ausrichten wollte.«

»Das stimmt. Aber ohne Zoodirektor kein Empfang.«

»Warum eigentlich nicht? Auch wenn Bodinus leider fehlt, könnte doch ein anderer der offizielle Gastgeber sein.«

»Sie meinen ...«

»Ganz recht. Kommen Sie, wir setzen ihn ins Bild.«

* * *

Um dreiviertel elf marschierte ein Trupp Grenadiere so effektvoll die Linden in Richtung Schloss hinunter, dass manche Passanten staunend stehenblieben. Selbst diejenigen unter ihnen, die sich mit Uniformen auskannten, hatten diese noch selten in der Reichshauptstadt gesehen. Den Grenadieren folgten ein Zivilist und ein Gardekürassier zu Fuß, die sich Mühe geben mussten, mit der zweireihigen Formation Schritt zu halten. Nach kurzer Zeit schwenkte der kleine Trupp vor dem Kronprinzenpalais rechts und machte zur Aufregung der Bediensteten erst im Foyer Halt. Dort stellten sich die Soldaten in einer Reihe auf. Ihr befehlshabender Offizier salutierte vor dem herbeigeeilten Hofmarschall Graf von Radolin-Radolinsky und machte Meldung.

»Sondereinheit des 1. Ostpreußischen Grenadierregiments Nr. 1 zur Meldung bei Seiner Kaiserlichen Hoheit angetreten!«

Von Tarlenheim gab Kummerow einen leichten Stoß mit dem Ellenbogen in die Seite, als auf der Treppe Schritte und ein Räuspern zu hören waren. Der Regimentschef der Grenadiere trat ins Foyer, worauf diese Haltung annahmen und die Offiziere salutierten.

»Und da sage noch einer, in Ostpreußen gingen die Uhren nach«, freute sich der Kronprinz. »Pünktlich auf die Minute!

Radolin, Sie wissen ja, dass die kommende Stunde meinem Regiment vorbehalten ist. Und wie ich sehe, sind auch andere Gäste im Haus – Sie wollen doch nicht etwa zurück in den aktiven Dienst, Kummerow?«

»Bedaure, Kaiserliche Hoheit – allerdings habe ich das Gefühl, unser gleichzeitiges Erscheinen bei Ihnen ist kein Zufall.«

Friedrich Wilhelm strich sich durch den Bart.

»Wie kommen Sie denn darauf?«

»Ich halte es für möglich, dass Sie uns den Grenadiertrupp Ihres Regiments als Leibwache geschickt haben.«

»Hm – meinen Sie. Und wer ist uns?«

»Ich bitte um Verzeihung, Kaiserliche Hoheit. Rittmeister von Tarlenheim von den Gardekürassieren.«

»So, Sie sind das also.« Der Thronfolger war amüsiert. »Wir haben schon von Ihren Abenteuern gehört. Vicky bekam direkt einen Schluckauf.«

Von Tarlenheim stand stramm und verkniff sich jede Belustigung.

»Zu Befehl, Kaiserliche Hoheit.«

»Schön. Willun, Ihr Bericht.«

Der Veteran legte in knappen Worten die Ereignisse seit Einsatzbeginn der Grenadiere dar. Sein Regimentschef hörte zu und drehte dabei eine Zigarette zwischen seinen Fingern. Willun gab das Wort an Kummerow weiter, der den letzten Stand des Falls schilderte. Der Kronprinz legte den Kopf schief.

»Sie konnten diese Machenschaften also vorerst unterbinden. Sehr gut. Aber wenn ich Sie richtig verstehe, sind die Hauptschuldigen immer noch auf freiem Fuß.«

»Ja, Kaiserliche Hoheit – doch wenn Sie unserem Plan zustimmen, dann stehen die Chancen gut, dass auch sie gefasst werden können.«

»Ich bin gespannt. Gehen wir in die Bibliothek.«

Um kurz nach zwölf trat der Kronprinz mit seinen Besuchern wieder ins Foyer. Seine Augen blitzten.

»Also abgemacht, meine Herren. In einer Woche im Zoologischen Garten. Mein Sekretär kümmert sich um die Einladungen und das Protokoll. Er bekommt Order, sich mit Ihnen zur weiteren Abstimmung in Verbindung zu setzen.«

Die Soldaten salutierten und verließen das Foyer. Kummerow zögerte.

»Was haben Sie noch auf dem Herzen, Kummerow?«

»Wie kam es, dass Sie uns gerade dann die Grenadiere geschickt haben, als es brenzlig wurde, Kaiserliche Hoheit?«

Der Kronprinz hielt ihm die Hand hin.

»Wissen Sie, es kann nicht schaden, jemanden auf seiner Seite zu haben, der von vielen übersehen wird.«

Mit dieser kryptischen Erklärung wurden Kummerow und von Tarlenheim verabschiedet. Sie wussten, dass sie in diesem riskanten Jeu nun alles auf eine Karte setzen mussten – gut möglich, dass es als Vabanquespiel enden würde. Sie hatten eine Woche Zeit. Es durfte nichts schief gehen.

Kapitel XXXII

Die Nutzung des Berliner Zoos für Empfänge bei internationalen Konferenzen hatte 1885 bereits Tradition. Im September 1872 war das gerade erst eröffnete Antilopenhaus der vielbewunderte Hintergrund des Dreikaisertreffens gewesen, und im Juni 1878 wurden die Teilnehmer des Berliner Kongresses mit einem Gartenfest im Zoologischen unterhalten. Zugegebenermaßen war der Winter keine ideale Jahreszeit für eine derartige Festlichkeit, doch als der deutsche Kronprinz die ausländischen Delegierten der westafrikanischen Konferenz zu einem Galaempfang in der Elefantenpagode lud, fühlten sich die Vertreter aller beteiligten Nationen gebührend geehrt und versprachen ihr Kommen. Dass sich die Einladung ausdrücklich auch auf alle subalternen Mitarbeiter erstreckte, werteten die Delegierten als ein Zeichen wohlwollender Volksnähe des Thronfolgers.

Gleich nach der Zusammenkunft der Ermittler mit dem Kronprinzen war das Anliegen aus dessen Sekretariat an die Verwaltung des Zoologischen Gartens übermittelt worden, der seit dem Tod von Dr. Bodinus immer noch keinen neuen Direktor hatte. Dort freute man sich nach den schlechten Nachrichten des vergangenen Jahres über den Wunsch, die Elefantenpagode als Festort auszuschmücken. Seit dem zweiten Januarmontag war dort ein ganzer Trupp von Handwerkern an der Arbeit, der von zehn auswärtigen Arbeitern verstärkt wurde, wodurch die Vorbereitungen gut vorangingen.

* * *

Kummerow und von Tarlenheim fanden Zeit noch einmal ins Deutsche Theater zu gehen, um dem Maskenbildner einen Besuch abzustatten und ihm für die erfolgreiche Unkenntlichmachung des Rittmeisters zu danken. Bei ihrer Unterhaltung kam dem Kommissar eine neue Idee.

Am Tag vor dem Empfang in der Elefantenpagode blieb Kummerow nichts weiter übrig, als abzuwarten, ob ihr Plan aufgehen würde. Im Präsidium hatte er sich erneut unter einem Vorwand abgemeldet und verließ nach einem späten Frühstück die Wohnung, um Menzel wieder einmal zu besuchen. Als er in der Sigismundstraße ankam, erfuhr er jedoch, dass der Maler ausgegangen sei. So machte er sich auf den Rückweg und ging gerade über den Potsdamer Platz, als er eine junge Frau auf sich zukommen sah. Sie schien in sich gekehrt und zuckte zusammen, als er sie ansprach.

»Guten Tag, Fräulein Hausner. Ich wollte Sie nicht erschrecken.«

»Herr Kummerow! Was führt Sie hierher?«

»Ich wollte einen Besuch machen, aber mein Bekannter war nicht zu Hause.«

»Ach so. Ich bin mit meinem Onkel bei Josty verabredet.«

»Bitte bestellen Sie ihm meine Grüße.«

»Gern. Wir haben uns ja seit der Neujahrsnacht nicht mehr gesehen. Sind Sie mit Ihren Ermittlungen weitergekommen?«

»Ja, ich denke schon. Morgen wird sich alles entscheiden.«

Sie sah ihn durchdringend an.

»Seien Sie nur vorsichtig. Ich bin zwar sonst nicht abergläubisch, aber diese Wahrsagerin an Silvester hat mich doch beunruhigt.«

»Machen Sie sich keine Sorgen. Ich sehe mich vor.«

Einen Moment später standen sie vor dem Eingang des Cafés an der Ecke zur Bellevuestraße. Kummerow fasste sich ein Herz.

»Wenn der Fall abgeschlossen ist, würde ich Sie gern wiedersehen, Fräulein Hausner. Wenn es Ihnen recht ist.«

Sie zögerte.

»Ich hoffe, dass das möglich sein wird, Herr Kummerow.«

»Ich heiße Albert.«

Er drückte ihr die Hand, dann drehte er sich um und lief zur Pferdebahnhaltestelle.

* * *

Als an diesem Wintersonnabend die letzten Besucher den Zoologischen Garten verließen, fielen ihnen die zahlreichen Droschken und Equipagen auf, die vor dem Stadtbahneingang vorfuhren. Noch mehr staunten sie über die Fahrgäste in festlicher Abendgarderobe, die von einem Maître de Plaisir empfangen wurden.

»Exzellenzen, werte Herren, hoch verehrte Gäste! Bitte folgen Sie mir, Seine Kaiserliche Hoheit erwartet Sie!«

Er drehte sich um, und auf einen Wink von ihm entzündeten livrierte Diener Fackeln, die auf dem direkten Weg zur Elefantenpagode aufgestellt waren. Die Gäste ließen ein erfreutes »Ah!« hören und folgten dem Hofbeamten durch dieses Spalier, bis sie zum Dickhäuterhaus kamen. Auch hier standen überall Fackeln; in diesem fast mystischen Lichtschein machte es dem Namen »Elefantenpagode« alle Ehre. Die Türen wurden weit geöffnet, und als die Delegierten eintraten, kam ihnen Kronprinz Friedrich Wilhelm persönlich entgegen und begrüßte jeden einzeln. Sogar die einfachen Mitarbeiter der Delegationen ließ er sich bis auf den letzten Mann vorstellen und hieß alle auch im Namen seines Vaters willkommen. Neben dem Kronprinzen waren sein Adjutant und die Mitglieder seines Hofstaats anwesend; nur die Kronprinzessin hatte wegen eines Unwohlseins absagen müssen. Der Zoologische Garten wurde von seinem kommissarischen Geschäftsführer repräsentiert, einem noch jugendlich wirkenden Mann mit pomadisiertem dunklem Mittelscheitel. Ihm zur Seite stand sein Sekretär, ein hochgewachsener Mittvierziger mit schlohweißem Haar und Zwicker. Beide folgten Friedrich Wilhelm bei seiner Willkommensrunde. Nur dem scharfsichtigsten Beobachter hätte auffallen können, dass sie nach der Begrüßung zweier belgischer Delegationsmitarbeiter verstohlene Blicke wechselten.

Im mit Feuerschalen beleuchteten Besucherraum standen gedeckte Tische; in einer Ecke spielte ein Streichquartett. Die livrierten Diener reichten den Gästen Gläser mit Champagner, und nach einer Viertelstunde bat der Maître de Plaisir alle zu Tisch. Der Kronprinz wechselte noch kurz ein paar Worte mit seinem schnauzbärtigen Adjutanten und schritt dann zur Haupttafel in der Mitte des Raums, an der auch die Delegierten der Kongo-Konferenz platziert wurden. Er räusperte sich kräftig und begrüßte sie in der französischen Konferenzsprache.

»Exzellenzen, werte Gäste, liebe Freunde! Es ist mir eine große Freude, Sie an diesem Abend in diesem wundervollen Gebäude willkommen zu heißen. Wie ich höre, nähert sich die große afrikanische Konferenz ihrer Beschlussfassung. Ich erhebe mein Glas und trinke auf ihren für alle befriedigenden und erfolgreichen Abschluss!«

Alle Geladenen taten es ihm nach, dann wurde die Vorspeise serviert, bestehend aus Spezialitäten der teilnehmenden Nationen. Die ständigen Bewohner des Hauses blickten neugierig aus ihren Käfigen auf die illustre Versammlung und befassten sich dann wieder mit ihrem eigenen Futter.

Als der Fisch serviert wurde, ein kolossaler, delikat zubereiteter Stör mit großzügiger Kaviargarnitur, warfen einige der vor den Käfigen postierten Tierpfleger sehnsüchtige Blicke herüber.

Als Hauptgang folgten Rinderfilets mit exotischen Beilagen, und die Stimmung der Gäste machte sich prächtig, wozu diverse Kisten Rheinwein und noch mehr Champagner ihren Teil beitrugen. Selbst der französische Delegierte lobte, man hätte dies in seiner Heimat nicht besser machen können. Darauf stand der Kronprinz auf und schüttelte ihm unter allgemeinem Applaus besonders herzlich die Hand, als wollte er mit dieser Geste die lange Feindschaft offiziell beenden.

Dann ergriff der Maître de Plaisir wieder das Wort.

»Kaiserliche Hoheit, Exzellenzen, meine Herren! Bitte folgen Sie mir nun zum Antilopenhaus. Dort erwarten Sie Darbietungen exotischer Tänze von ausgewählten Tänzerinnen des Königlichen Balletts, die das Herz eines jeden an diesem kalten Abend erwärmen werden!«

Angeführt vom Kronprinzen und seinem Hofstaat verließen die Delegierten nach und nach die Elefantenpagode.

Als Letzte erhoben sich die Belgier, um den anderen Delegierten zu folgen. Sie wurden jedoch vom Geschäftsführer aufgehalten, dem sein Sekretär als Dolmetscher zur Seite stand.

»Exzellenzen, meine Herren, wenn Sie erlauben: Da Belgien sich so um den Aufbau des Kongos verdient gemacht hat, hätten wir einige Fragen und vielleicht auch eine Bitte an Sie.«

»Was möchten Sie denn wissen, guter Mann?«, fragte Graf van der Straten-Ponthoz leutselig.

»Nun, es ist bekannt, dass enorme Arbeitskraft nötig ist, um im afrikanischen Dschungel voranzukommen und ihn urbar zu machen. Haben Sie schon einmal an den Einsatz von Arbeitselefanten gedacht?«

»Hm ... klingt nicht schlecht. Was meinen Sie, Lambermont?«, fragte er den neben ihn stehenden Staatsminister.

»Es käme auf einen Versuch an.«

»Erlauben Sie uns eine kleine Vorführung.«

Der Geschäftsführer und sein Sekretär führten sie zum Käfig des indischen Elefanten. Die belgischen Mitarbeiter und die Tierpfleger folgten.

»Sehen Sie nur, wie nützlich asiatische Elefanten für Ihre Vorhaben sein können«, fuhr der Geschäftsführer fort. »Wozu sonst teure Maschinen gebraucht würden, das schaffen diese genügsamen Dickhäuter mit viel weniger Aufwand, sobald sie einmal von Asien nach Afrika transportiert sind. Und wie Sie alle wissen, lassen sich afrikanische Elefanten nicht zähmen.«

Der Elefantenbulle Rostom hielt seine Besucher aufmerksam im Blick, während ihm ein Tierpfleger die Flanke tätschelte. Auf seiner grauen Lederhaut glänzten zwischen Augen und Ohren dunkle, feuchte Flecken, die er ab und zu mit dem Rüssel berührte. Der Pfleger hob einen Stock, und auf das Kommando ergriff Rostom einen Baumstamm mit dem Rüssel und legte ihn im hinteren Teil des Käfigs wieder ab. Ein weiteres Kommando, und er zog eine schwere, zu diesem Demonstrationszweck abgestellte Geschützlafette mit dem Rüssel von einer Ecke des Käfigs in die andere. Die Belgier klatschten Beifall.

»Bemerkenswert!«, befand der Botschafter. »Wenn sich alle Elefanten so abrichten ließen, wären sie in der Tat eine echte Hilfe. Aber sind sie denn auch klug genug, um nicht alles, was sie zustande bringen, durch zu große Kraft wieder einzureißen?«

»Da besteht kein Grund zur Sorge, Exzellenz. Elefanten gehören zu den intelligentesten und empfindsamsten Wesen überhaupt! Erlauben Sie, dass wir es Ihnen beweisen. Dazu bräuchten wir einen Freiwilligen … Monsieur, wenn Sie so liebenswürdig wären, uns zu assistieren.«

Der Geschäftsführer ging auf einen der belgischen Mitarbeiter zu, der sich bis jetzt am weitesten im Hintergrund gehalten hatte, ergriff ihn einladend am Arm und führte ihn zum Käfig. Dem Mann war die Lage offensichtlich nicht geheuer; hilfesuchend sah er seine Vorgesetzten an.

»Na, kommen Sie schon, de Vos, seien Sie kein Spielverderber!«, rief van der Straten-Ponthoz, dem allerdings eine gewisse Anspannung anzumerken war. Mit sanftem Nachdruck zog der Sekretär den Unfreiwilligen zum Käfigeingang.

Der Geschäftsführer wandte sich nun wie ein Zirkusdirektor an die verbliebenen Gäste.

»Meine sehr verehrten Herren, als Beweis dafür, wie behutsam sich ein Elefant bewegen kann, wird Rostom nun langsam seinen Vorderfuß bis kurz über den Kopf von Monsieur hinuntersenken, der dazu die Liebenswürdigkeit haben wird, ihn auf dieses Kissen hier zu betten. Monsieur wird dabei kein Haar gekrümmt werden.«

Das Versuchsobjekt wider Willen wurde bei diesen Worten merklich blass. Der Elefant schien seine Angst zu spüren und schnaufte leise, blieb aber ruhig.

»Keine Sorge, Monsieur, Ihnen wird nichts passieren. Hier können Sie sich bequem hinknien, und das Kissen ist auch ganz weich. Kommen Sie, wir helfen Ihnen.«

»Nein!«

Der Schrei des Belgiers kam so unvermittelt, dass sogar Rostom erschrak und einen Schritt zurück machte.

»Aber ich bitte Sie, was haben Sie nur?«, fragte der Geschäftsführer ehrlich erstaunt.

»Sehen Sie denn nicht die Flecken da an den Ohren«, rief der völlig entnervte Mann. »Da, auf beiden Seiten! Der Elefant ist in der Musth! Schnell raus aus dem Käfig!«

Zwei der Tierpfleger hielten ihn fest, anscheinend, um ihn zu stützen.

»Wie, was meinen Sie damit?«, fragte der Geschäftsführer weiter.

»Wenn er in der Musth ist, wird er ohne Vorwarnung wild, und dann sind wir alle tot!«

»Woher wollen Sie das wissen?«

»Ich … ich ...«

Die beiden Tierpfleger hatten ihn noch fester gepackt, sicherlich, um ihn im Fall einer Ohnmacht aufzufangen.

»Ach, kommen Sie, Monsieur, ich zeige Ihnen, dass Sie Unrecht haben. Bitte, knien Sie sich hierher …«

Schon wollten die Tierpfleger dem Kandidaten dabei behilflich sein.

»Lassen Sie mich los!«, schrie der Belgier. »Ich will nicht sterben!«

»Aber warum denn sterben?«

»Ich habe selbst gesehen, was dann passiert! Man wird zerquetscht, zertrampelt und zermalmt!«

»Haben Sie das womöglich gesehen, weil Sie selbst vor einigen Wochen dabei waren, als hier ein Mann sterben musste?«

»Ein … ein Unfall!«

»Was für ein Unfall? Meinen Sie den Dolmetscher der Völkerschau, der hier zu Tode kam? Er ist gegen seinen Willen in den Käfig geraten. Sie und Ihr Handlanger haben ihn gefesselt und hineingestoßen! War es nicht so? Meine Herren, Monsieur möchte nun Position einnehmen.«

Die Tierpfleger packten ihn noch fester und waren schon dabei, ihn nach unten zu drücken.

»Nein! Lassen Sie mich los! Ich will alles sagen!«

Die Diplomaten hatten bis jetzt sprachlos vor Verblüffung dabeigestanden. Nun meldete sich der belgische Gesandte zu Wort.

»Was soll das, mein Herr? Wer sind Sie, dass Sie meinen Mitarbeiter gegen seinen Willen festhalten und anklagen?«

»Exzellenzen, ich darf mich Ihnen vorstellen«, wandte sich der Geschäftsführer nun an ihn und an Baron Lambermont. »Mein Name ist Kummerow, ich bin Kriminalkommissar der Berliner Polizei. Ich ermittle im Fall Ihres vor der Reichskanzlei angeschossenen Mitarbeiters. Dies«, und er wies auf seinen Sekretär, »ist Rittmeister von Tarlenheim von den Gardekürassieren Seiner Majestät des Kaisers. Er ist ebenfalls mit diesem Fall betraut. Wir sind überzeugt davon, dass dieser Mann und sein Komplize schuld am Tod eines Dolmetschers aus dem Kongo sind, der in diesem Elefantenkäfig starb.«

»Wie kommen Sie auf diese ungeheuerliche Behauptung? Das ist unmöglich! De Vos, was soll das?«

»Es durfte doch keiner erfahren, Exzellenz … Sie wissen schon, was ich meine.«

»Wovon reden Sie, Kerl?«

»Die Zigarrenbauchbinden mit den Informationen. Nur diejenigen sollten sie doch bekommen, die von unserer Expansion im Katanga-Gebiet wussten.«

»Seien Sie gefälligst still!«

»Nein, Exzellenz, ich habe keine Lust, von einem Elefantenfuß zerquetscht zu werden! Auch Ihnen war klar, dass Vandenberg ein Risiko für uns war. Er hat zu gern geredet – und deswegen wollten Sie, dass wir ihn aus dem Weg räumen, bevor er etwas über Katanga verrät.«

»Infame Lügen!«

»Doch, so war es, nur wollen Sie das jetzt nicht hören! Wir sollten ihn gleich am ersten Abend der Konferenz entführen. Und als wir auf ihn gewartet haben, kam uns jemand zuvor.«

»Jemand, den Sie aus Ihrer Zeit im Kongo kannten«, fuhr Kummerow fort. »Sie hatten Bebey kennengelernt, als er dort für Stanley arbeitete, aber Sie wussten nicht, dass er sich als Dolmetscher für die Völkerschau auf die Reise nach Berlin gemacht hatte. Er kam her, um Stanley zu töten – und hat ihn vor der Reichskanzlei mit Vandenberg verwechselt.«

»Apropos ›wir‹«, wandte sich von Tarlenheim an de Vos. »Sie waren bei Ihren Aktivitäten stets zu zweit, nicht wahr? Dürfte ich Ihren Mittäter bitten, ebenfalls vorzutreten?«

In diesem Moment rannte ein anderer Belgier aus der Gruppe auf den Ausgang zu, bevor ihn die Ermittler oder die Tierpfleger aufhalten konnten. Er hatte es beinahe bis ins Freie geschafft, als aus dem Schatten der Säule neben der Tür auf einmal ein Fuß hervorragte. So klein er war, war er doch groß genug, um den Flüchtenden ins Stolpern zu bringen und ihn krachend gegen den Türrahmen des Vestibüls stürzen zu lassen, wo er benommen liegen blieb. Der Besitzer des Fußes trat unter die Anwesenden, von denen sich die meisten erstaunt über seine geringe Körpergröße zeigten.

»Guten Abend, Kummerow. Bitte meine Verspätung zu entschuldigen – aber ich komme wohl gerade noch rechtzeitig.« Adolph Menzel stellte sich mit einem grimmigen Lächeln an die Seite des Kommissars. »Bitte fahren Sie fort, es wurde gerade interessant!«

Kummerow gab der kleinen Exzellenz mit einem dankbaren Lächeln die Hand und wiederholte:

»Bebey hatte Stanley im Kongo Rache geschworen und wollte ihn am 15. November auf der Wilhelmstraße erschießen. Stattdessen traf er Vandenberg in die Schulter und hat vermutlich anschließend an seiner Stimme erkannt, dass er den Falschen aufs Korn genommen hatte. Als Bebey nun vom Wilhelmplatz flüchtete, muss er Sie beide gesehen haben. Er konnte sich ausmalen, dass auch Sie hinter Vandenberg her waren und er selbst nun ebenfalls auf Ihrer Liste stand.«

De Vos nickte zerknirscht.

»Er musste verschwinden. Unsere Vorgesetzten hatten entschieden, dass es keine Mitwisser geben dürfe.«

Graf van der Straten-Ponthoz und Baron Lambermont funkelten ihn böse an, blieben aber stumm.

»Da der Rittmeister und ich die Verfolgungskünste dieser beiden Männer im vergangenen Dezember kennengelernt haben, können wir davon ausgehen, dass sie sich im Anschluss an Bebeys Fersen geheftet haben.«

»Und bei seiner bemerkenswerten Intelligenz müssen ihm die drohenden Konsequenzen sofort klar gewesen sein, als er sie am Wilhelmplatz sah«, fügte von Tarlenheim dazu. »Deswegen schnitt er ein Stück von seiner Wolldecke ab, auf der er wohl gekniet haben muss, und ließ es absichtlich als Spur zurück. Wir haben es am Montag darauf dort gefunden. Bebey wollte nach unserem ersten Zusammentreffen aussagen und bestellte uns dazu hierher – aber diese Männer kamen uns zuvor.«

»Auf dem Wilhelmplatz fanden wir auch diesen Rest einer Zigarre, die nur für die Mitwisser der geheimen Landnahme im Gebiet des südöstlichen Kongo bestimmt war. Damit wurden die Eingeweihten des belgischen Expansionsplans über den Stand der Dinge auf dem Laufenden gehalten«, erklärte Kummerow. »Allerdings kann ich mir nicht vorstellen, dass Bebey auch ihn bewusst fallen gelassen hat.«

»Thijs, dieser Idiot«, zischte de Vos mit einer Kopfbewegung in Richtung Tür, wo mittlerweile zwei weitere Tierpfleger seinen Kompagnon festhielten. »Wenn du schon rauchen musst, dann nimm eine andere, hab' ich ihm gesagt. Aber er konnte ja noch nie gehorchen.«

»Meine Herren, ich habe genug von Ihrem Theater!«, rief Graf van der Straten-Ponthoz. »Mit Ihren aus der Luft gegriffenen Beschuldigungen haben Sie uns aufs Schwerste beleidigt, und damit das gesamte Königreich Belgien! Sie haben keine Rechtsgrundlage – auf unseren Status als Mitglieder des diplomatischen Corps brauche ich Sie wohl nicht erst hinzuweisen. Seien Sie versichert, dass wir uns persönlich beim Reichskanzler Fürst Bismarck über Sie beschweren werden!«

»Das steht Ihnen natürlich frei, Exzellenz«, entgegnete von Tarlenheim im freundlichsten Plauderton. »Ich darf Ihnen dazu meine Karte überreichen, für den Fall, dass Sie sich auch bei meinem Regimentskommandeur beschweren möchten.«

Der Gesandte machte eine wegwerfende Handbewegung.

»Ihre Männer werden die Freundlichkeit besitzen, unsere Mitarbeiter sofort freizulassen. Sie haben kein Recht, sie noch länger festzuhalten.«

»Tut mir leid. Da einer der Herren gerade ein Geständnis in einem Mordfall abgelegt und seinen Komplizen mitbelastet hat, müssen wir beide vorläufig festnehmen.«

Mittlerweile war der Adjutant des Kronprinzen wieder in der Pagode erschienen, den sein Herr wohl entsandt hatte, um nachzusehen, wo denn seine belgischen Gäste blieben. Er warf einen Blick in die Runde und schien über den Anblick der konsternierten Belgier nicht sonderlich erstaunt. Stattdessen nickte er dem vermeintlichen Geschäftsführer, dessen Sekretär und den Tierpflegern zu, die vor ihm Haltung annahmen. Er trug einen Blecheimer mit einer dunklen, klebrigen Flüssigkeit, nach der Rostom sofort den Rüssel ausstreckte. Weil der Elefant sich vor Beginn des Empfangs bereitwillig mit einer

Portion Zuckerrübensirup zwischen Augen und Ohren hatte einreiben lassen, wollte er nun den Rest davon als Belohnung haben. Der Adjutant zwirbelte seinen Schnauzbart und hielt den Eimer hoch.

»Wünschen die Herren Nachtisch?«

Kapitel XXXIII

So dramatisch der Abend in der Elefantenpagode verlaufen war, so schnell ging er auch zu Ende. Der schnauzbärtige Adjutant nahm Kummerow, von Tarlenheim und Menzel beiseite und flüsterte ihnen etwas zu. Daraufhin verließen die vier mit der Gruppe von Tierpflegern den Zoo, die nun wieder zu Angehörigen des 1. Ostpreußischen Grenadierregiments wurden. Sie führten die mit Handschellen aneinander gefesselten Verbrecher ab und beeilten sich zum Stadtbahnhof, wo sie einen Zug in Richtung Alexanderplatz nahmen. Von dort ging es mit mehreren Fuhrwerken zur Stadtvogtei. Als die beiden Belgier dort eingesperrt waren, begleiteten die Ermittler und Menzel die Grenadiere zum Ostbahnhof. Hauptmann Willun fiel der Abschied direkt ein bisschen schwer.

»Schade, die Herren, dass wir schon fahren müssen. Wir hatten uns gerade an die Späßchen bei Ihnen gewöhnt. Aber der Chef hat ja Recht: Wir müssen wieder zurück nach Hause, damit wir keinen Ärger kriegen. Sie sollen sich jedenfalls bei ihm melden, wenn es jetzt hart kommt.«

Von Tarlenheim verzog das Gesicht.

»Keine Sorge, so etwas sind wir hier gewöhnt. Was meinen Sie, Willun, wäre Berlin nicht auf Dauer etwas für Sie?«

Willun lachte.

»Erbarmung!«

Dann ging er seinen Männern hinterher zum Bahnsteig. Am nächsten Abend würden sie wieder in Königsberg sein.

Als sie weg waren, stellten die drei Verbliebenen fest, dass sich nach diesem Abenteuer noch keiner auf den Heimweg machen wollte. Der sonst oft so mürrische Menzel war ausgesprochen guter Laune und hatte schon einen Vorschlag für ein passendes Ende des Abends parat.

»Zu Josty!«

* * *

Als sie vor dem Café am Potsdamer Platz ausstiegen, war es Kummerow, als sei er noch einmal ins alte Jahr zurückversetzt worden: Hier hatte die Verfolgung der Belgier seinerzeit ihr Ende genommen. Sie betraten Menzels Lieblingslokal, wo der Kellner sie sogleich zu seinem Stammplatz geleitete. Der Maler orderte Wein und einen Imbiss, was Kummerow und von Tarlenheim dankbar annahmen, da sie während des Diners im Dickhäuterhaus keine Gelegenheit zum Essen gehabt hatten. Menzel war die Redseligkeit selbst.

»Nun, Kummerow, jetzt haben Sie erlebt, wie es hier in der Reichshauptstadt zugehen kann. Wie denken Sie darüber?«

»Ich weiß nicht, Herr Professor. Es gab viel Unerwartetes.«

»Gutes wie Schlechtes, ich kann es mir denken.«

»Darf ich eine Frage stellen?«

»Bitte sehr.«

»Sie waren es, der für die Entsendung unserer Leibwache verantwortlich war?«

»So ist es. Wir haben nämlich zusammen Silvester gefeiert – ohne dass Sie es wussten. Ich konnte beobachten, dass man Sie dort vor der Tür ins Visier genommen hat und habe darum eine Nachricht an den Kronprinzen gesandt.«

»Ich danke Ihnen – Sie waren also auch bei Kroll?«

»Ganz recht, ich habe dort skizziert – aber die Wirtschaft ist ja groß genug, dass man sich aus dem Weg gehen kann. Zudem wollte ich Sie beide und Ihre charmante Begleitung nicht stören. Darf ich so indiskret sein und fragen, ob Sie noch öfter gemeinsame Soireen mit den jungen Damen planen?«

Kummerow lächelte verlegen.

»Schon möglich, Herr Professor.«

»Nun denn. Sagen Sie, Kummerow, wie geht es denn der Kleinen vom Krögel?«

»Es war eine Zeitlang kritisch, aber jetzt geht es ihr wieder besser. Professor von Bergmann sagt, sie könne wohl nächste Woche nach Hause.«

»Na, Gott sei Dank. So weit kommt es noch, dass die Verbrecher laufen gelassen werden und so ein junges Ding dabei umkommen muss. Übrigens, was ist denn aus ihrem Entführer geworden?«

»Das kann ich nicht genau sagen. Der Mann ist von Sicherheitspolizisten aus der Klinik abgeholt und ins Präsidium gebracht worden. Ich nehme an, kommende Woche werde ich mehr erfahren.«

Menzel nickte.

»Herr Rittmeister, haben Sie eine Ahnung, mit was für einem großartigen Kriminalbeamten Sie zusammengearbeitet haben?«

Der Kürassier sah vom einen zum anderen.

»Das schon, Herr Professor – doch sind Sie sich bestimmt im Klaren darüber, dass selbst ein Ermittler wie er nicht ganz ohne Hilfe auskommt.«

»So, meinen Sie? Nun, manche sagen, alles Gute kommt von oben. Ich denke aber, alles Gute kommt zurück.«

»Mit Verlaub, ich dachte, Sie wären Maler, aber mir scheint, an Ihnen ist ein Philosoph verloren gegangen.«

Der Maler lächelte so breit, wie man es im Café Josty noch nie bei ihm gesehen hatte.

»Das kann schon sein.« Und zum Kellner rief er: »Noch eine Flasche! Aber diesmal Champagner!«

Kapitel XXXIV

Kummerows nunmehr dritter Besuch im Palais Radziwill war kein freiwilliger. Es hatte die Reichskanzlei einige Mühe gekostet, die spektakuläre, wenn auch nur vorübergehende Festnahme zweier belgischer Delegationsmitglieder im Zoologischen Garten unter den Teppich zu kehren. Dass es deswegen trotzdem zu diplomatischen Verwicklungen gekommen war, verstand sich von selbst. Der Kommissar war zwei Tage darauf in die Wilhelmstraße einbestellt worden – allein. Von Tarlenheim war von seinem Kommandeur angewiesen worden, sich vorerst auf Abruf in der Kaserne bereitzuhalten.

Dr. Rottenburg nahm Kummerow im Foyer in Empfang.

»Da sind Sie also wieder. Ist es das, was Sie wollten – einen ausgewachsenen Skandal?«

Er blickte Kummerow strafend an, wobei sich seine scharf geschnittenen Augenbrauen an der Nasenwurzel trafen.

»Der Reichskanzler will Sie allein sehen. Ich habe keine Ahnung, warum – wenn's nach mir ginge, wären Sie schon längst auf dem Weg nach Hinterpommern. Aber der Chef wird sich etwas dabei gedacht haben, und ich maße mir nicht an, seine Handlungsweise in Frage zu stellen. Keine langen Erklärungen von Ihnen – er weiß über den Sachverhalt und die Hintergründe Bescheid. Nur so viel: Was gesprochen wird, wird dieses Haus nicht verlassen. Und jetzt kommen Sie mit. Die Anrede lautet ›Durchlaucht‹.«

Er ging Kummerow in den rechten Parterreflügel voran und klopfte an eine Tür. Nach einer Pause hörten sie ein heiseres »Herein«.

Kummerow betrat ein mittelgroßes, eher düsteres Zimmer voller offener Ablagen und Regale, das von einem massiven Schreibtisch dominiert wurde. Über dem Schreibtisch hing eine lange Kordel von der Decke, die mit einem Klingelsystem verbunden war. Damit konnte der Hausherr seine Bediensteten unverzüglich auf seine Wünsche aufmerksam machen, beispielsweise, wenn Gäste dabei waren, die ihnen zugemessene Besuchszeit zu überschreiten. In Reichweite der Kordel saß Otto von Bismarck und fasste den Kommissar skeptisch ins Auge.

»Setzen Sie sich.«

Kummerow nahm auf der anderen Seite des Schreibtischs Platz, während Bismarck nach einer Zigarre griff. Der Kommissar stellte fest, dass die Bauchbinde das Konterfei des Reichskanzlers selbst trug. Bismarcks Dogge Tyras lag vor einer Chaiselongue und machte mit einem Knurren darauf aufmerksam, dass er diesen Gast schon einmal gewittert hatte.

»Sie sind also der Beamte, der beinahe die ganze Kongo-Konferenz hätte scheitern lassen.«

Kummerow schwieg, denn das klang eher wie eine Feststellung als wie eine Frage.

»Sie wollte ich mir persönlich ansehen.«

Bismarck hielt inne und musterte den Kommissar eine Weile.

»Können Sie sich eigentlich vorstellen, welche Tragweite diese Konferenz hat? Was hat Sie nur geritten, Mitarbeiter einer teilnehmenden Nation so zu behandeln?«

»Durchlaucht hatten mich durch meine Vorgesetzten beauftragt, ein Verbrechen aufzuklären, das sich hier vor der Tür ereignet hat. Dieses Verbrechen habe ich aufgeklärt.«

Der Reichskanzler schnaufte.

»Und dabei Schindluder mit den Interessen des Deutschen

Reiches getrieben! Konnten Sie nicht verstehen, dass es wichtiger war, die diplomatische Balance in Ruhe zu lassen, als bloß stur Ihren Fall lösen zu wollen?«

»Dieser Fall war meine Aufgabe, Durchlaucht. Ein Mensch wurde angeschossen. Ein anderer ist zu Tode gekommen. Die Schuldigen sind ermittelt.«

Bismarck warf ihm einen bösen Blick zu.

»Na, wenn schon! Was ist ein Neger mehr oder weniger, wenn es um die Zukunft unserer ganzen Nation geht? Gar nichts, hören Sie – gar nichts!«

Er stand schwerfällig auf und trat ans Fenster.

»Ich werde Ihnen jetzt einmal etwas erklären. Völkerschauen, Kolonien, dieser ganze Kram – das alles bieten wir dem Volk, damit es denkt, dass wir auch jemand sind in der Welt. Es ist mir aber egal, ob nun ein Land eine afrikanische Palme mehr als das andere besitzt. Wichtig ist nur, dass keins von ihnen übermächtig wird. Und wenn dann so ein kleines Königreich wie Belgien ein großes Stück vom Kuchen abbekommt, ist das eben ein Stück, das die anderen nicht kriegen!«

Er ging an die Wand und zeigte auf eine Karte Europas.

»Schauen Sie! Hier ist Russland, hier ist Frankreich, hier ist England, und hier sind wir: Das ist meine Karte von Afrika! Wenn wir in Europa das Gleichgewicht halten, dann soll sich doch um die Kolonien schlagen, wer will!«

Der Reichskanzler setzte sich wieder. Kummerow fragte sich schon, ob das Strafgericht damit seinem Ende entgegen ging. Noch war er jedoch nicht entlassen.

»Kummerow, Sie mögen ja ein guter Kriminalbeamter sein – Ihnen fehlt nur das Gespür, wo Sie Halt zu machen haben. Dass Sie unter diesen Umständen eine Belastung für das Innenressort darstellen, wird Ihnen einsichtig sein. Ich sage es Ihnen unumwunden: Solange ich mein Amt bekleide, werden Sie nicht mehr der Berliner Kriminalpolizei angehören!«

Kummerow blickte ins Leere. Damit war seine Berliner Karriere für ihn beendet, und er konnte sich daran machen, die Koffer zu packen.

»Sie melden sich bei Ihren Vorgesetzten im Präsidium und bekommen dort die entsprechenden Papiere ausgehändigt. Und jetzt gehen Sie.«

Kummerow verbeugte sich steif und verließ den Raum. Er ging hinaus auf die kalte Wilhelmstraße und lief an dem Ort vorbei, an dem der Fall vor zwei Monaten seinen Anfang genommen hatte. Er blieb kurz stehen, dann schüttelte er den Kopf und machte sich auf den Heimweg. Eine Dreiviertelstunde später stand er vor der Georgenkirchstraße 2. Wenigstens seine Wohnung war ihm noch geblieben.

Kapitel XXXV

Als Kummerow in den Flur trat, stieg ihm der Duft von frisch gebrühtem Kaffee in die Nase. Ungewöhnlich – nachmittags gab es den bei Witwe Liebrecht doch nur am Sonntag. Er hängte seinen Mantel auf und wunderte sich über den abgeschabten Koffer unter der Garderobe. Ob seine Zimmerwirtin verreisen wollte? Doch da kam sie ihm schon aus der Küche entgegen. Kummerow hatte sie noch nie derartig strahlen sehen.

»Herr Kummerow, schön, dass Sie da sind! Kommen Sie bitte, ich möchte Sie jemandem vorstellen!«

Sie nahm ihn an der Hand, um ihn hinter sich her in die gute Stube zu ziehen, und schien gar nichts daran zu finden. Auf dem Sofa saß ein hagerer Mann mit hohlwangigem Gesicht, der aussah, als habe er die Fünfzig schon eine Weile hinter sich gelassen. Er trug einen schon etwas abgewetzten Anzug, doch noch auffälliger an ihm war sein weißer Spitzbart. Kummerow konnte nicht auf Anhieb sagen, wo er ihn schon einmal gesehen hatte. Dann ging sein Blick vom Mann auf dem Sofa zum Porträt an der Stubenwand hinauf, und seine Zimmerwirtin bestätigte es ihm.

»Herr Kummerow, ich darf Ihnen meinen Mann vorstellen. Ewald, das ist mein Untermieter, Herr Kriminalkommissar Kummerow.«

Der verschollene und nun wiedergekehrte Herr Liebrecht stand auf und reichte Kummerow die Hand.

»Freut mich, mein Herr! Emilie hat mir schon von Ihnen erzählt.«

Seine Frau, nicht länger Witwe, lachte ihn an.

»Ich komme vom Einholen wieder, und da steht er vor der Tür! Einfach so! Ich hätt‘ mich beinahe aufs Trottoir gesetzt!«

Bei Kaffee und Kuchen erzählte Liebrecht noch einmal seine abenteuerliche Geschichte. Nachdem er mit der Expedition des Geografen Paul Güßfeldt vor der afrikanischen Küste Schiffbruch erlitten hatte, wurde er von seinen Mitreisenden getrennt, erreichte aber den Strand und schlug sich allein ins Landesinnere durch. Die nächsten Jahre blieb er bei einem Eingeborenenstamm, der ihn als so etwas wie einen Medizinmann verehrte. Natürlich gab es dort keine Post und keinen Telegrafen und daher auch kein Lebenszeichen von ihm. Vor einem Jahr nahm er dort Abschied und reiste zur Küste. An der Kongomündung verdiente er sich dann solange Geld, bis er sich die Passage in die Heimat leisten konnte.

»Und da bin ich nun.«

Kummerow beglückwünschte den Heimgekehrten, dann entschuldigte er sich und verließ die Stube. Frau Liebrecht schien das nicht zu merken; sie bat ihren Mann:

»Bitte erzähl’ mir alles nochmal!«

Währenddessen war Kummerow leise in sein Schlafzimmer gegangen und machte sich nun daran, seinen Koffer zu packen.

Kapitel XXXVI

Am 26. Februar 1885 wurde von den Delegierten die General-Akte der Kongo-Konferenz unterzeichnet. Darin einigten sich die teilnehmenden Nationen unter anderem auf freien Handel im Kongobecken, freie Schifffahrt auf Kongo und Niger und auch auf die Abschaffung des Sklavenhandels. Unter den 38 Artikeln dieser Schlussakte, die am 8. April ratifiziert und am 20. Juni bekannt gemacht wurde, standen 19 Unterschriften, auch die von Graf van der Straten-Ponthoz und Baron Lambermont. Die beiden belgischen Abgesandten konnten ihrem Souverän in Brüssel den Abschluss äußerst vielversprechender Verhandlungen melden, und in der Folge wurde der Traum Leopolds II., eine riesige Kolonie im Herzen Afrikas zu besitzen, Realität.

Das Königreich Belgien konnte ebenfalls damit zufrieden sein, dass all seine im Umfeld der Konferenz beteiligten Mitarbeiter unbehelligt wieder die Heimreise antreten durften. Nach einer diskreten Verständigung mit der Reichskanzlei wurden auch diejenigen, gegen die zweifellos ungerechtfertigte Beschuldigungen erhoben worden waren, vollkommen rehabilitiert und auf freien Fuß gesetzt.

* * *

Im Februar 1885 trat auch der neue Zoodirektor Max Schmidt die Nachfolge von Dr. Heinrich Bodinus an. Wie sich später herausstellte, war der belgische Geheimdienst in der Tat einmal auf Bodinus zugekommen, um ihn als Kontaktmann in der Reichshauptstadt anzuwerben. Doch selbst Versprechungen über großzügige Lieferungen seltener afrikanischer Tiere hatten den Retter und Neuschöpfer des Zoologischen Gartens von Berlin nicht dazu bringen können, geheime Geschäfte mit einer fremden Macht zu machen.

* * *

Sein vorerst letzter Termin bei seinen Vorgesetzten im Polizeipräsidium verlief für Kummerow ohne Überraschungen. Wie an seinem ersten Tag führte Graf von Pückler den Vorsitz, während ihm Polizeirat von Gräve und Kriminalinspektor Schuchardt sekundierten.

»Kummerow, Sie haben den Reichskanzler gehört, und so gern wir's vielleicht täten, können wir an seiner Entscheidung nichts mehr ändern. Auch wenn Sie den Fall schließlich aufgeklärt haben, hatten Sie dazu keine Befugnis mehr. Darüber hinaus fühlten sich Delegierte eines befreundeten Nachbarlandes aufs Empfindlichste brüskiert. Ich händige Ihnen hiermit Ihr Entlassungsschreiben aus, das gleichwohl Ihre Verdienste angemessen würdigt. Es ist so formuliert, dass es Ihnen bei der Suche nach einer neuen Anstellung behilflich sein wird – direkt in eine andere Berliner Dienststelle versetzen können wir Sie unter den gegebenen Umständen nicht. Alles Gute!«

Er war entlassen. Polizeirat Caspar führte ihn hinaus und drückte ihm zum Abschied stumm die Hand. Im Büro fand er keinen seiner Kollegen mehr vor und hinterließ ihnen deswegen eine Notiz. Dann fiel ihm ein, dass er ja noch einen Krankenbesuch machen wollte – Professor von Bergmann hatte Ida schließlich nach Hause schicken können.

* * *

Kummerow musste gewaltig niesen. Wenigstens war seine Erkältung so freundlich gewesen, erst nach Abschluss des Falls auszubrechen. Nun stand er in einem seiner noch für einen Tag angemieteten Zimmer in der Georgenkirchstr. 2, schniefte vor sich hin und packte die letzten Sachen ein.

Frau Liebrecht, nicht länger Witwe, klopfte und kam herein.

»Ach, Herr Kummerow, das tut mir leid, dass wir Sie verlieren. Meine Skatrunde wird Sie ebenfalls vermissen. Den charmanten Herrn Rittmeister natürlich auch.«

»Ist schon gut, Frau Liebrecht. Schön, dass es so gekommen ist.«

Sie fasste sich an den Kopf.

»Das hätt' ich ja beinahe vergessen. Von Ihrer Dienststelle ließ man ausrichten, Sie bis zehn im Haus zu halten.«

»Wieso denn das?«

»Mehr haben sie nicht gesagt. Na, Sie werden ja sehen.«

Es war gerade halb zehn durch; Kummerow machte seinen Koffer zu. Eine Viertelstunde später staunte er nicht schlecht, als Frau Liebrecht seine Kollegen zur Tür herein ließ. Nur Schultz war aus begreiflichen Gründen nicht unter ihnen. Dafür hatten Braun und Trommer sogar einen Fotografen mitgebracht, den sie als Herrn Heckmann aus der Großen Frankfurter Straße vorstellten.

»Sie haben Ihren ersten Fall bei uns gelöst, auch wenn Sie's am Ende gar nicht mehr durften – da muss ein Erinnerungsfoto her!«

»Meine Herren, das kommt gar nicht in Frage. Ich habe meine Pflicht getan, mehr nicht. Ein Foto tut da nicht not.«

Die Kollegen ließen keinen Einwand gelten und nötigten

ihn, zwischen ihnen auf dem Sofa Platz zu nehmen. Herr Heckmann rief: »Nicht bewegen!« und gab sich erst zufrieden, als er mehrere Aufnahmen der Kriminalisten im Kasten hatte. Frau Liebrecht bewirtete die Runde anschließend mit Kaffee und Kuchen und verabreichte ihrem Noch-Untermieter eine ganze Kanne Lindenblütentee. Eine Viertelstunde später ging erneut die Türschelle, und Joachim von Tarlenheim trat ein.

»Guten Tag, die Herren – Morgen, Kummerow! Wo Sie doch heute ohnehin ein bisschen weniger zu tun haben, dachte ich mir, ich schaue mal bei Ihnen vorbei. Und, wie steht's?«

Kummerow berichtete von der Beendigung seines Dienstverhältnisses.

»Ja, ich hörte schon. Tut mir leid, mein Lieber. Sieht so aus, als hätten wir den Bogen ein wenig überspannt.«

»Und Sie?«

»Ich werde heute Mittag hören, was aus mir wird.«

Die Kriminalkommissare nickten ihr Beileid. Dann meldete sich Braun zu Wort.

»Hören Sie, Kummerow, Sie erinnern sich sicher, dass ich bei unserem ersten Kennenlernen meine Heimatstadt erwähnte.«

Trommer verdrehte wie auf Kommando die Augen.

»Nun, vor Kurzem habe ich erfahren, dass bei der Kriminalpolizei in Spandau eine Stelle frei werden soll. Es klang sogar, als wäre sie ganz auf Sie zugeschnitten. Ich gebe Ihnen mal die Adresse, dann können Sie sich mit der dortigen Behörde in Verbindung setzen, wenn Sie möchten.«

»Vielen Dank, dass Sie an mich gedacht haben – aber ich denke daran, nach Posen zurückzugehen.«

Die Kollegen äußerten im Chor ihr Bedauern, nur der Rittmeister schien nicht überrascht von der Ankündigung. Neben anderen Dingen kamen die Kriminalisten auch auf den verräterischen Kommissar Schultz zu sprechen, was besonders von Tarlenheim interessierte.

»Haben Sie denn auch schon gehört, was nun aus ihm wird?«, fragte Trommer.

»Nun, ich will doch hoffen, man hat ihn mit Schimpf und Schande aus dem Präsidium gejagt.«

»Von wegen – zum ersten Bezirk versetzt hat man ihn, aber er ist immer noch Kriminalkommissar. Es gab von ganz oben Anweisung, keine drastischen Sanktionen zu verhängen, damit weiteres Aufsehen vermieden wird. Hat man da Worte?«

Von Tarlenheim blickte drein, als habe er keine.

»Irgendwann kaufe ich mir den noch mal«, versprach er leise.

Nach einer guten Stunde machte sich die Herrenrunde zum Gehen auf. Kummerow kam das ganz gelegen, denn er wollte am Mittag noch einen letzten Besuch machen, bevor er endgültig aus der Georgenkirchstraße auszog. Seinen Koffer ließ er an seiner alten Adresse zurück und war nach fünf Minuten in der Weinstraße angekommen. Ein Wort von ihr, und er würde bleiben. Er betrat das Haus mit der Nummer 25 und fand im zweiten Stock die Wohnungstür mit dem Namensschild »Hausner«. Es kam ihm eigenartig vor, dass er jetzt, wo der Fall abgeschlossen war, zum ersten Mal hier stand. Er drehte die Schelle, hörte Schritte – ob sie es selbst war? Der Schlüssel drehte sich im Schloss, die Tür ging auf. Vor Kummerow stand ein siebzehn- oder achtzehnjähriges Mädchen mit schwarzen Zöpfen und sah ihn fragend an.

»Guten Tag, mein Name ist Kummerow. Ist Fräulein Lucie Hausner zu sprechen?«

»Ja, bitte?«

»Es handelt sich um etwas Privates. Ist sie denn zu Hause?«

»Ja, was möchten Sie denn?«

»Verzeihung, aber – ich nehme an, Ihre Schwester – ist sie denn zu sprechen?«

»Ja, das heißt, nein, da müssen Sie jemanden verwechseln. Ich bin Lucie Hausner.«

Nun war Kummerow vollkommen verblüfft.

»Sie …? Aber wohnt hier im Haus nicht eine junge Dame Mitte zwanzig, die so heißt? Brünett, ein wenig größer als Sie?«

»Nein, tut mir leid. Hier im Haus wohnt niemand, der so aussieht. Vielleicht haben Sie sich in der Adresse geirrt.«

»Aber dies ist doch die Weinstraße 25?«

»Ja, so ist es.«

Kummerow blickte an ihr vorbei. Dann fasste er sich wieder.

»Sie haben Recht – ich habe mich geirrt. Bitte entschuldigen Sie die Störung.«

Ohne rechts und links zu schauen, ging er zu seiner früheren Logieradresse zurück.

»Herr Kummerow, ist Ihnen nicht gut? Sie sehen aus, als hätten Sie ein Gespenst gesehen.«

»Nein, nein, Frau Liebrecht. Es ist nichts. Also auf Wiedersehen, und vielen Dank für alles.«

Er wandte sich zum Gehen, doch sie hielt ihn zurück.

»Warten Sie, Ihr Koffer!«

Er zuckte zusammen, dann erinnerte er sich und nahm ihn in die Hand.

»Auf Wiedersehen.«

* * *

Es war ein grauer Nachmittag, ein wenig wie der vor zwei Monaten, als er in Berlin angekommen war. Kummerow lief die Georgenkirchstraße hinunter und bog ein-, zweimal um die Ecke, dann stand er auf dem Alexanderplatz. Er ging die Stufen zur Stadtbahn hinauf, stieg in einen Zug nach Osten ein und erreichte zwei Stationen später den Schlesischen Bahnhof. Dort fand er einen Fahrplanaushang und sah auf die Bahnhofsuhr. Der letzte Zug in Richtung Posen würde in zwei Stunden abfahren. Kummerow stellte sich am Schalter an und sah in seiner Brieftasche nach, ob es noch für die Fahrt reichen würde.

»Fahrkarte, der Herr?«

Er antwortete automatisch, als hätte er den Bahnbeamten schon vor sich:

»Einmal dritter Klasse nach Posen.«

Dann erst erkannte er die Stimme, die nicht vom Schalter vor ihm, sondern von der Seite gekommen war.

»Was denn, Kummerow, einfach so wieder weg?«

Joachim von Tarlenheim hielt eine Fahrkarte hoch, die allerdings nicht von der Preußischen Ostbahn, sondern von der Berlin-Hamburger Bahn ausgestellt worden war.

»Herr Rittmeister, meine Berliner Zeit ist zu Ende.«

»Und darum verschwinden Sie eins, zwei, drei wieder ins Großherzogtum? Das sieht ja fast so aus, als hätten Sie sich etwas vorzuwerfen.«

»Das habe ich auch. Wir hätten es besser anstellen können.«

»Wie denn? Den Fall haben wir gelöst. Dass wir dabei einigen Herren auf die Zehen treten würden, war von vornherein klar. Wenn wir's allen hätten recht machen wollen, hätten wir gar nicht erst anfangen dürfen.«

»Das weiß ich jetzt auch. Ich habe mich überhaupt mehr geirrt, als mir lieb sein kann.«

»Ja, bitte?«

Kummerow war der Nächste; der Schalterbeamte sah ihn fragend an. Der Rittmeister fasste den Kommissar a. D. am Arm.

»Einen Moment noch.«

Bevor er protestieren konnte, zog von Tarlenheim ihn mit sich neben den Schalter.

»Hören Sie. Ich weiß von dem falschen Fräulein Hausner. Fräulein von Harden hat es mir gesagt, als wir uns vorhin im Café Bauer trafen.«

Kummerow gab das erneut einen Stich.

»Dann waren sie keine alten Freundinnen?«

»I wo, sie kannten sich gerade mal ein paar Wochen. Fräulein von Harden ist am Boden zerstört, wie sie sich so in ihr täuschen konnte.«

»Und die Onkel?«

»Ihrer war echt, der andere leider falsch. Die angebliche Hausner und ihr Onkel könnten ebenfalls für einen Geheimdienst gearbeitet haben. Womöglich für den belgischen, vielleicht auch für den französischen oder irgendeinen anderen – das lässt sich jetzt nicht mehr feststellen. So oder so – die sehen wir nicht wieder.«

Kummerow senkte den Kopf und schwieg eine Weile. Der Bahnhofslärm rauschte ihm in den Ohren. Dann sah er den Rittmeister wieder an.

»Und was ist nun mit Ihnen?«

»Mit mir? Ach, man hat mich dann doch nicht aus dem Regiment geworfen. Entweder hat man Gnade vor Recht ergehen lassen, oder ich muss einen Fürsprecher gehabt haben. Eine Beförderung kann ich mir allerdings für die nächsten zehn, fünfzehn Jahre abschminken – vielleicht reicht's am Ende ja noch für den Charaktermajor.«

Kummerow musste trotz allem lächeln. Wenn es einer schaffen würde, sich in der Berliner Garnison zu behaupten, dann Joachim von Tarlenheim. Der sah ihn fragend an.

»Wollen Sie wirklich die Flinte ins Korn werfen? Was sollen Sie denn in Posen anfangen? Wieder auf die alte Stelle zurück, während mancher Kollege hinter Ihrem Rücken den Kopf schüttelt, warum Sie unbedingt in die Reichshauptstadt mussten?«

Kummerow sagte dazu nichts, aber von Tarlenheim merkte, dass er einen wunden Punkt getroffen hatte.

»Ich hätte hier etwas Günstigeres für Sie.«

Er hielt ihm die Fahrkarte entgegen, die von Berlin bis Spandau gültig war.

»Wenn's denn unbedingt ein preußisches Dorf sein muss, dann braucht es ja nicht gleich so weit weg zu sein.«

Kummerow dachte einen Moment lang nach. Vielleicht hatte von Tarlenheim ja Recht – und mit ein bisschen Glück war an diesem Abend noch ein Zimmer im »Deutschen Haus« zu bekommen. Er atmete tief durch – zumindest versuchte er das, denn trotz der hohen Hallen verteilte sich der Qualm der Lokomotiven gerade bis in die letzten Ecken des Bahnhofs.

Kummerow musste husten. Dann schnappte er nach Luft.

NACHWORT

Dieses Buch beschreibt nur eine Möglichkeit, wie sich die Vorgeschichte eines der größten Verbrechen der Kolonialzeit abgespielt haben könnte, dessen historische Fakten ich kurz zusammenfasse:

Durch jahrelange Vorbereitung, geschickte Verschleierungstaktik und besonders mit Hilfe des berühmten, wenn auch durch seine Behandlung der Einheimischen umstrittenen Afrikaforschers Henry Morton Stanley erreichte Belgiens König Leopold II., dass das riesige Kongogebiet im Anschluss an die Berliner Kongo-Konferenz von 1884/85 als Kongo-Freistaat ein Teil seiner Privatschatulle wurde.

Gegen Ende der 1880er Jahre wurde deutlich, welchen Glücksgriff der König getan hatte: Erfindungen wie die des pneumatischen Gummireifens durch John Boyd Dunlop machten Leopold durch die riesigen Kautschukreserven des Kongos reich. Für diesen Reichtum mussten bis 1908 zwischen fünf und dreizehn Millionen Kongolesen ihr Leben lassen – die Schätzungen der Forschung gehen hierüber auseinander. Die Erfüllungsgehilfen Leopolds zwangen die Afrikaner gewaltsam zum Kautschuksammeln, die hierbei zu Opfern systematischer Verstümmelungen und Geiselnahmen wurden. Beim geringsten Aufbegehren machte die unter belgischem Kommando stehende »Force Publique« von Nilpferdpeitsche, Machete und Gewehr Gebrauch.

Schon 1890 hatte der schwarze Amerikaner George Washington Williams die dortigen Missstände nach einer Reise in den Kongo angeprangert. Als dem Reedereiangestellten

Edmund Dene Morel in den darauf folgenden Jahren auffiel, dass die Schiffe seiner Reederei statt Handelswaren nur Waffen, Munition und Ketten in den Kongo lieferten, wurde er misstrauisch. Sein Misstrauen führte nach Jahren der Recherche und journalistischen Anklage zum Bericht des britischen Konsuls Roger Casement und zur Gründung der Congo Reform Association, die die Zustände aufzudecken half. Schriftsteller wie Arthur Conan Doyle und Mark Twain verwendeten sich für die Sache dieser Protestbewegung.

1908 sah sich Leopold durch starken internationalen Druck dazu gedrängt, diesen Teil seines Privatbesitzes an den belgischen Staat zu verkaufen. Als der König ein Jahr nach der erzwungenen Übergabe des Kongos starb, war er sich immer noch keiner Schuld bewusst. Er hatte doch nur seine eigene Kolonie besitzen wollen.

Eine ausführliche und spannende Darstellung der Kongogräuel gibt Adam Hochschild in *Schatten über dem Kongo* (Klett-Cotta, 2012). Eine den bekannten historischen Fakten angenäherte filmische Darstellung der Kongo-Konferenz liefert Joel Calmettes' Dokumentarfilm *1885 – Sturm auf Afrika* (arte Edition, 2011). Wer sich darüber hinaus für die kolonialen Hintergründe in der damaligen Reichshauptstadt interessiert, findet eine facettenreiche Sammlung von historischen Beiträgen in *Kolonialmetropole Berlin* (Hg. Ulrich van der Heyden und Joachim Zeller, Berlin Edition, 2002).

Die Handlung dieses Romans ist frei erfunden, beruht aber auf historischen Tatsachen – bis auf die Haupt- und einige Nebenfiguren hat es die handelnden Personen, ihre Wohnorte und ihre Berufe wirklich gegeben. Dass sie sich ohne Möglichkeit zum Einspruch in einem historischen Kriminalroman wiederfinden, mögen sie mir posthum verzeihen.

ANHANG

»Adelheit, es ist soweit« eigentlich inoffizieller Wahlspruch des Regiments »Gardes du Corps«

Der alte Dessauer Leopold I., Fürst von Anhalt-Dessau, 1676-1747, preußischer General, führte Gleichschritt und Ladestock in der preußischen Armee ein.

Attila mit Schnüren besetzte Husarenjacke

Baedeker Berlin und Umgebung erste Ausgabe des Reiseführers von 1878

Bergmann, Ernst von 1836-1907, Chirurg und Professor der Medizin, ab 1882 an der Berliner Universität

Berliner Kongress Konferenz zur Beilegung der Balkankrise im Sommer 1878, bei der Bismarck als »ehrlicher Makler« auftrat

Blumenthal, Leonhard von 1810-1900, preußischer Generalfeldmarschall

Bodinus, Dr. Heinrich 1814-1884, deutscher Zoologe, dritter Direktor des Berliner Zoologischen Gartens

Chaperon frz. Anstandsdame

Charaktermajor Beförderung ehrenhalber zur Pensionierung, üblich bei Hauptleuten in der preußischen Armee

Chassepot-Gewehr 1866 patentierter französischer Hinterlader, der eine deutlich größere Reichweite als die preußischen Gewehre dieser Zeit besaß

Crystal Mountains Bergkette an der Westküste Zentralafrikas

Deutsch-Französischer Krieg Nach dem Deutsch-Dänischen und dem Deutsch-Österreichischen der dritte der deutschen Einigungskriege; er begann am 19.7.1870 mit der französischen Kriegserklärung an Preußen und den Norddeutschen Bund und endete nach dem Sieg der deutschen Staaten am 10.5.1871 mit dem Frieden von Frankfurt.

Dividendenjauche In den Gründerjahren nach 1871 wurden in Berlin vielfach Privatbrauereien in Aktiengesellschaften umgewandelt. Um die Bieraktien an den Mann zu bringen, wurden hohe Dividenden ausgeworfen, und um diese erzielen zu können, wurde minderwertiges, oft ungenießbares Bier produziert.

Dreikaisertreffen Zusammentreffen Wilhelms I. mit Franz Joseph I. von Österreich-Ungarn und Zar Alexander II. von Russland im September 1872 in Berlin

»Durch den dunkeln Welttheil« deutsche Ausgabe von Stanleys »Through the Dark Continent«, Leipzig, 1878

Ehrlich, Paul 1854-1915, deutscher Arzt, Serologe und Immunologe, seit 1882 Professor an der Charité Berlin, Pionier auf dem Gebiet der Färbemethoden. 1908 war er einer der Nobelpreisträger für Medizin.

Eisernes Kreuz preußische militärische Auszeichnung, 1813 während der Befreiungskriege von Friedrich Wilhelm III. gestiftet, 1870 von Wilhelm I. erneuert

Flor Fina span. zarte Blüte, Bezeichnung für Zigarrenqualität

Franc-Tireur französischer Freikorpsangehöriger

Freisinniger Anhänger der liberalen, 1884 gegründeten Deutsch-Freisinnigen Partei

Friedrich Wilhelm 1831-1888, ältester Sohn Wilhelms I. und der Kaiserin Augusta, nach dessen Tod von März bis Juni 1888 Kaiser Friedrich III.

Fuß altes preußisches Längenmaß: 31,39 cm

Gardes du Corps 1740 gegründetes, vornehmstes Kürassierregiment der preußischen Gardekavallerie

Gordon Pascha Charles George Gordon, 1833-1885, britischer

Offizier und Generalgouverneur des türkisch-ägyptischen Sudans, kam während des Mahdi-Aufstands am 26.1.1885 bei der Erstürmung von Khartum ums Leben.

Graf von Radolin-Radolinsky 1841-1917, preußischer Diplomat und Hofbeamter, 1884-1888 Hofmarschall und Oberhofmarschall des Kronprinzen bzw. Friedrichs III.

Güßfeldt, Paul 1840-1920, deutscher Geograf und Forschungsreisender

Hagenbeck, Carl 1844-1913, Tierhändler, Zoodirektor und Veranstalter von Völkerschauen

Kaiser Wilhelm I., 1797-1888, Sohn Friedrich Wilhelms III. und der Königin Luise; König von Preußen 1861, Deutscher Kaiser 1871

Keith Francis Edward Keith, 1696-1758, preußischer Generalfeldmarschall während des Siebenjährigen Krieges

Kiepert, Richard 1846-1915, deutscher Kartograf und Geograf

Kronprinz siehe Friedrich Wilhelm

Kronprinzessin siehe Victoria

Lambermont, Baron Auguste 1819-1905, belgischer Diplomat und Staatsmann

Leopold II. 1835-1909, König von Belgien 1865

Livingstone, David 1813-1873, schottischer Missionar und Afrikaforscher

Lungenschlag Lungenembolie

Mac-Mahon Marie Edme Patrice Maurice, Comte de Mac-Mahon, 1808-1893; 1859 Marschall von Frankreich und 1873-1879 Präsident der Dritten Republik

Mahdi-Aufstand Aufstand gegen die englische Herrschaft im Sudan 1881-1899, angeführt vom Mahdi Muhammad Ahmad

Mark deutsche Währung ab Gründung des Deutschen Kaiserreichs 1871; löste von 1873 an ältere deutsche Münzen wie den Taler ab. 1876 trat die neue Reichswährung mit Mark und Pfennig in Kraft. 1878 kostete die Übernachtung in feinsten Berliner Hotels zwischen zwei und neun Mark, der Mittagstisch im Restaurant zwischen einer Mark und »einsfuffzich« und das Glas Berliner Bier 15 - 20 Pfennig.

Mauke Hautentzündung beim Pferd

Menzel, Adolph Friedrich Erdmann 1815-1905, bedeutendster Maler Preußens im 19. Jahrhundert, 1898 in den erblichen Adelsstand erhoben

Moltke, Hellmuth Karl Bernhard von 1800-1891, preußischer Generalfeldmarschall und militärischer Kopf der deutschen Einigungskriege

Moser, Gustav von 1825-1903, deutscher Lustspielautor

Nachtigal, Gustav 1834-1885, deutscher Afrikaforscher

Odaliske weiße türkische Haremssklavin

Palais Radziwill erbaut ab 1738, seit 1875 Sitz der Reichskanzlei, Wilhelmstr. 77

Pallasch Kürassiersäbel

Papacha Kosakenmütze

Pfuel, Ernst von 1779-1866, preußischer General der Infanterie, 1848 kurzzeitig Gouverneur von Berlin, preußischer Ministerpräsident und Kriegsminister. Ihm war die Rückkehr der nach Frankreich gebrachten Quadriga aufs Brandenburger Tor im Jahr 1814 zu verdanken.

Pour le Mérite franz. für das Verdienst; nach dem Schwarzen Adlerorden die zweithöchste vom preußischen Staat verliehene Auszeichnung. 1740 von Friedrich II. gestiftet, existierte der Orden als »Kriegsklasse« für militärisches Verdienst bis 1918; in der »Friedensklasse« für Wissenschaft und Künste wird er bis heute verliehen.

Preußische Meile altes Längenmaß: 7,532 km

Preußische Seehandlung Ende des 18. Jahrhunderts entstandene Staatsbank Preußens

Reichsrevolver ab 1879 hergestellte Faustfeuerwaffe für die deutschen Streitkräfte, ab 1883 auch als handlichere Kurzversion. Die Berliner Kriminalpolizei war erst von 1886 an bewaffnet.

Rohlfs, Gerhard 1831-1896, deutscher Afrikaforscher

Rottenburg, Dr. Franz 1845-1907, leitete 1881-1891 unter Bismarck und dessen Nachfolger Leo von Caprivi als Vortragender Rat die Reichskanzlei; 1887 geadelt

Sargent, Aaron Augustus 1827-1887, amerikanischer Politiker und Diplomat, 1883-1885 Botschafter der USA in Berlin

Scramble for Africa engl. Wettlauf um Afrika, ein Schlagwort für das unbedingte Streben nach Kolonien auf dem schwarzen Kontinent, das die europäischen Mächte in der Hochphase des Imperialismus seit der zweiten Hälfte des 19. Jahrhunderts betrieben

Sedan, Schlacht von entscheidende Schlacht im Deutsch-Französischen Krieg, 1.-2. September 1870, die mit dem deutschen Sieg und der Gefangennahme des französischen Kaisers Napoleon III. endete

Stanley, Henry Morton 1841-1904, walisischer Entdecker, Afrikaforscher und Buchautor. Stanley bereitete im Dienst von König Leopold II. systematisch dessen Übernahme des Kongo vor.

Taler alte deutsche Münze, die im Kaiserreich einen Gegenwert von drei Mark hatte

Tirailleur französischer Schütze der leichten Infanterie

Tschapka Kopfbedeckung der Ulanen

Ulanka Waffenrock der Ulanen

Van der Straten-Ponthoz, Gabriel Auguste Graf 1812-1900, belgischer Diplomat

Victoria, Kronprinzessin 1840-1901, Tochter von Queen Victoria von Großbritannien und Albert von Sachsen-Coburg-Gotha, 1861-1871 preußische, 1871-1888 auch deutsche Kronprinzessin; 1888 deutsche Kaiserin, nach dem Tod Friedrichs III. Kaiserin Friedrich genannt

Virchow, Rudolf 1821-1902, deutscher Arzt und Kommunalpolitiker, Begründer der modernen Pathologie

Weißenburg, Schlacht von Schlacht im Deutsch-Französischen Krieg, 4. August 1870

»Wie ich Livingstone fand« deutsche Ausgabe von Stanleys »How I Found Livingstone«, Leipzig, 1879

Wilhelm, Prinz von Preußen 1859-1941, im März 1888 nach dem Tod seines Großvaters Wilhelms I. preußischer und deutscher Kronprinz, im Juni 1888 nach dem Tod Friedrichs III. als Wilhelm II. bis 1918 König von Preußen und deutscher Kaiser

Woermann Hamburger Handelshaus und Reederei; 1882 erster Liniendienst nach Westafrika; seit 1885 Reederei Afrikanische Dampfschiffs-Actiengesellschaft Woermann-Linie mit Routen zu den deutschen Kolonien in Afrika

Wörth, Schlacht von Schlacht im Deutsch-Französischen Krieg, 6. August 1870

Zieten, Hans Joachim von 1699-1786, legendärer preußischer Kavalleriegeneral unter Friedrich dem Großen

DANKSAGUNG

Ich danke vor allem Daniela Sannwald für ihren scharfen Blick und ihr sicheres Gespür beim Lektorieren des Buches – in beidem stand sie einer Kriminalistin in nichts nach. Frank Schanze, Dirk Schmidt und besonders Klaus Braun haben mir nach der Lektüre der ersten Probekapitel mit konstruktiven Hinweisen geholfen. Mein Dank gilt auch Herrn Harold Selowski von der Polizeihistorischen Sammlung Berlin für seine wertvollen Hinweise zur Arbeit und Situation der Berliner Polizei im 19. Jahrhundert. Außerdem danke ich Frau Dr. Claudia Czok von der Adolph-Menzel-Gesellschaft Berlin für die hilfreichen Informationen zu Menzels Familienverhältnissen. Schließlich bedanke ich mich bei allen, die mir bei der endgültigen Ermittlung des Romantitels behilflich waren.

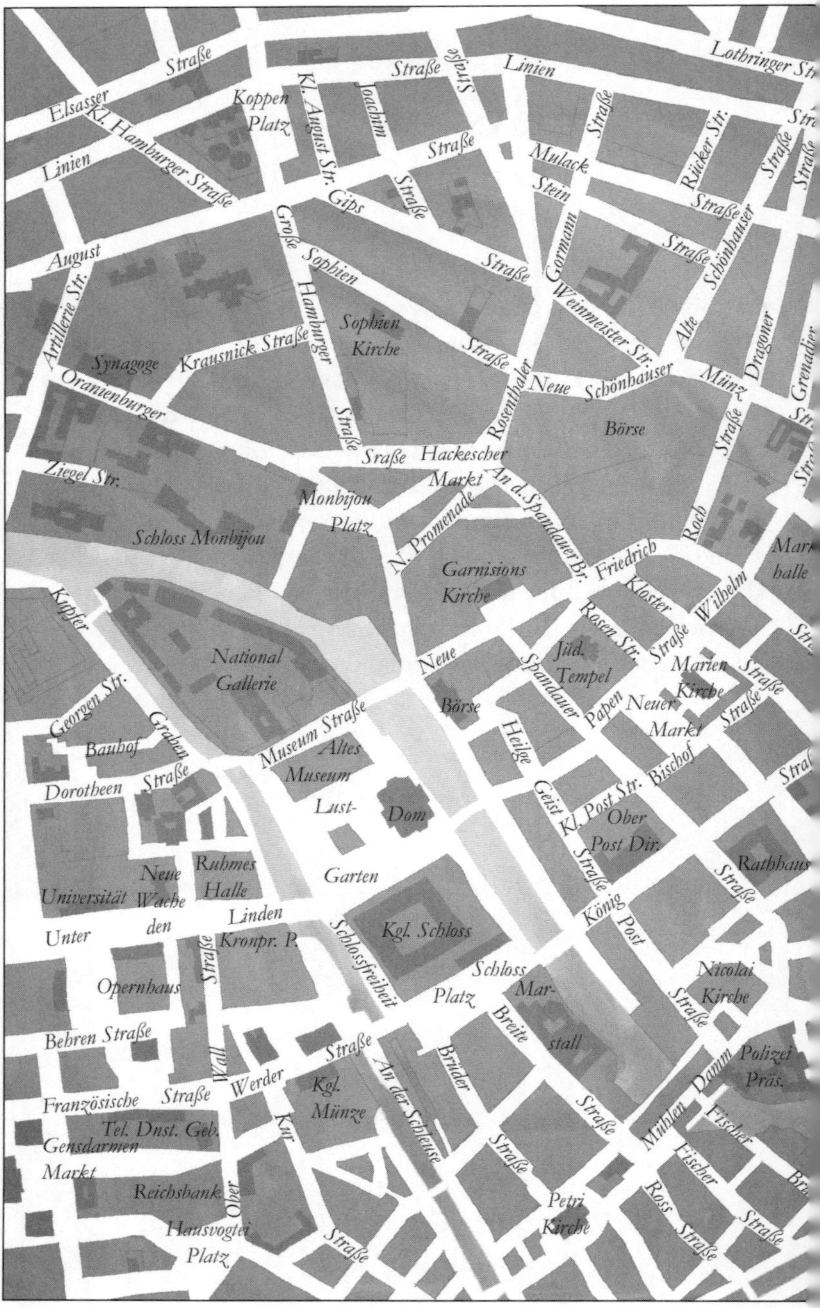

Elsasser Straße
Linien Straße
Lothringer Str.
Koppen Platz
Kl. Hamburger Straße
Kl. August Str.
Joachim Straße
Mulack Straße
Rücker Str.
Gips Straße
Stein Straße
August Straße
Große Hamburger Straße
Sophien Straße
Gormann Straße
Schönhauser
Artillerie Str.
Weinmeister Str.
Sophien Kirche
Krausnick Straße
Synagoge
Oranienburger Sraße
Alte Schönhauser
Dragoner
Grenadier
Rosenthaler
Neue Schönhauser
Münz Straße
Börse
Hackescher Markt
Ziegel Str.
An d. Spandauer Br.
Monbijou Platz
N. Promenade
Schloss Monbijou
Roch
Friedrich
Markt halle
Garnisions Kirche
Kloster Straße
Wilhelm
Kupfer
Rosen Str.
National Gallerie
Neue Börse
Jüd. Tempel
Spandauer
Marien Kirche
Straße
Georgen Str.
Graben
Papen
Neuer Markt
Museum Straße
Heilge Geist Straße
Bauhof
Altes Museum
Bischof
Dorotheen Straße
Lust- Garten
Dom
Kl. Post Str.
Ober Post Dir.
Rathhaus
Ruhmes Halle
Neue Wache
Universität
Unter den Linden
Kronpr. P.
König Straße
Post
Schlossfreiheit
Kgl. Schloss
Opernhaus
Schloss Platz
Mar- stall
Nicolai Kirche
Behren Straße
Breite Straße
Polizei Präs.
Wall Straße
Werder Straße
Kgl. Münze
An der Schleuse
Brüder Straße
Damm
Mühlen
Fischer
Französische Straße
Tel. Dnst. Geb.
Kur
Gensdarmen Markt
Reichsbank
Ober
Fischer
Ross Straße
Petri Kirche
Hausvogtei Platz
Straße

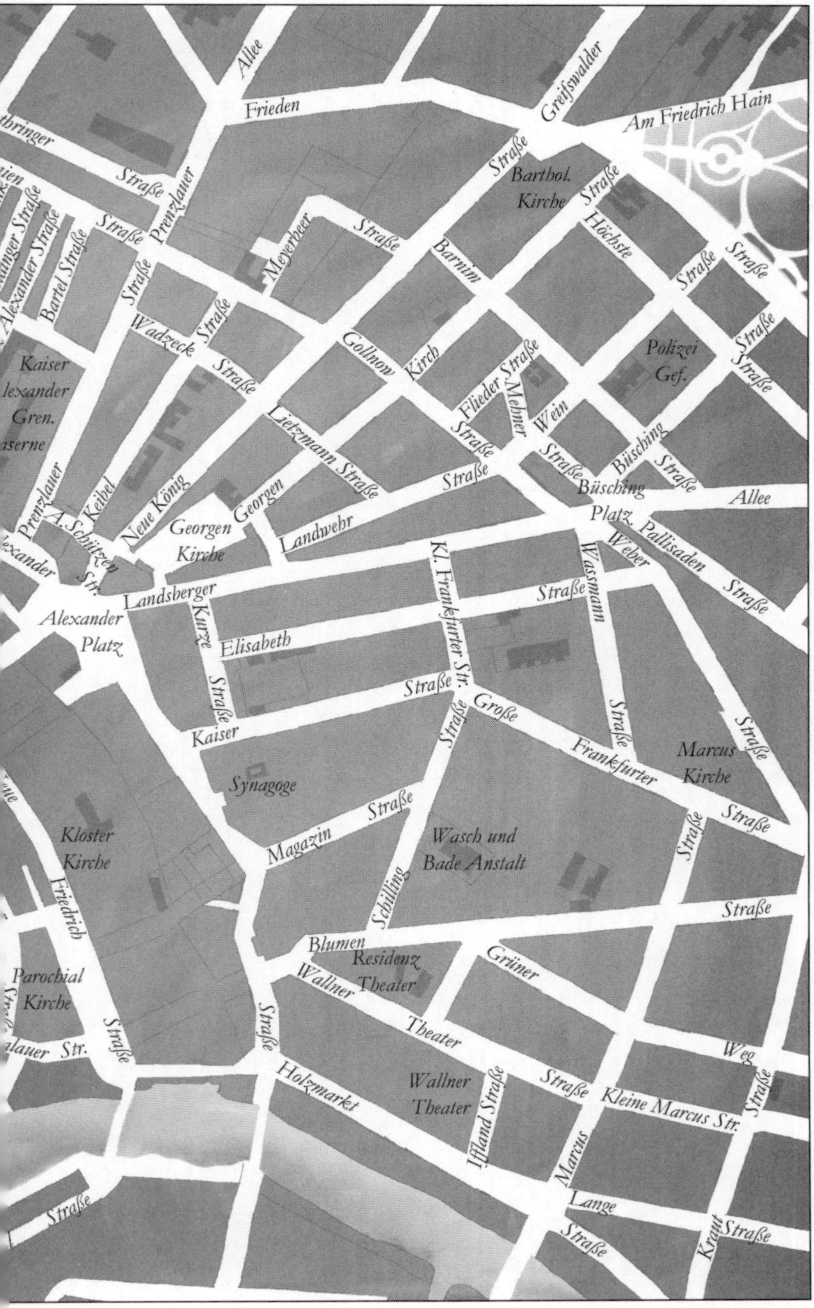
Allee
Frieden
Greifswalder Straße
Am Friedrich Hain
Prenzlauer Straße
Barthol. Kirche
Meyerbeer Straße
Barnim Straße
Höchste Straße
Straße
Bartel Straße
Alexander Straße
Wadzeck Straße
Gollnow Straße
Kirch Straße
Polizei Gef.
Flieder Straße
Mehner Straße
Wein Straße
Büsching Straße
Kaiser
Gren.
Lietzmann Straße
Keibel
Neue König Straße
Georgen
Georgen Kirche
Landwehr Straße
Büsching Platz
Allee
Pallisaden Straße
Weber Straße
Wassmann Straße
Kl. Frankfurter Str.
Prenzlauer
A. Schützen Str.
Landsberger Straße
Alexander Platz
Kurze Straße
Elisabeth Straße
Große Frankfurter Straße
Kaiser Straße
Synagoge
Marcus Kirche
Magazin Straße
Wasch und Bade Anstalt
Kloster Kirche
Schilling Straße
Friedrich Straße
Blumen Straße
Residenz Theater
Grüner Weg
Wallner Theater Straße
Parochial Kirche
Holzmarkt Straße
Wallner Theater
Iffland Straße
Kleine Marcus Str.
Marcus Straße
Lange Straße
Kraut Straße